最後の巡礼者　下

ガード・スヴェン［著］

田口俊樹［訳］

Den siste pilegrimen

Written by Gard Sveen

竹書房文庫

最後の巡礼者　下

三十七章

二〇〇三年六月十三日　金曜日
スコークスリッカン
ウッデヴァラ　スウェーデン

ウッデヴァラはユネスコの世界遺産リストには載りそうもないが、トミー・バーグマンが思っていたよりはいい街だった。墓地の近くのバス待避所に車を停めると、ギルデンローヴェ・ホテルでもらってきた地図を見た。ここのはずだ。調べたかぎり、イーヴァル・フォールルンの最終住所は街の北側にあるオスタンヴィンドゥ通りで、そこには埠頭で働く人々のためのアパートメント・ハウスが建ち並んでいた。ホテルのフロント係の話だと、埠頭自体は今は閉鎖されているということだった。

車のギアを入れると、昨日のハジャとの会話の断片が甦った。ホテルの部屋で一時間はどうにかひとりで過ごし、そのあと話したいという誘惑に負けて電話をしたのだ。ヘーゲではなく、ハジャと話したいという誘惑に負けて。ハジャは彼のことばかり考えていると率直に言った。それだけ聞けばぐっすり眠れるはずだった。が、オスロに戻ったらすぐに会おうと彼女に言ったのは果たして正しい判断だったのかどうか。彼女がバーグマンにとって好ましい相手であることはまちがいない。が、バーグマンのほうはどうなのか。彼女にとって好ましい相手と言えるのかどうか。

ノルウェーとちがって、建物の入口のドアに鍵はかかっていなかった。階段のそばに各階の住人の一覧があった。ブザーはなく、ただ、白いプラスティックの文字板があるだけだった。バーグマンの右側でエレヴェーターのチャイムが鳴り、老婦人が降りてきた。挨拶も何もなく、老女はただ彼の横を通り過ぎて出口に向かった。

バーグマンは指で一覧をたどった。捜していた名前はすぐに見つかった。イーヴァル・フォールン。まだ生きていた。七階の廊下の薄黄色の壁には、風に向かう青と白のヨットのデフォルメされた線画が描かれていた。左側の部屋からテレビの音が洩れて聞こえていた。目的のドアに近づくと、指先と足の裏がなんだかむずむずした。気づくと、呼吸が速くなっていた。

イーヴァル・フォールンのアパートメントは廊下の中ほどにあった。ドアには一階の入口と同じプラスティックの表示板が貼られていた。苗字だけ〝フォールン〟とあった。古い歯医者の診療所を思い出させる建物で、足りないのは歯医者のにおいだけだ。アパートメントの中で鳴る呼鈴の音がドア越しに廊下でも聞こえた。

廊下の端の部屋からはまだテレビの音が聞こえていたが、フォールンの部屋からは呼鈴の音以外なんの音もしなかった。もう一度呼鈴を押した。やはり返事はなかった。腰を屈めて、ドアの真ん中の郵便物投入口から中をのぞいた。内扉が見えた。それが開いていればもっと様子がわかるのだが。ちょうど腰を伸ばしたとき、うしろからエレヴェーターのドアが開いた音がした。振り返ると、老人と眼が合った。老人は青いポプリンのジャケットにアイロンのかかった白いシャツ、折り目のしっかりついたベージュのズボン、縁だけ黒い白のセーラー帽という恰好だった。顔には細い血管が浮いており、鼻は赤というより青かった。酒類販売公社の袋をふたつさげていた。

「誰を捜してる?」と老人はバーグマンのまえまで来るとスウェーデン語で言った。

「あなたです。あなたがイーヴァル・フォールンなら」

老人は足を止めてバーグマンを見つめた。一度、さらにもう一度まばたきをした。今彼の頭を何がよぎったのかわかるなら、バーグマンはなんでも差し出すだろう。その顔には〝カール・オスカー・クローグ〟とはっきり書いてあるように思えたが。

「ああ、おれだが」とフォールンは言った。

「カール・オスカー・クローグをよくご存知だったと聞いて、伺ったのですが」バーグマンは警察の身分証を出したが、フォールンは見もしなかった。ただ袋を左手から右手に持ち替えてバーグマンの脇を通り過ぎ、何も言わず錠に鍵を差した。手は震えていなかった。彼の動きは筋金入りのアルコール依存症者にしかできないそれで、自信に満ち、迷いがなかった。それでも、その眼は日々どんな暮らしをしているか如実に物語っていた。今にも泣きだしそうに見えるほど潤んで輝いていた。

　フォールンが内扉を開けると、その向こうのキッチンが垣間見えた。カウンターにはストリチナヤの空き壜が三本立っていた。

「話したくないね」と彼は帽子を脱いで壁のフックに掛けながら言い、ピンクの頭皮にわずかに残っている白髪を手で撫でつけた。ブラインドの隙間から陽光が射し込み、寄木張りの古びた床に縞模様を描いていた。建物のほかの部分同様、アパートメント内もよく手入れされていたが、煙草の煙と長年の酒のまちがいようのないにおいが頑固にしみついていた。普段から煙草を吸いすぎているバーグマンでも、この男が何に焦点を置いて生活しているかはにおいでわかった。死ぬまで酒と煙草がやめられない男。それがフォールンだった。

　ジャケットを脱ぐと、白いシャツの背中が汗で濡れているのがわかった。フォールンは袋を持ってキッチンにはいった。買ったばかりの壜《びん》をしまう音が聞こえた。次に青い食器棚からはショットグラス、冷蔵庫から冷やした壜を取り出して、コルクを抜いた。そして、グラスのふちまでなみなみと酒を注ぐと、一気に飲み干し、すぐまた二杯目を注いだ。

「話すことは何もないよ」と彼はキッチンから言った。「あんたにも、あんたがすでに話した誰にもな」

「となると、クローグの事件に関してあなたには訊きたいことがあるんで、一緒に署まで来てもらわなければなりません。生きている人で話を聞けていないのはあなただけなんでね。マリウス・コルスタは二日まえに亡くなりました。知ってましたか？」

「おれはスウェーデン人だ」彼はキッチンから出てくると、玄関のドアの把手に手をかけた。今にもバーグマンを閉め出しかねない勢いだった。「ノルウェーの事件なんぞに巻き込まないでくれ」

バーグマンは一瞬虚を突かれた。そこまで考えていなかった。そう、この男はスウェーデン市民になっていたのだ。

「あなたの助けが必要なんです」バーグマンは閉められかけたドアに手をかけて言った。

「一九五一年以降、誰もおれの助けなんか必要としなかった。軍からご苦労さん、はい、さようならと言われたきりな。それ以来おれは一度もうしろを振り返ってない。悪いけど、帰ってくれ……」そう言って、フォールンはバーグマンの眼をじっと見つめた。

フォールンの眼は虹彩が妙な色をしていた。緑と茶色が混ざり合い、白眼の部分は黄ばんで血走っていた。

「あなたはクローグをよく知っていた」とバーグマンは言った。思った以上にせっぱつまった声になっていた。この男を逃すわけにはいかない。「コルスタはクローグと一緒に調べていた――」

「もうふたりとも死んじまってるだろうが」フォールンはそう言ってドアを閉めた。

上の階で誰かがダストシュートの蓋を開けた音がした。バーグマンは眼を閉じた。袋に詰められたゴミが地下まで落ちていく音が聞こえた。

バーグマンはドアをノックしようと片手を上げた。が、そこでフォールンがドアのボルト錠を閉めた音がした。バーグマンは上げた手をおろした。

車のハンドルを手で殴った。太陽が金曜の午後を燦々と照らしている。なのに、とバーグマンは思った。自分はウッデヴァラのダウンタウンの駐車場に停めた車の運転席に坐り、年寄りの酔っぱらいから話を聞くことさえできないでいる。車から降りた。やたらと暑く、北極より回帰線に近いところにいるような気がした。駐車場を横切ってホテルに向かった。

まずアルネ・ドラーブロスに電話をかけ、ハンドボールの練習の監督を頼んだ。二時間で家に帰って練習に間に合うように体育館に行き、そのあと夜は――もしかしたら朝まで――ハジャと過ごすこともできなくはない。が、今はそんなことは考えられなかった。自分の存在自体に耐えられなかった。残念だけれど、週末はスウェーデンにいるとハジャにメールを送った。彼女からはすぐに返事が来た。刺激的な仕事ね、帰ってきたら会えるのを愉しみにしてる、という文面のあとにスマイル・マークがついていた。

　ホテルの部屋のベッドに寝そべり、天井を見つめて一時間ほど経ったところで、ナイトスタンドの携帯電話が鳴った。意外でもなんでもなかったが、フレデリク・ロイターからだった。今話したい相手ではない。今回のスウェーデン行きを彼に了承させるだけで一苦労だったのだ。今、バーグマンは週末もここに残ろうとしている。税金を使って。ただ、ロイターは、クローグがアグネス・ガーナーとセシリアとメイドを殺したというフィン・ニーストロムの説にはそこそこ関心を示してくれた。イーヴァル・フォールンが重要な証人になるかもしれないという考えにも。

　それでも、ロイターがなにより知りたがっているのは、クローグ殺しの犯人のもっとも な動機だった。クローグが一九四三年に粛清したグットブラン・スヴェンストゥエンには子孫がいないことは、すでにわかっていた。となると、ノールマルカの三人の死にクローグが関わっていたのではないかという線だけが今のところ唯一の頼みの綱となる。バーグマン自身はさらにカイ・ホルトの死の謎を解く必要もあると思っていたが。

「上からの承諾が出るまでここにいます」とバーグマンは言った。

「今は金曜の午後三時なんだぞ」

「月曜までいます」

「ウッデヴァラにか？　おまえ、頭がおかしくなったか？」

「ストックホルムに電話をかけてください。そこにいるあなたの知り合いと話してください。その人ならホルトの件も探ってくれて、月曜日にはわれわれに情報を送ってくれるんじゃないですか？　それはそんなにむずかしいことなんですか？」どうしてホルトの件がクローグの事件解決に意味を持つのか。バーグマンは今はあえてロイターに伝えなかった。フォールンともまだ話せていないのだ。世間が持っているクローグのイメージを完全に崩壊させてしまうような話はまだしないほうがいい。

ロイターは何か言いたそうだった。が、結局、何も言わなかった。

「電話をかけてください。この事件のせいであなたは仕事を失うかもしれない。そう言ってましたよね、課長？」

ロイターはあきらめたようなため息をついた。

「おれにはおまえが必要だ。スウェーデンではなくこっちで。トミー、おまえは幽霊を追いかけている。われわれには現場がある。登録されているものとは一致しないものの、ほぼ完璧な指紋が残った凶器がある。サイズ四十一か四十二の足跡もある。あと必要なのは犯人だけだ」

「おれがいなきゃ見つけられません」

「おまえがこっちに戻らないと見つからない」

「答えはオスロにはありません。二、三日、オスロを離れる必要があるんです」

「その行き先がウッデヴァラか？　なるほどな」

「イーヴァル・フォールンから話が聞き出せたらすぐ帰ります」

「フォールンから話が聞ければ、そこからほんとうの捜査が始められる？　彼は何か隠しているのか？」

「そうだと思います」

「よかろう。しかし、クローグがノールマルカの三人を殺したというのは……それは軽々しく口にするな。そのフォールンという男が自分から言い出さないかぎり」

バーグマンは答えなかった。クローグが三人を殺したというのはただの出発点にすぎない。そう思っていた。

「ところで……おまえの同僚のハルゲール・ソルヴォーグが今朝クローグの家で妙なものを見つけた」

バーグマンは驚かなかった。ソルヴォーグはいろいろと問題を抱えているが、犯行現場を隈なく捜査することにかけては天才だ。病的な想像力の持ち主というところが玉に瑕《きず》ながら。

「妙なもの？」

「三階の書斎のカーテンレールの中から紙切れが見つかった」

「カーテンレールの端のキャップをはずしたんですか？」

「カーテンレール全部のな。三つあるトイレのタンクも開けた。そういう男だ、ハルゲールというのは」

「それで？」とバーグマンは訊いた。「何が妙だったんです？」

「紙にはいくつか数字が書いてあった。正確には十六桁の」

「十六桁の数字？」

「キッチンのカーテンレールの中からは別の十六の数字が書かれた紙が見つかった」

「暗号ですかね？」バーグマンはベッドの上で上体を起こした。一歩前進だ。もっとも、どっちの方向に向かえば前進と言えるのか。

「十六桁というと銀行口座が考えられる」とロイターは言った。

　バーグマンは押し寄せた失望に気圧されるようにまた横になった。一瞬、突破口になるかと思ったのだが。何かを伝える暗号なのではないかと思ったのだが。銀行口座？　そんなものがクローグ殺しとどうして関係する？

「スイスかリヒテンシュタインか、あるいはケイマン諸島か――」とロイターは言いかけた。バーグマンはそれをさえぎって言った。

「税務局のトップに聖霊降臨日のアリバイがあるかどうか調べたらどうです？」

　ロイターはわざとらしく笑った。ホテルの窓の外で鳴いているカモメのような甲高い声だった。

電話を切ったあと、バーグマンはロビーに降りてインターネットへのアクセス料金を払った。そして、すでに何度も読んでいるクローグとホルトに関する記事をまた読みはじめた。ヒトラーユーゲントのナイフで判別がつかなくなるまで執拗に切りつけるほど、クローグを憎んでいたのはいったいどういう人物なのか？　カイ・ホルトに子孫はいるのか？

ポケットから携帯電話を取り出し、ロイターの番号を打ち込みかけて考え直した。なんと言えばいい？　ノールマルカでの殺人について口を封じるためにクローグがホルトを殺した？　そんなことを思いついたとでも？　駄目だ。そんな説はバーグマン自身信じていなかった。

ホテルの古いコンピューターの画面で、ホルトの記事を改めて熟読した。ここに何かがある。一文字ずつ記事を追いながらそう思った。何か根本的なものが今自分の眼のまえにあるはずだ。ただそれが自分には見えていないだけで。「もう一歩だ」思わず声が出た。「きっと単純なことだ。それで逆に見えづらくなってるのにちがいない」

インターネットの利用時間が終わり、画面はウッデヴァラの観光案内に切り替わった。ビーチの宣伝に。二、三時間頭を冷やして捜査のことをすべて忘れるのも悪くない。フロント係の女性に一番近いビーチを教えてもらい、途中でサングラスと低アルコールのビールを二缶買ってビーチに向かった。街の南西の湾に面したビーチは、古いカシの木に囲まれていた。絵になる景色で、人もさほど多くなかった。煙草を吸っているうち、段々気分がよくなった。ただ、残念なことに眼のまえののどかな光景は長くは続かなかった。一本目のビールを飲みおえたところで、ブロンドの美しい妊婦が裸の男の子の手を引いて水の中にはいっていくのが眼にはいった。その女性から眼が離せなくなった。どうしてもヘーゲのことが思い出された。ビーチを離れ、街に戻ると、ホテルの向かいにあるレストランのテラスの椅子に坐った。日陰だったが、サングラスはかけたままにした。

孤独という点では自分もあのアパートメントにいるイーヴァル・フォールンも大して変わらない。そう思った。

その夜はなかなか寝つけなかった。こんな調子だからヘーゲともほかの誰とも――おそらくハジャとも――一緒に暮らせないのだ。

夜が明けるまで寝られなかった。

永遠とも思えるあいだ、十六桁の数字がゲームかなぞなぞのように頭の中でまわりつづける夢を見た。

頭痛とともに眼が覚めたときには午《ひる》近くなっていた。外の遊園地の音が聞こえた。十六桁の数字。ホテルの部屋にはいり込み、机や椅子や床や脱ぎ捨てた服をひかえめに照らしている日の光を見ながら考えた。カール・オスカー・クローグは十六桁の数字が書かれた二枚の紙を隠していた。ロイターは銀行の口座番号である可能性が高いと言っていた。名義人本人以外には銀行員ひとりかふたりしかアクセスできない口座だ。普通の銀行にはそのような口座はない。スイスかリヒテンシュタインの銀行だろう。あるいはどこかもっと遠くの。

カール・オスカー・クローグには隠し財産があった……

三十八章

二〇〇三年六月十四日　土曜日
スコークスリッカン
ウッデヴァラ　スウェーデン

トミー・バーグマンはパティオを歩いた。パティオに置かれたプラスティックのテーブルについて坐っていた老人たちが会釈を送ってきた。

バーグマンは建物の中にはいった。今回は呼鈴に頼った。今日もテレビの音が廊下に洩れていた。

バーグマンはドアに耳を押しあてた。

中からはなんの音も聞こえなかった。ドアにのぞき穴はなかった。

「カイ・ホルトに何があったんです?」バーグマンは大きな声で廊下から呼びかけた。その声が廊下にこだまし、「ホルト……カイ・ホルト……」と繰り返す声が返ってきた。

足を引きずりながら近づく音がして、続いて内扉を開ける音が聞こえた。

「あんたとは話したくない」ドアの向こうからイーヴァル・フォールルンの声がした。「警察を呼ぶまえに帰ってくれ」

「廊下に坐り込みますよ。どうぞ警察を呼んでください。私はどこにも行かないから」

バーグマンは古いドアのまえにしゃがみ込んだ。腕時計を見て、五分待とうと決めた。

錠をはずす音がして、左側のアパートメントのドアが開いた。年配の女性が顔をのぞかせ、恐る恐るバーグマンを見た。

「どうも」とバーグマンは言った。それ以上言うことはなかった。女性は何も言わずドアを閉めた。

五分後、バーグマンはドアの郵便物投入口から中をのぞいた。今回、内扉が開いたままだったので家具の少ない部屋の中が見えた。八十歳を超える人の家によく見られるような雑貨や土産物の類いはなかった。フォールンの姿は見えなかった。バルコニーに出たのだろうか。

「誰がカイ・ホルトを殺したんです?」とバーグマンは郵便物投入口から呼ばわった。

そのあとしばらく息をひそめた。狭い投入口から風が吹いてくるということは、バルコニーのドアが開いているのだろう。だったらバルコニーに出ていたとしても今の声はフォールンに届いたはずだ。

バルコニーのドアが閉まる音がした。続いて、キッチンカウンターにグラスを置く音。水道の蛇口から水が流れ、また止まる音。フォールンのズボンがキッチンからドアのほうに近づいてくるのが見えた。昨日と同じズボンだった。フォールルンは内扉を閉めた。投入口の隙間からはもう暗がりしか見えなくなった。

くそ、この頑固爺。

また床に腰を降ろそうとしたとき、ドアが開いた。バーグマンは飛び上がった。急に立ち上がったせいで立ちくらみがした。一瞬、気が遠くなりかけた。それでもなんとか倒れることなくドア枠によりかかった。そんなバーグマンをフォールルンは疑わしげに見た。

「どうも」とバーグマンは言った。「話してくださるんですね？　ありがとう」

「話すとは言ってない。だけど、あんたとしても一日じゅうそこに坐って叫んでるわけにもいかんだろ？」

フォールルンはドアを開けたままバーグマンに背を向け、アパートメントの中に戻りながら言った。

「こんなことになるとは夢にも思わなかったよ」

「こんなこととは？」とバーグマンはドアを閉めながら尋ねた。

「ノルウェーの警察官がカイに何があったのか訊いてくるなんてな。どこの警察からも一度も訊かれたことのないことを訊かれるなんてな」

ふたりは居間の真ん中に立ち、見つめ合った。フォールルンはバーグマンを値踏みするように小首を傾げて見ていた。

「どうして知りたい？」ややあって彼は言った。

バーグマンも自分のまえに立つ男を仔細に見た。朝からすでにバーグマンがクリスマスのランチに飲むより多くの酒を飲んでいるのかもしれないが、酔っているようには見えなかった。

「ノールマルカで発掘された三人の遺体と関係があるかもしれない。そう思うからです。そのニュースは知ってますよね？」

フォールンはうなずいて言った。

「まだ字は読めるんでな」

バーグマンは上着のポケットから紙を取り出し、名前を読み上げた。「アグネス・ガーナー、セシリア・ランデ、ヨハンネ・カスパセン」

フォールンは表情を変えることなく、窓辺に置かれた古い安楽椅子のところまで歩いた。ブラインドはまだ閉まっていた。フロアランプをつけ、小さなため息とともに椅子に体を沈めた。バーグマンも彼に従い、コーヒーテーブルの脇に置かれたふたり掛けのソファに坐った。ソファの生地はすり切れていた。

「ホルトのことがどうして知りたい？」とフォールンは低い声で繰り返した。

「ノールマルカの三人はクローグに殺された。そういうことはありえますか？」とバーグマンは思いきって言ってみた。

　フォールンは気弱な笑みを浮かべ、わずかに残る髪を手で撫でつけ、それから顎をこすった。ひげがこすれる小さな音がした。

「どうしてカール・オスカー・クローグが三人を殺さなきゃならない？」フォールンはサイドテーブルのグラスからウォッカらしきものを飲み干すと、空《から》になったグラスを見つめた。上の階から音楽が聞こえてきた。玄関の芝生からは子供たちの笑い声が聞こえていた。フォールンは手にしたグラスを前後に何度も傾け、それをしばらく見つめつづけた。

　バーグマンはそんなフォールンをじっと観察した。

　何かある。イーヴァル・フォールンの潤みを帯びて澄んだ眼の奥には何かが隠されている。それはまちがいない。ただ、この老人は酒に溺れるまえは諜報員だった。自分の弱みを隠すことなどお手のものだろう。

「それはもちろんアグネス・ガーナーがナチの大物と婚約していたからじゃないですか？」とバーグマンはわかりきった答えをあえて言ってみた。

　フォールンはまた小さな笑みを浮かべると、グラスをサイドテーブルに置いて、揺るぎない手つきでウォッカの壜からグラスのふちぎりぎりまで中身を注いだ。きっと飲んでいないときのほうが手が震えるのだろう。バーグマンはフォールンが大きな手で小さなグラスを持つのを見ながら、そんなことを思った。フォールンは今度も一気に飲み干して、同じ儀式を繰り返した。それからテーブルの上の煙草入れを手に取り、紙を出して巻いた。

バーグマンは自分も吸おうと思い、買ったばかりのプリンスのパックのセロファンを破った。フォールンがだしぬけに言った。

「アグネス・ガーナーはナチじゃなかった」そのあと自分で自分のことばを無視するかのように静かに煙草に火をつけた。

バーグマンはセロファンを手の中で握りつぶしながら言った。

「どういうことです？」

「今言ったとおりだ。アグネス・ガーナーはナチじゃなかった」

バーグマンは頭を振りながら、パックから煙草を一本取り出した。頭が混乱していた。

「彼女がどういうことに関わっていたのかは知らんが、どこかで歯車が狂ったんだろう。いずれにしろ、彼女はナチじゃなかった。カイは停戦後一度だけ彼女の名前を口にしたが、彼女のことはよくは知らないと言っていた」

バーグマンは何も言わなかった。

「それは嘘だろう、たぶん」とフォールンは言い添えた。

アグネス・ガーナーはナチではなかった。それでも国民連合の党員だった。ナチでないとしたら、国民連合に加わる理由はない。バーグマンは考えた。しばらく煙草を吸ううち頭が冴えてきた。今フォールンが言ったことが真実なら、すべてが変わってくる。アグネスとドイツ人の関わりについてこれまでどんなことを聞いたか。すぐには思い出せなかった。

「どうしてこれまでそのことを黙ってたんです？」と彼はフォールンに尋ねた。

「どうして話さなきゃならない？」

「それでも……」

「誰も訊いてこなかったからだよ。それに五十年まえに軍の諜報部から事実上放り出された男の話など誰も信じやしなかっただろう」フォールンはショットグラスにまたウォッカを注いだ。「おれの言うことと当局の言うことが対立するわけだからな。結果は眼に見えている」そう言って、乾杯するようにグラスを掲げた。

「クローグは死にました。殺されたんです」とバーグマンは言った。

「それにそもそもおれはそっとしておいてほしかった。一九五一年にここに越してきてからずっとおれはただそっとしておいてほしかった。埠頭で事務の仕事を見つけて、引退するまでそこで働いた。だけど、友達はひとりもつくらなかった」

「どうしてです？」

「あんたにはもうわかってると思うが、おれは他人のことはあんまり気にならないんだ」

フォールンはそう言って立ち上がると、バーグマンの脇を通り過ぎた。

バーグマンは思った――それでもあんたはおれを部屋に入れてくれた。誰がカイ・ホルトを殺したんだと訊いたら入れてくれた。それはつまりホルトは例外ということか。その延長線上にいるということで、このおれも例外になるのか。

そう言えば、マリウス・コルスタもドイツ人のことを仄めかしていた。フォールンが小便をする音を聞きながら、バーグマンはそのことを思い出し、すばやくクリスタルの灰皿で煙草を揉み消した。フィン・ニーストロムはまちがっていたのだろうか？　彼はクローグに腹を立てており、それでノールマルカの被害者の死はクローグのせいだと言った。それは嘘だったのか？

バーグマンは立ち上がって窓辺に行くと、ブラインドを少し開けて外を見た。左にはまったく同じ建物が建っていて、道をはさんだ向かいにはフォールンのアパートメントのある建物より低い建物がいくつか並んでおり、右にはカシの原生林が広がっていた。

フォールンはバスルームからなかなか出てこなかったが、バーグマンは気にはならなかった。居間の本棚のまえに立って本を見た。戦争の記録集や古い小説、ゲルハルセン（レジスタンスの闘士として活躍したノルウェーの政治家）の回想録などが並んでいた。額にはいった写真もいくつかあった。何年もまえに撮られた、フォールンと妻らしき女性の写真。もっと新しい新郎新婦の写真。顔が似ているところを見ると、新郎がフォールンのたぶん孫なのだろう。棚の下には引き出しがあった。そのひとつを開けようとしたところで、トイレの水を流す音が聞こえた。

フォールンが足を引きずりながら戻ってきた。何かが彼を苦しめているのだろうか、足音がさっきより重かった。数分まえには見られなかった憂鬱が彼を包んでいた。

「ナチじゃなかったのなら、彼女はなんだったんです？」フォールンが横に立つと、バーグマンは尋ねた。

「さあ」と彼は安楽椅子に坐りながら言った。「それよりそもそもなんでおれにカイのことを訊こうと思ったんだ？」

「捜査の助けになってもらえるんじゃないかと思って」

「それは無理だな」とフォールンは言った。

「でも、あなたはドアを開けてくれた」

フォールンはそっぽを向いた。

バーグマンはそのときになってやっとフォールンの眼が光っているのはウォッカのせいだけではないことに気づいた。

「カイ・ホルトのことを話してください」バーグマンは静かに言った。「彼に関することであなたは何を知ってるんです？」

「カイは死んだ。それに関してできることはもう何もない」

「カイ・ホルトはノルウェーで誰より重要な指名手配犯となりながら、五年も生き延びたのに、ナチスとの戦争が終わると、わずか三週間でストックホルムで殺された。あなたならその理由を知ってるはずです」

「いいや、知らんね」

「じゃあ、彼について知っていることでいい。話してください」フォールンはバーグマンのほうに向き直った。また感情を抑えられるようになったようだった。

「カイはカール・オスカーの上司だった。おれが知ってるのはそれだけだ。カール・オスカーを訓練した師でもある。彼らは常に四人という少人数のグループに分かれて活動していた。誰かが拷問を受けた場合のリスクを減らすためだ。それぞれが知る名前が少なければ少ないほどリスクは低くなる」

バーグマンはうなずいてさらに尋ねた。

「ほかには？　ホルトについて知ってるのはそれだけじゃないでしょう？　あなたは一九五一年からずっとこっちにいた。知らないわけがない。それはまちがいない」

フォールンは答えるそぶりすら見せなかった。

「誰がカイ・ホルトを殺したのかと私が訊いたらあなたはドアを開けてくれた。なぜです？　事実、彼は殺されたからじゃないんですか？」

そのあとふたりは互いに押し黙り、坐ったまま長いこと見つめ合った。陽光がすじになってフォールンを照らしていた。フォールンは手の甲が白くなるほどきつく椅子の肘掛けをつかんでいた。

「不思議だな」ついにフォールンが口を開いた。「それを口に出して言ったのはおまえさんが初めてだ」

「それとは？」

「カール・オスカーが……クローグが森でふたりの女性とひとりの女の子を殺したことだ」

　バーグマンはうなじの毛が逆立つのを覚えた。この二日でふたりの男が同じことを言った。

「質問に答えてください」

「答えてるだろうが。やつだよ。犯人はクローグだ。誰かが三人を殺したのだとしたら、カール・オスカー・クローグしか考えられない」

「でも、あなたは彼がアグネス・ガーナーを殺したとは思ってなかったんでしょう？　ちがいますか？　あなたが今言ったように彼女がナチじゃないのだとしたら」

「いや、そこのところはなんとも言えないが、いずれにしろ、彼女がカイの下で働いていたのは確かなことだ」

　アグネスはカイ・ホルトの下で働いていた？　バーグマンはサイドテーブルにペンを置くと、首を振った。もはや何ひとつ理解できなくなった。

「ホルトはクローグが彼女たちを殺したと知っていた？」

「たぶん」とフォールルンは低い声で言った。

バーグマンは黙ったまま待った。

「たぶんおれは――」とフォールンはかろうじて聞こえるほどの小声になって言った。

「はい？」

「たぶんおれはカイと話した最後の人間だと思う。あの日、彼はリレハンメルに行ってきたところで、夜にはストックホルムに発つことになっていた。オフィスでばったり会ったんだ。彼のことはよく知ってたから、何かあったのかはすぐにわかった」

しばらくどちらも口を利かなかった。だいぶ経ってバーグマンが身振りで、さきを続けるようフォールンを促した。

「カイはリレハンメルに抑留されていたドイツ人を非公式に尋問した。ペーター・ヴァルトホルストという男だ。カイはそれしか言わなかった。で、おれはその尋問のことは誰にも話さないと約束した。それでも、その二、三年後、そのドイツ人がどうなったか自分で調べた」

フォールンの話では、ヴァルトホルストがノルウェーのキルケネス駐在のゲシュタポに属していたことまではわかったものの、それ以降の足取りはつかめなかったということだった。バーグマンはフォールンに話させ、話したとおりメモした。フォールンは何年かヴァルトホルストの足取りを追おうと試みたらしい。

「ヴァルトホルストはホルトに何を話したんだと思います？」

「クローグがその女と少女を殺したこととか——」答えというより質問するように語尾のイントネーションを上げてフォールンは言った。

「でも、どうしてクローグがアグネスたちを殺さなきゃならないんです？　わからないな……アグネス・ガーナーはナチではなかったんじゃないですか？　そればかりか、カイ・ホルトの下で働いていたんじゃないんですか？」

フォールンは咳払いをした。が、それだけでことばは出てこなかった。またウォッカをグラスに満たした。今度は手が震えていた。

ふたりは長いこと押し黙って坐っていた。だいぶ経ってフォールンがいきなり叫んだ。

「すじの通った答えはそれしかないということだ！　わからないのか？」大きな手でグラスを握り、彼はバーグマンを一睨みしてから、眼を閉じてグラスを口元に持っていった。

「私には何がわかってないんです？」とバーグマンは静かに尋ねた。

フォールンはじっとして力を蓄えているように見えた。眼を閉じたままひとつ深く息を吸ってから言った。

「おれがほんとうに考えてることを話してやろう。こんなことを誰かに話す日が来るとは思わなかったがな。カイは、一九四二年の秋にレジスタンスを裏切ったのはグットブラン・スヴェンストゥエンじゃなかったと考えていた——おれもそう思う。グットブランはレジスタンスに大きな打撃となるほどのことは何も知らなかったはずだからだ。一方、レジスタンスはスケープゴートを必要としていた。ロンドンの亡命政府も。グットブランを粛清すれば、それが見せしめになって、裏切り者を抑え込める。みんなそう思ったんだろう。まちがった考えだが、そのときはみんなパニックになっていて、冷静な頭で考えることができなかったのさ。ここからはおれの推測だが、ナチスとの戦争が終わる前後、カイは実際にレジスタンスにとって打撃となる情報を持っている人物のリストをつくったんじゃないだろうか？」

フォールンは眼を開け、眉をひそめているバーグマンを見た。

「だからヴァルトホルストを尋問したんだよ。ほんとうの裏切り者は誰だったのか知るために」

「何が言いたいんです？」

「なんだと思う？」

「グットブラン・スヴェンストゥエンを粛清したのはクローグじゃなかったんですか？」

「いや、これぞ運命のいたずらだな」とフォールンは言った。「粛清の銃はむしろグットブランの手に握られるべきだった」

「あなたが言いたいのは――」

「クローグのファイルだけリレハンメルになかったのはどうしてだ？　レジスタンスのメンバーでどうしてただひとりクローグのファイルだけないんだ？　そのことは知ってた

か？」

「つまり……」バーグマンは首を振りながら言った。それ以上は言えなかった。

沈黙が流れた。

バーグマンがその沈黙を破ろうとしたそのとき、フォールンがさきに口を開いた。

「おれはカール・オスカー・クローグこそカイが捜していた二重スパイだったと思ってる」そう言って、フォールンは大きな手で椅子の肘掛けを叩いた。「さあ、おれはもう言ったぞ。だけど、おれはただの酔っぱらいの年寄りだからな。だろ？」

「それはちがう」

フォールンは鼻を鳴らした。

「そうか。だったら、おれはただの酔っぱらいの年寄りじゃないのかもしれない」そう言って、彼はグラスの中身を飲み干した。表情が急に硬くなり、眼もよそよそしくなっていた。金輪際この話はしない。その眼はそう語っていた。

三十九章

一九四二年八月二十二日　土曜日
ランデ邸
トゥーエンゲン通り
オスロ　ノルウェー

グスタフ・ランデはクリスタルのグラスをフォークで叩くと、小さな紙を手に立ち上がった。ひどく緊張していた。それがわかったので、アグネスはやさしく微笑んで落ち着かせようとした。が、紙は彼の指から離れ、開いているテラスのドアから吹き込む暖かいそよ風にひらひらと舞い、最後にはランデの足元に落ちた。

二十人あまりの客が笑った。ランデも初めは戸惑っていたが、まず笑みを浮かべ、次にみんなと一緒に声を出して努めて明るく笑った。床に落ちた紙を拾おうとはしなかった。

アグネスはセシリアと手をつなぎ、客を観察した。ゼーホルツ少将の要望で、セシリアにも階下《した》に降りてくる許しが出たのだ。こんな美しい夏の夜に寝てるなんて。ゼーホルツはそう言った。アグネスもそれには同意せずにはいられなかった。自分の手の中の小さな手を見下ろした。ルータンゲンで夏を過ごしたあとのことで、どちらの手も日に焼けていた。セシリアの明るい色の髪からは日光と希望のにおいがした。ナチにこれほど美しい子供をつくれるのなら、世の中の誰にも――アグネスも含めて――希望が持てていいはずだ。夏を過ごすうち、セシリアの腰の状態もよくなっていた。アグネスと一緒に泳いだことがいい治療になったのだろう。

ランデがまたグラスを叩いた。これから何が起きるのかアグネスは知っていた。血管が収縮して脈打ち、皮膚を叩いていた。気づいたときには信じられないほど脈が速くなっていた。ランデが微笑みかけてきたので応じはしたが、そのあとは眼を伏せていた。隣りに坐っているゼーホルツの椅子が軋んだ音をたてた。アグネスは彼をちらりと見やった。見るなり後悔した。そのとき向かいに坐るペーター・ヴァルトホルストと眼が合ってしまったのだ。彼は短く笑って、黙ったままグラスを掲げ、中身を飲み干すと、室内を見まわした。そして、音もなく動きまわっている給仕に合図して、自分のまえのクーラーにはいっている白ワインのボトルを指差した。そのあと隣りの女性のほうに上体を傾けると、ほかの人々が話をやめる中、その女性の耳元になにやら囁いた。

「親愛なる友人のみなさん」とランデは言った。時々ことばがつかえた。この席の空気がまだきちんと掌握できていないかのように。「われわれは……なんと言いましょうか、われわれは……よく集まりますが、私に言わせればもっと集まってもいいぐらいで……今日おいでいただいたのは……この夏のセヴァストポリ陥落について……フォン・マンシュタイン大将と総統に対して公に敬意を表わすためであります」

人々は声をあげてそれに応じ、総統および共産主義者との戦いに命を捧げたすべての兵士に感謝の念を捧げた。めったにないことだが、アグネスは東プロイセンの総統大本営《ヴォルフスシャンツェ》かモスクワかセヴァストポリのどこかにいる姉のことを思った。

「しかし、実はそれだけではありません。ほかにもあるのです！」ランデはボヘミアクリスタルのワイングラスを手にした。「ほかにふたつの理由があって、みなさんにお越しいただきました。私の、この……モダニズムの家に」ランデはゼーホルツに向けてグラスを掲げた。ゼーホルツはこの日、冗談まじりにこの家はバウハウスの影響を受けすぎていると言ったのだ。「ひとつ目はビジネスです」

「ビジネス？」とゼーホルツがアグネスをついて言った。「ビジネスでないものがどこにある？」

そのことばにテーブルのまわりで静かなざわめきが起こり、彼の思惑どおり彼に注目が集まった。セシリアはアグネスの手をきつく握り、きらきら光る緑の眼で彼女を見上げた。アグネスは彼女を引き寄せ、膝にのせた。

「ふたつ目は愛です」とランデは言った。

「やっとか」とゼーホルツが言い、今度は大きな笑い声があがった。

「では、まずモリブデンの話から」

「われわれにとってはそっちが愛だ」とテーブルの端からヴァルトホルストが言い、グラスを空にした。また室内に笑い声が響いた。そよ風が吹き込み、フレンチドアのカーテンがはためいた。カーテンは室内にしばらくとどまってからまたもとの位置に戻った。アグネスはほかの客を見まわし、そのあとヴァルトホルストを見た。彼はアグネスをじっと見つめていた。アグネスはまるで心の奥まで見透かされているような気がした。それでもそんな思いを振り払うと、セシリアの上に身を屈めてセシリアの頬を撫で、洗いたての髪のにおいを嗅いだ。脈がさらに速くなった。ピルグリムとのあいだにこんな子供が欲しい。あなたがわたしの娘だったらいいのに。小さな柔らかい手を自分の手で包みながら、アグネスはしみじみそう思った。

「みなさんご存知のように――」ランデは一歩さがりながら言った。「私は幸運にもクナーベンに出資しています。それは友人のエルンスト・ゼーホルツの尽力によるものです」

「いやいや」とゼーホルツは鷹揚《おうよう》に応じた。

「クナーベンはわれわれの大義から見ても貴重な資源です。しかし、それだけでは充分ではない。総統は共産主義者を倒し、スターリンとその同胞を葬るためにこの鉱山から採れる金属をもっと必要としています。ここでご報告しますが、私は昨日、クナーベン・モリブデン鉱山株式会社のロルボルグ調査部長と話し合いました。この話し合いはわれわれがさらに前進するための突破口となるはずです。まえにも申し上げたと思いますが、私は地質学の天才である彼にノルウェー全土のモリブデン産出地調査を任せてきました。そんな彼がモリブデンはフールダールでも大量に産出できることを発見したのです。産出量はクナーベンの六倍とロルボルグは推定しています。詳細を知っているのは今のところロルボルグだけで、私も正確な場所と埋蔵量は知りませんが、ロルボルグはきわめて正直な男です。そんな彼のことばを疑わなければならない理由など、私にはひとつも見つけられませ
ん」

ランデはそこでことばを切り、自分のグラスに手を伸ばした。誰ひとり口を開かなかった。

「ロルボルグは、年内に二千台の戦闘車両を生産できるだけのモリブデンが採掘できると言っています。これによりソ連産のタングステン不足を解消することができます。これはわれわれにとって神の恵みです。あとひとつ、私は親愛なる友人エルンスト・ゼーホルツをこのビジネスに迎え入れることを検討したいと真剣に考えております」

そう言ったランデの顔にいたずらっぽい笑みが浮かんだ。この笑みがあるからこそ、とアグネスは思った。彼にもこの任務にも耐えられるのだ。この笑みはおそらく昔の彼を彷彿とさせる笑みなのだろう。

でも、ここでやめて。もう演説はやめて。彼がこのあと何を言おうとしているのか、もちろんアグネスにはわかっていた。それに加えてモリブデンのニュース。希少価値の高いレアメタルで装甲された戦車が二千台もあれば、ソ連の対戦車防御を破るのに充分だ。ソ連は東部戦線を失うだろう。

アグネスはテーブルのまわりで始まった会話には参加しなかった。ほとんどの人がこの魔法の金属とその果てしない可能性について話していたが、アグネスにはそもそもよくわからない話題だった。何もわからずにいるうち、またしてもグラスを叩く音がした。

「ソンニャ――お母さんのことだ、セシリア――が亡くなってから」とランデは切り出した。声が震えていた。そう言って彼は悲しげな眼を娘に向けた。セシリアはさらに強くアグネスの手を握った。アグネスはセシリアの巻き毛に顔を押しつけ、彼女のにおいを嗅ぎながら、セシリアが自分の子供だったらと考えたことをうしろめたく思った。自分が産み、自分が命を与え、自分の分身として創造したのだったらいいのにと思ったことを。

「人生がまた私に微笑みかけてくれるとは思ってもいませんでした」

グスタフ・ランデはそこでことばを切って咳払いをした。アグネスの視野の隅に、ゼーホルツのノルウェー人のガールフレンドがリネンのナプキンで涙を拭くのが見えた。

「ある夜突然、この神々しいまでに美しい女性に出会うまでは。彼女はもうすぐ私の妻になります」

ランデはそう言ってアグネスに近づいた。アグネスは赤面するようなタイプではなかったが、それでも両肩に彼の手が置かれると、顔が赤くなった。

彼女は心の中でつぶやいた――あなたはほんとうのわたしを知らない。あなたは何も知らない。

拍手は長く続いた。アグネスは立ち上がって彼にキスをしながら思った。わたしはピルグリムを愛している。この子と一緒に、この子と彼と一緒に逃げられたらどんなにいいか。

彼に両腕をまわすと、彼はアグネスを抱き寄せて耳元で囁いた。「愛してる」

そのときだ。アグネスはヨハンネ・カスパセンが戸口に立っているのに気づいた。まるで不気味な生きもののように。一生涯独身であることを誓い、そのことを運命づけられた者のように。それこそ殺しかねないような鋭い視線でアグネスを睨んでいた。腰をおろし、アグネスは指にはめた金の重厚な婚約指輪を見つめ、そのあと恐れてなどいないところを誇示しようと、向かいのヴァルトホルストにわざと眼を向けた。が、彼は思いもよらない顔をしていた。今にも死にそうな顔をしていたのだ。これ以上ないほど厳しい拷問を受けているかのような。隣りの女性に囁き声で中座することを詫びると、まるでアグネスの視線を避けるかのように部屋を出ていった。

四十章

二〇〇三年六月十四日　土曜日
ギルデンローヴェ・ホテル
ウッデヴァラ　スウェーデン

「ペーター・ヴァルトホルスト？」電話の向こうのフィン・ニーストロムが訊き返してきた。トミー・バーグマンはホテルの四階の窓辺に立って、ダウンタウンに向かって延びる歩道を見下ろしていた。空いているほうの手で十分まえに公社で買ってきた、アルコール度の強いノーランズグルド・ビールの缶を開けた。イーヴァル・フォールルンとのやりとりは彼の咽喉《のど》を渇かせ、頭も混乱させたが、同時に彼を賢くもしてくれていた。少なくとも自分ではそう思っていた。

「ゲシュタポの親衛隊大尉《ハプトストルムフューラー》にして、犯罪捜査官《クリミナルインスペクトル》のペーター・ヴァルトホルストです」とバーグマンは言った。ビールは生ぬるかったが、気にしなかった。一気に半分飲んでいた。最後にフォールルンが言ったのがそれだった。ヴァルトホルストのふたつの肩書だった。

彼が言った一番重要なことはそれではなかったが。

カール・オスカー・クローグの大きな秘密──戦後の彼のあらゆる成功を根こそぎにするような秘密──だ。そのことがバーグマンの頭から離れなかった。しかし、どうしてリレハンメルにクローグのファイルだけないのか？　その事実を口にしたのはフォールンだけだが、彼が嘘をついているとしたら、その理由がわからない。逆にフォールンの言ったことがほんとうなら、すべての説明がつく。

「きみはどうやって彼の肩書を知ったんだね？」とニーストロムはさらに訊いてきた。動揺を隠そうとしていた。が、彼はそういうことが巧みな男ではなかった。バーグマンは一瞬、ニーストロムに電話をかけたことを後悔した。トールゲール・モーバーグにかけることもできたわけだが、彼にはあまりいい印象を持たなかった。そもそもモーバーグは謎を明らかにすることに乗り気ではなかった。謎は山ほどあるのに。

「フォールンはカイ・ホルトと話した最後の人物だったようです」

それだけ言って、バーグマンは反応を待った。

「なるほど……」

「ホルトは非公式にそのペーター・ヴァルトホルストを尋問したとフォールンに言ったそうです」

「ほかには？」とニーストロムはまたバーグマンに訊いてきた。

「ホルトが言ったのはそれだけです。フォールンによれば、ストックホルムまで行く車を手配してくれとホルトに頼まれたのが彼に会った最後だそうです」

「なるほど。ホルトは一九四五年五月二十八日日曜日にヴァルトホルストを尋問し、二日後に死んだ」

「ええ」

「フォールンはそれをクローグに話したんだろうか？」とニーストロムは低い声で尋ねた。「クローグはヴァルトホルストがホルトに尋問されたことを知っていたんだろうか？」

「いや、知らなかったはずです。フォールンとクローグがそれほど親しかったとは思えない」

「なんともわかりにくいね……」青い峰を染める赤い夕日を背景に、犬を連れて釣り竿を持ち、アイスランド・セーターを着て山の上に立っているニーストロムの姿が眼に浮かんだ。「いずれにしろ、ヴァルトホルストを尋問して、ホルトには何がわかったんだろう？フォールンはきみにもっとしゃべったんじゃ――」

「それについては捜査中なんで――」

「言えない？」そう言って、ニーストロムは笑った。バーグマンはビールをぐいと飲んでげっぷをこらえた。ニーストロムに話すことはもうなくなってしまったような気がした。

「でも、できれば助けてほしいんです」とバーグマンは言った。「ヴァルトホルストに関する情報がもっと欲しい」

「刑事は私じゃなくてきみだ」ニーストロムはそう言って、自分の軽口に自分で笑った。バーグマンは無視した。そして、やはりモーバーグに電話をかけるべきだったかと後悔した。

「あの酔っぱらいは六十年近くも口をつぐんでたわけか」ニーストロムの今度の口調にはあきらめがにじんでいた。

「これはここだけの話にしてください」とバーグマンは言った。何もかも話しているわけではないけれど。

「ヴァルトホルスト」とニーストロムはその名を噛みしめるように言った。

「フォールンはヴァルトホルストが今どこにいるのか調べようとしたそうです。しかし、それはそう簡単には……」

　バーグマンはそこでわざとことばを切った。

「……いかなかった？」

「ペーター・ヴァルトホルストはもういなかった」

「もう死んでるのか？」

「たぶん。フォールンには、一九四三年初頭からノルウェーのキルケネスのゲシュタポに籍を置いていたことだけしかわからなかった。ドイツがノルウェー北部から撤退したあとは、リレハンメルのゲシュタポのオフィスで副司令官を務めていたそうです」

「しかし、ゲシュタポだったら戦後処理のリストに載っているはずだ。おそらくその後本国に送還されたんだろう。処刑はされていないようだから。処刑されていたら私が知っているはずだ」

「ホルトがおこなったヴァルトホルストの尋問記録も残ってないんです。残っていてもいいのに。フォールンによると、最後にヴァルトホルストがノルウェーで確認されたのが一九四五年五月二十八日で、ヴァルトホルストに関するゲシュタポの書類はすべてなくなってしまっていた」

ニーストロムが口笛を吹いたのが聞こえた。そのあとに初めて聞くことばが続いた。

「ペーパークリップ作戦だ」

「はい？」

「ペーパークリップ作戦。戦争が終わるまえにアメリカが始めた作戦だ。ソ連よりさきに優秀なナチ党員の科学者を確保するためにね。きみも忘れないほうがいい、アメリカ人を月に行かせたのはドイツ人だったということを。実際のところ、ノルウェーでは戦後、スウェーデン人が〈アプヴェーア〉の諜報員やゲシュタポの捕虜の身柄を確保した。捕らえられたのは実際に手を血で汚した者たちではなくて、むしろ思慮深い将校や、ソ連、およびスパイ対策、尋問技術に長じた諜報活動の専門家だった。スウェーデン人はそういった捕虜をイギリスには知らせずアメリカに引き渡した」

バーグマンはニーストロムの歴史の講義を黙って聞いた。

「ヴァルトホルストがまだ生きているか調べてみるよ」とニーストロムは言った。

バーグマンはさらに黙って考えた。カイ・ホルトはスズメバチの巣のど真ん中に足を踏み入れたのだ。そのために命を落としたのだ。

「ほかにもあるんじゃないのかね？」とニーストロムは言った。「私に話してないことがまだほかにも。まあ、それはかまわないけれど、私はきみの言うとおりだと思ってる。きみの推理はあたってる」

「なんのことです？」ようやくバーグマンは口を開いた。

「ノールマルカで見つかった三人の遺体とカイ・ホルト殺しはつながりがあるということだ」

「どんなつながりです？」

「クローグが女性ふたりと女の子を殺したと仮定しよう」とニーストロムは続けた。「ホルトはそのことを知ったものの、のちに神経症を患った。そのためこの情報を自分の心にとどめておくことができなくなった。クローグにしてみれば、戦時下のノルウェーでことさら残酷な粛清をおこなったのが彼だというのはあまり公にしたくない事実だ。なにしろ彼は国家再建の重要な担い手候補なんだから。それに加えて、クローグはホルトを黙らせられる強力なネットワークをスウェーデンに持っていた。実際、クローグは戦後のノルウェーにおいてスウェーデンの代弁者になった。そのことを思い出せば、そのあたりの事情は容易に想像できる。スウェーデンとしては、ノルウェーでの意思決定機関におけるクローグの確たる地位を台無しにするわけにはいかなかった」

バーグマンはニーストロムの今の仮説をしばらく考えた。理に適った話に思えた。が、ニーストロムはバーグマンが知っていることをまだ知らない。バーグマンは自分の気が変わらないうちに話すことに決めた。

「ひとつ、込み入った問題があります。ひどく込み入った問題がね」

「ほう？」

「アグネス・ガーナーはナチではなかったかもしれないんです。だからフォールルンは殺害はまちがいではなかったと思っているようです」

「話が見えなくなった」

「フォールルンの話だと、アグネス・ガーナーはグスタフ・ランデと婚約していたものの、ナチではなかった。ホルトもそれを知っていた。当然です。フォールルンによれば、アグネスはホルトの下で働いてたんだから」

ニーストロムはすぐには答えなかった。

しばらくして言った。「つまりクローグは仲間を殺した？　きみはそう言いたいのか？」

バーグマンは眼を閉じた。ほかに選択肢はない。ニーストロムを信用するしかない。ほかに誰がヴァルトホルスト捜しに手を貸してくれる？　モーバーグなら見込みはある。が、彼と話したときのことを思い出すと、モーバーグを信用する気にはなれなかった。

「これから話すことは――」バーグマンはいったんことばを切った。「これから話すことはここだけの話にしてください。というより、私と話すことは全部内密にしてください」

「わかった。もちろんだ」

「クローグの家で十六桁の数字がふたつ見つかりました。その数字は銀行の口座番号である可能性が高い。スイスやリヒテンシュタインで使われるような匿名の口座の」

ニーストロムはすぐには何も言わなかったが、ややあって言った。

「オスロのあの地域の住人ならそういうこともあるだろう。しかし、クローグまでそんなことをしていたのだとしたら、それは正直驚きだな」

「いや、金の出所はクローグの会社じゃないような気がするんです。それにそもそも口座が開設されたのも何十年もまえのことなんじゃないかと」

「何が言いたいんだね？」

「これはフォールルンの考えですが……いや、私も同じ考えです、あまりに荒唐無稽なんだけれど……それでも……」

「それでも、なんなんだね？　フォールンはどう思ってるんだ？」

「アグネスはもしかしたらクローグの正体を知っていたのではないか。そう思ってるようです」

「クローグの正体……」とニーストロムはつぶやくように言った。

「ホルトはリレハンメルでヴァルトホルストから何を聞いたと思います？　フォールンの話だと、リレハンメルにはクローグのファイルが残ってないそうです。ドイツはクローグに関するファイルを持っていない。それはどういうことか」

初めニーストロムは答えなかったが、やがて小さな声で言った。「彼のファイルが消えているのは私も知っていた。だからと言って……そんな馬鹿なことがあるわけがない」

「あったらどうします？　最悪なのは、そう考えるとすべてがぴったり収まるということです。アグネス・ガーナーの殺害、銀行口座。ドイツはスパイのためにスイスやリヒテンシュタインに口座を開いていた。でしょ？　以前どこかでそんな記事を読みました」

「いやいやいやいや、そう考えると、答えはひとつしか……いや、信じられない」ニーストロムは妙な笑い声をあげた。

「あなたが調べたかぎりではフォールンの主張を裏づけるような史実は出てこなかった。そうですね？」

「史実……」とニーストロムは低い声で言った。

「クローグの経歴から、戦時中は二重スパイだったという仮説を裏づける証拠はひとつもないんですか？　金銭問題、隠れナチ。レジスタンス活動のさなかに捕まったとか。そんな事実を示す史料はないんですか？」

ニーストロムはしばらく考えた。「いや。あればきっととっくに見つけていたよ。クローグは金持ちの家の出だ。だから金など……」

「ヴァルトホルストを見つけなければ。もし生きていれば」

「協力してくれそうなドイツ人の知り合いはいないではない」

「ヴァルトホルストを見つけてください。お願いします」

電話を切ったあと、バーグマンはベッドに横になった。頭に血がのぼっているのがわかった。

ホテルのメモに書いた。

二重スパイ。

それがほんとうなら、イーヴァル・フォールン以外には誰がそのことを知っていたのだろう？

四十一章

一九四二年八月二十七日　木曜日
ハンメルシュタードゥ通り
オスロ　ノルウェー

ドアを誰かがノックする音が聞こえ、アグネス・ガーナーがまず思ったのは、ノックしたのはグスタフ・ランデの運転手ではないということだった。運転手のノックより軽くてひかえめだった。それに時間も早すぎた。運転手が迎えにくるのは三時半ということだった。なのにまだ二時だ。

自分はどこかでへまをしたのかという不安に駆られながらベッドから出た。シーツに居坐るピルグリムの残り香を愉しみながらまどろんでいたのに。今回は避妊に失敗したような気がした。ただの直感にしろ。彼とのあいだに子供ができていたら嬉しい。と思うそばからその思いを否定した。こんなときに身重になってどうする？　昨夜、ピルグリムはまたアグネスのアパートメントで待っていた。正気の沙汰ではない。個人的には大いに意味のあることではあっても。ランデにもらった婚約指輪を見ながら、ドアをノックしているのは彼の運転手ではないと改めて思った。ピルグリムとのことがランデに知られたら、冬になるまえに死ぬことになるだろう。それでもアグネスはピルグリム――カール・オスカー――を自分の中に迎え入れるたびに祈らずにはいられなかった。セシリアのような子供を授かりますようにと。

わたしはどうかしている。いや、わたしは昔からずっとどうかしているのだろう。ドアの把手に手を伸ばしながら、わたしには誰も手を出せない、とアグネスは自分に言い聞かせた。すべてうまくいくと。そんな思いはナチス親衛隊の軍曹を見るなり雲散霧消した。

「フロイライン・ガーナーですね？」その声はあまりに親しげで、アグネスはからかわれているのではないかと思った。それでも脈拍は次第に遅くなった。「ヘル・ヴァルトホルストがあなたと会合を持ちたいと言っておられます」

捕まった、とアグネスは思った。

「会合？　なんのお約束もしていませんし、これから婚約者の別荘に行くんです。電話をくださるようお伝えください」

ドアを閉めようとしたが、軍曹に止められ、隠しきれないパニックに襲われた。

「ルータンゲンに行くところなんです」

「お願いします、一緒に来てください」

「なんのご用ですか？」

「一緒に来ていただけますか、フロイライン?」軍曹は手を差し出し、階段のほうを身振りで示した。

「ちょっと待って。バスルームに行かせてください」

アグネスはマホガニーの鏡台に置いてあったバッグを一度はつかんだものの、鏡の中の自分を見て、もとの場所に戻した。

軍曹は部屋の中にはいってきた。

「着替えをさせてください」とアグネスは言った。軍曹はうなずきはしたが、居間までついてきた。寝室で着替えるあいだ、アグネスには平静を装うことしか考えられなかった。ひどく動転してしまったせいだろう、もう少しで青酸カリのカプセルがはいったバッグを持ってバスルームに駆け込むところだった。

一階に降りながら、車の中でカプセルを口に入れるのはやめようと決めた。もっとあとまで待とう。ただ手をバッグの中にずっと入れておけばいい。どんな味がするのだろう?

そんなことを考えながら、彼女は後部席の革のシートにもたれた。車はマヨルストゥアの交差点を過ぎ、バリケードと土嚢のあいだを通った。

軍曹は車を停めて降りると、白いウェディングケーキのような建物の呼鈴を押した。アグネスはそのときにはもうさして緊張はしていなかった。〝バルコウィッツ〟という名前が大きく彫られ、きれいに磨かれた真鍮のプレートに映る自分がしかめ面で彼女を見返していた。

最上階まで階段をのぼったあともアグネスの脚はちゃんと彼女の体を支えてくれていた。ありがたいことに。軍曹は巨大なドアの把手をゆっくりと押し下げた。洗剤の刺激臭とドアの横のサイドテーブルに飾られた生花の香りが交じり合ったにおいがした。口の中は血の味がした。

軍曹が踵を打ち鳴らして言った。

「刑事大尉閣下、フロイライン・ガーナーをお連れしました」

突然、アグネスは自分はもうこれ以上の衝撃には耐えられないと思った。大尉がいかに危険な男か、無理やり考えないようにしてきたのだろうか。グスタフ・ランデと結婚すれば、自分は一気に強い立場に立てるとほんとうに信じていたのだろうか。わたしはただ騙されているだけではないのか。わたしは何かまちがいを犯したのだろうか、明らかな失敗をしてしまったのだろうか。さまざまな想念が頭の中を駆けめぐった。ヴァルトホルスト大尉。刑事。そのような肩書きを持つには若すぎる。いや、ちがう。彼が肩書きどおりの人間ではないことはわかっている。彼はゲシュタポではない。ゲシュタポならアグネスもまえから知っていたはずだ。一号が話してくれていたはずだ。言うまでもない！

それでも、アグネスにはヴァルトホルストと初めて話をしたときから、このときが来るのはわかっていたような気がした。ピルグリムに出会いさえしなければ、失うものなど何もなかったのに。

　ああ、神さま、どうかご慈悲を。

「ガーナーさん」ドアを閉めながらペーター・ヴァルトホルストは言った。アグネスは広い玄関広間に立っていた。床は杉綾《すぎあや》模様の寄木張りで、壁紙はワインレッド。肖像画や風景画の大きな油絵が壁に並んでいた。クリスチャン・クローグ、ニコライ・アストルップ、ラーシュ・ハルテルヴィーグの作品だ。開いているフレンチドアの向こうに居間が見えた。ここに住んでいた家族は時間の猶予も与えられず、追い出されたのだろう。高価な絵画も家具も置いていかざるをえなかったのだろう。現金や株やそのほかの財産ともども。

　広いアパートメントのどこかに置かれた蓄音機から音楽が流れていた。

「そんなに怖がらないでください」とヴァルトホルストはアグネスのそばに立って言った。アフターシェーヴローションと歯磨き粉のにおいがした。吐く息にはアルコールの気配も感じられた。わたしが来るまえに飲んだのだろうか？　そう思うと、脈が少し落ち着いた。彼のほうも神経質になっているのか。アグネスはバッグをつかむ手をゆるめ、中のカプセルのことを考えるのをいっときやめた。

　ヴァルトホルストはアグネスの背中に手を添えると、ルイ十六世様式の家具が置かれ、重厚な二重のカーテンが途中まで閉められている居間に案内した。さらに居間を抜けると、ちょうど音楽が終わるのと同時に書斎にはいった。書斎の壁には本棚が絵画をあいだにはさんで並んでいた。窓のひとつの脇にマホガニーの机があった。その上に灰皿が置かれ、火の消えた葉巻がひとつのっていた。机の上には書類に埋もれるようにして若い男の写真も飾ってあった。

　そこでやっとアグネスにも部屋の隅の蓄音機が奏でていたのが誰の曲かわかった。コメディアン・ハルモニスト（ドイツの男声アンサンブル）。しかし、彼らの曲は禁止されている。彼らは三〇年代初頭以降ドイツでは歌っておらず、アグネスの知るかぎり、その後メンバーの大半がドイツから逃げ出したはずだ。このレコードは、ヴァルトホルストがドイツから持ってきたか、バルコウィッツ一家が置いていったかのどちらかだろう。しかし、メンバーにユダヤ人を含むこのグループのレコードをヴァルトホルストがかけていたという事実は、アグネスを逆に警戒させた。

　ヴァルトホルストは蓄音機に近づくと、レコードに針を戻した。スピーカーから『私の小さな緑のサボテン《マイン・クライナー・グリューナー・カクトゥス》』が流れ、アグネスは思わず笑みを浮かべた。何かを探しながら小さく口笛を吹くヴァルトホルストが浮かべた笑みにつられたのだ。あるいは、何か特別な狙いがなければ、ヴァルトホルストがコメディアン・ハルモニストの曲をかけるはずがないと気づいて、パニックが遅れてやってきたせいか。彼がアグネスの反応を試しているのはもうまちがいなかった。レコードのジャケットが数枚床に散らばっていた。アグネスはなんのレコードだろうと眼を凝らした。わかったのはツァラー・レアンダーの顔だけだった。

「ここにひとりで住んでるんですか？」とアグネスは尋ねた。

ヴァルトホルストは短く笑い、アンティークのコーヒーテーブルをはさんで置かれたふたつの革張りのソファを示した。

「ええ、ひとりでね。飲みものはいかがです？」

「いいえ、けっこうです」

「飲まない？　少しだけでも？　昼食の時間はもう過ぎてるから、シェリーなんかどうです？」

アグネスはソファに坐った。革の冷たさに体が冷えるような気がした。バッグを膝にのせてうなずいた。ヴァルトホルストの顔は青白かった。一日じゅうここに坐っていたのだろうか。日光は机のそばの窓から少し射し込んでいるだけで、部屋のほかの部分は夜明け前後のように薄暗かった。

アグネスにクリスタルのグラスを渡したヴァルトホルストの手は、そよ風に揺れる窓の外のクリの木の葉のようにわずかに震えていた。ヴァルトホルストは自分のグラスにかなりの量のウィスキーを注ぎ、アグネスが子供の頃によく見かけた地球儀形のバーキャビネットにカラフェを戻した。

「乾杯《スコール》」とヴァルトホルストはアグネスの向かいのソファに坐って言った。そして、そのあと両手でグラスを包み込み、じっと坐って窓の外をしばらく眺めた。

アグネスは口を開きかけた。が、彼女が何か言うまえにヴァルトホルストが言った。

「煙草は?」そう言って、スーツの上着の内ポケットからシガレットケースを取り出した。

彼はアグネスがくわえた煙草——咽喉が焼けそうになるほど強いトルコ煙草——に火をつけると、蓄音機のところに戻り、コメディアン・ハルモニストのレコードをはずして床に落とした。

次に彼がかけたのはツァラー・レアンダーだった。ぱちぱちという音に続いて『素敵なあなた《ベイ・ミール・ビスト・デュ・ショーン》』が流れはじめた。これも禁じられている曲だ。ツァラー・レアンダーはナチだが、いかにもユダヤを思わせる曲と批判された曲だ。あまりに矛盾したことで、この裁定には多くの人が頭を混乱させられており、アグネスもそのひとりだった。

「禁止されている曲をかけていることはもちろんわかっておられるんですよね、ヴァルトホルストさん?」

彼は鼻を鳴らすと、ただ首を振った。

「ヴァルトホルスト刑事とお呼びしたほうがいいのかしら? なぜ刑事だと言ってくださらなかったの? グスタフにはほんとうのことを話してるんですか? 自分が馬鹿みたい

に扱われたら彼も喜ばないと思うけれど」

　ヴァルトホルストはアグネスの言っていることがまるで理解できないとでもいうかのように、無表情で彼女を見つめた。それから自分の煙草にも火をつけ、グラスの酒を飲み干した。そして窓辺に立って言った。

「この戦争は負けます」

　アグネスは無意識に二度咳払いをして、煙草の灰を灰皿に落とすと、手の震えをどうにか抑えながら煙草をまた口に戻した。

「誰かがあの男を殺さなければならない」と彼はひとりごとのように言った。「あのオーストリアのちびの伍長を」

　アグネスの腕に鳥肌が立った。

　これこそ彼らが警告したことだった。全員が警告を受けていた。三年まえのフェンロー事件――オランダでふたりのイギリス諜報部員が反ナチを装ったゲシュタポの将校に拉致された事件――のあと、イギリス諜報部は諜報員に厳重な注意を呼びかけた。ドイツ人将校で反ナチを唱える者がいたら特に警戒するようにと。にもかかわらず、前線の諜報員の中には警告を真剣に受け止めなかった者もおり、その結果、身の破滅を招いた者もいる。これは数ヵ月まえにピルグリムから聞いたことだ。総統にはうんざりだにしろ、ドイツ帝国の失墜に手を貸したいにしろ、そんなことばを口にするドイツ人を信じるのはなにより危険だ。そのときピルグリムはそう言った。

「ことばには気をつけたほうがいいんじゃありません？」とアグネスは言った。「あなたのお友達のゼーホルツ少将が聞いたらどう思うでしょう？　あなたは禁止された音楽を聞いているだけじゃなく、総統を侮辱しているなんて聞いたら」

ヴァルトホルストはアグネスを振り返った。その顔色は重病人のように蒼白だった。豊かな黒髪と黒々とした眉だけが彼の中にまだ生命が宿っていることを示しているかのようだった。

「ゼーホルツのことは心配ありません。あの男は自分の口に突っ込まれたトウモロコシだって見つけられないような男です。それから総統のことだけれど、あのオーストリア人が魔法を使うのに必要なものはただひとつ、彼を心から信じたいと願う聴衆です。総統はそのことを熟知している。そうは思いませんか、ガーナーさん？」

「アグネスで。アグネスと呼んでください」

ヴァルトホルストは首を振ると、顔をこすり、そのあとポマードでつやつやと光っている髪に指を通した。

「なぜわたしを呼んだんです？」とアグネスは尋ねた。

彼が歩くと床と靴が軋む音がした。そのあと耐えがたい沈黙が続いた。ヴァルトホルストはまた蓄音機のまえに立った。レコードがほとんど音もなく数回まわったあと、自動的にアームが上がり、もとの場所に戻った。アパートメントにまた完全な静寂が訪れた。居間の古い振り子時計だけが、規則正しい音をたてていた。

「お好きですか？」とヴァルトホルストはレコードをアグネスに見せながら尋ねた。

「ユダヤの歌ですよ」とアグネスは言った。

「ええ。じゃあ、割ってしまいましょう」ヴァルトホルストはレコードを半分に割って床に落とした。「彼らが置いていったものです。バルコウィッツ……バルコウィッツ一家が！」吐き出すようにその名を口にした。

アグネスはシェリーグラスをつかんで口元に運んだ。グラスを落とすかと思った。が、どうにかこぼさずに一口飲めた。

「どうしてグスタフ・ランデと親しくなったんです？」ヴァルトホルストは低い声で言った。今はアグネスの向かいのソファの肘掛けに腰かけていた。

「もう帰らないと」とアグネスは言って、コーヒーテーブルにグラスを置いた。

「答えてほしい。金のためですか？」

アグネスは立ち上がったものの、足が動きそうになかった。頭から血が引いていくのがわかった。よろめきながら数歩歩いた。バスルームに行って吐きたい。あるいはカプセルを口に入れたい。どうすればいいのか……。

「許してください」うしろからヴァルトホルストが言った。「あなたを怒らせるつもりはなかった」

「でも、怒らせました」とアグネスは居間とのあいだの戸口で足を止めて言った。

「あなたはとても美しい。グスタフ・ランデは金と……権力を持つ男だ」

アグネスは自分を取り戻した。

「どうしてわたしを呼び出したんです？」振り向いて彼を見た。彼は机の端に腰かけ、恥じ入ったような顔をしていた。

「弟です……」そう言って、ヴァルトホルストは机の上の写真のほうに頭を傾げた。

アグネスは書斎に戻った。少し古い写真だったが、ヴァルトホルストに似ていた。写真の少年は十三、四歳といったところだろうか。口を歪めた笑みと厳しい眼がヴァルトホルストと共通していた。ただ、ヴァルトホルストより表情は柔らかだった。

彼は机の上の書類を一枚取ると、二本の指にはさんだ。アグネスは逆さになった数語を読んだ。総統のために亡くなった。そう書いてあった。アグネスは写真に眼を戻した。

「あなたに会いたかっただけです」とヴァルトホルストはやっと聞こえるほどの低い声で言った。「私は既婚者ですが、辛いことがあるといつもいつのまにかあなたのことを考えている」

アグネスは帽子を脱いでソファに置いた。ヴァルトホルストは床を見ていた。アグネスはその手を取り、彼の顎を持ち上げた。しばらくのあいだふたりは互いの眼を見つめ合い、やがてヴァルトホルストのほうが顔を近づけた。

アグネスはキスを許した。

「あんなことは言うべきじゃなかった。あなたは婚約してるのに」

アグネスは彼の頬を撫でた。ひそかに興奮していた。こんなに簡単なの？

「どうか帰ってください」とヴァルトホルストは言った。

通りに出て車を待ちながら、アグネスはこの世のすべてが見た目ほど簡単ではないと改めて思った。ハンメルシュシュタードゥ通りに戻り、ドアの錠に鍵を差す段になって、自分はどこかでまちがいを犯したのではないかという思いにまた襲われた。が、どこで何をまちがえたのかわからなかった。玄関にはいったところでしゃがみ込み、両手で顔を覆った。いきなり涙があふれた。なのにどうして泣いているのか、アグネスにはそのわけが自分でもわからなかった。

四十二章

二〇〇三年六月十五日　日曜日
ウップデヴァラ　スウェーデン

ぶ厚い綿のような灰色の雲が街を貫く運河の上に低く垂れ込め、トミー・バーグマンにも、しかたなく外に出ている少数の人々にも、ひっきりなしに雨が降り注いでいた。朝食後、さっさとストックホルムに向かわず、どうして自分は借りた傘をさしてこのさびれた街をさまよっているのか、バーグマンにはそのわけが自分でもわからなかった。

雨の中、運河の黒い水面で上下に揺れるアヒルのつがいを眺めた。煙草を二本吸った。そのあと広場まで歩いた。早めの昼食をとり、ついでに一、二杯ビールを飲もうと思い、レストランのテーブルについたとたん、携帯電話が鳴った。

「ドイツ人の元同僚と話したよ」フィン・ニーストロムだった。

「ありがとうございます」とバーグマンはメニューの中から注文したいものをウェイトレスに向かって指差しながら言った。「それに今日は日曜日なのに」

「われわれ背教者はお互いつながり合っていないとね」ニーストロムはそう言って笑っ

た。

「その元同僚の人も背教者というわけですか」

「そうでもないけれど、人気者というわけでもないな。ルドルフ・ブラウンという歴史学者だ。もしかしたら名前ぐらいはきみも聞いたことがあるんじゃないか？」

「もしかしたら」

「いずれにしろ、ヴァルトホルストは別名で——おそらくはイギリス人名で——現在ベルリンに住んでいるらしい。明日、研究者仲間に連絡を取ってくれるそうだ」

「念のために言っておきますが、その人にも口外は無用であると伝えてください」とバーグマンは言った。「新聞記事にはしたくありませんから。あなたにも言っておきます。フォールンがクローグについて言ったことは誰にも話さないでください。お宅の犬にも」

「心配は要らないよ、バーグマンくん。もうひとつ情報がある。ペーター・ヴァルトホルストは一九三九年秋から、オスロでドイツの商務官の個人秘書を務めていた」

「商務官？」

バーグマンはいっとき考えてから言いかけた。「つまり……」

「そう、〈アプヴェーア〉だ」とニーストロムは言った。「ドイツの諜報機関〈アプヴェーア〉とゲシュタポの関係は決してよくなかった。ただ、ノルウェーではその境界は流動的だった。一九四三年にはヴァルトホルストはゲシュタポに属していたというのもそれで説明がつく。そのまえまで彼がどれだけの期間個人秘書として働いていたのか、その仕事内容はなんだったのか、それは誰も知らない。〈アプヴェーア〉の保管文書にしろ、活動に関する記録にしろ、そのほとんどが一九四四年のヒトラー暗殺未遂のあと、行方不明になってしまったからね。もちろんわかっていることもあるが、自分たちにとって都合の悪いものは、親衛隊保安部がファイルの大部分を持ち去って闇に葬った。これはあくまで伝聞だが、ヴァルトホルストの名は戦後有罪判決を受けた戦犯リストにも一切出てこないらしい。わたしの推測を言えば、ヴァルトホルストはしばらくフィンランドか、北極海に面したコラ半島にでもいたんじゃないだろうか。そうでなきゃ、ペーパークリップ作戦に乗じてヨーロッパから逃げ出すことはできなかったはずだ」

「あなたの元同僚はなんと言ってるんです？」

「だいたい今話したことと変わらない。昨日言ったように、戦後、スウェーデンは多くの〈アプヴェーア〉の諜報員とゲシュタポの身柄を確保した。ヴァルトホルストもスウェーデン経由か、直行かはわからないが、その後アメリカに渡った可能性が高い」

ウェイトレスがビールと昼食をテーブルに置いた。バーグマンが答えなかったので、ニーストロムは自分が言ったことを繰り返した。バーグマンは窓辺の席でずっと押し黙ったまま坐っている老カップルを眺めた。

「それから昨日手元の保管資料を調べてみたんだ。どこかで聞いた名前だという気がしたんで。ペーター・ヴァルトホルストのことだが」

「手元の保管資料？」

「真面目な歴史学者なら誰でも手元に資料を保管しているものだ。ただで寄贈してもらえることもあるし、安く売ってもらえることもあるが、私は昔の資料をひとつも捨てていない。あとから手に入れたものもある。その中から出てきた。グスタフ・ランデの家で開かれたディナーパーティの写真だ」

「グスタフ・ランデの？」

「二十年まえに死んだ元ナチからプライヴェートな資料をもらったんだ。アスケルのどこかで弁護士をしていた男だ。遺言状でこの私に寄贈すると指名してくれたんだよ。どうやら私は一九七〇年代後半の調査で彼にいい印象を与えていたらしい」

「どうして私がグスタフ・ランデの写真に興味を持つと思うんです？」

「写ってるのがランデひとりだなんてまさか思ってはいないだろうね？」とニーストロムは低い声で言った。

　バーグマンは何も言わなかった。

「一九四二年の夏至祭前夜の写真だ。端にペーター・ヴァルトホルストが写っている」

「ヴァルトホルストがヒトラーユーゲントに属していたということはありませんか？」

　そのあとしばらくは電話の向こうからはがさがさという音がかすかに聞こえるだけに

なった。レストランのドアが開き、誰かが広場で叫んでいるのが聞こえてきた。通りをはさんだ向かいの建物の屋根の向こうに最後の陽光が消えていくのが見えた。

「どうしてそんなことが知りたい？」

「属していたことがあるのかどうか、わかりますか？」

「属していたかどうかは知らない」

「そうですか。だったらいいです。大したことじゃありません」

「きみは嘘が下手だね。まあ、かまわないが、テーブルの反対側の端のランデのそばに誰が坐っていると思う？」

「さあ」

「ヴァルトホルストは今にも死にそうな眼で彼女を見ている」

バーグマンはビールのグラスをつかんだまま飲むまえに言った。「アグネス・ガーナー」

「ビンゴ」

「ヴァルトホルストを捜し出してもらえますか？　写真はスキャンしてメールで送ってもらえると助かります」いいところまで来た。いいところまで。バーグマンはそう思った。

「しかし、いまだに信じられない」とニーストロムは言った。「クローグのことだが……これが全部真実だったら……いや、信じられない」

いや、真実だ、とバーグマンは電話を切りながら確信した。信じられなくても真実だ。勘定をしていると、電話が鳴った。フレデリク・ロイターからだった。

どう転ぶかわからない。そう思いながら、バーグマンは電話に出た。昨日イーヴァル・フォールンとのやりとりを報告したときには、ロイターはほとんど何も言わなかった。ロイターとしてもすべてを理解するには時間が必要だったのだろう。

「ストックホルムに行ってくれ」バーグマンに挨拶する間《ま》も与えずロイターは言った。「国家警察のクラース・トスマンを訪ねるんだ。明日の朝十時に」

いいほうに転がりはじめている。バーグマンはそう思った。勘定をすませると、街の中心部を何周か歩いてビールの酔いを覚ました。

三十分歩いたのち、ドラーブロスに電話をかけて、明日のハンドボールの練習には出られないと伝えた。ドラーブロスはいつものようにふたつ返事で代理を引き受けてくれた。一瞬、バーグマンは自分もドラーブロスのような人間になりたいと思った。常に率直で前向きなものの見方ができる人間に。たまに困難に直面してもそういう姿勢が変わらない人間に。

ハンドボールつながりで自然とハジャに思いが向かった。ガソリンスタンドで車を停めて電話をかけると、彼女はほっとしたような声で言った。

「あなたのことを考えてた」ベッドで寝返りを打った音が聞こえたような気がした。夜勤だったのだろう。

「おれもきみのことを考えていた」とバーグマンは自分を抑える余裕もなく、気づいたときにはもうそう言っていた。嘘をつける若さも恰好をつける若さももう自分にはないということだ。あとから自分にそう言い聞かせた。ほんとうに問題なのはそんなことではないことが重々わかりながら。ただ、今はそれ以上よけいなことは考えたくなかった。

ふたりはバーグマンがオスロに戻り次第会うことを約束した。

四十三章

一九四二年九月六日　日曜日
ヴィーゲラン彫刻公園
オスロ　ノルウェー

子供たちの一団が走ってヴィーゲラン公園の花崗岩の門を出たりはいったりしていた。そのうちのひとりの少年が転び、かぶっていた帽子が脱げて砂利道に転がった。アグネス・ガーナーは屈んでその帽子を拾い上げた。少年は膝立ちをして、広げた両手を見ていた。左手を少しすり剝いただけのようだった。

「はい、帽子」アグネスはそう言うと、九歳か十歳くらいのその少年に帽子を差し出した。少年は眼に涙をいっぱいため、歯を食いしばって泣くのを我慢していた。それでもお礼のことばをぼそぼそと言って手を伸ばし、帽子を受け取った。

年配の男が「失礼」と声をかけてアグネスの脇をすり抜け、門を出ていった。肩越しに振り向いてその姿を追わないよう、彼女は自分を抑えた。誰かに尾行されているという不安が極限に達していた。黒いベンツの長い車列が大通りいっぱいに連なり、何百というそのベンツの窓からペーター・ヴァルトホルストの顔が自分に向けられているような気がしてならなかった。しかし、とアグネスは思う――わたしを捕まえる気なら、先週の木曜日にあのアパートメントですぐにでもできたはずだ。もしかしたら、わたしが取り返しのつかない過ちを犯すのを待っているのだろうか。それを見届けてから、その爪を深く突き立てようとしているのだろうか。アパートメントに呼び出された一件はその翌日ピルグリムにステン公園で話し、一号に伝えるように頼んであった。が、ピルグリムはどこか心ここにあらずといった様子だった。ヴァルトホルストがわたしを呼びつけたことがどんなに深刻なことなのか、それがわからないのだろうか。もちろん、実際にあったことまで詳しく話しはしなかったが、彼だって薄々勘づいたはずだ。アグネスとしては直接カイと話したかった。が、連絡を取る手段がなかった。カイとのやりとりはヘルゲ・K・モーエンを通してしかできない。あるいはピルグリムを介してしか。カール・オスカー。その名前を思っただけで、ぬくもりが全身に広がったが、それは一瞬のことで、すぐにまたうすら寒さに包まれた。今朝は起きるなり嘔吐した。今は収まっているが。少しだるさがあるものの、体調が悪いというほどではない。

公園の中に少しはいったところでさっきの少年の姿が眼にはいった。帽子をぎゅっと握りしめ、頭を垂れて立っていた。ほかの子供たちはどこかに行ってしまったようだった。

「どうしたの？」とアグネスは少年に声をかけ、肩にやさしく手を置いた。少し戸惑いながらも少年は彼女のほうを向いた。

「パパに殺されちゃう」幼い頬を涙が伝った。彼女はそこで初めて少年のズボンの膝に穴があいていることに気づいた。「うちにはお金がないから」

アグネスは財布を開けて一クローネ硬貨を五枚取り出した。ほんとうはもう少しあげたかったが、めだつことはしたくなかった。少年のすり剝いていないほうの手を取り、硬貨をその手に握らせた。

「行きなさい。お友達のところへ」彼女はそう言って、橋のほうに向かっている子供たちを顎で示した。公園はまだところどころ工事中だったが、橋の上は人で混雑していた。

「ありがとう」と少年は言い、友達のほうへ走っていった。ノルウェー人の若い娘と腕を組んで歩いていたドイツ兵が振り返り、少年を見て笑いながら娘の耳元でなにやら囁いた。そのドイツ兵に眼を向けないように注意して、アグネスも橋のほうに向かった。ピルグリムはそこにいた。橋の手すりに寄りかかって池を見下ろしていた。

彼のところまで行く途中、少年が走って橋を渡っていくのが見えた。少し足を引きずりながら、右手にしっかりと硬貨を握りしめて。彼女は思った――いつの日かこういうこともすべて終わる。

ピルグリムの横に立っただけでアグネスにはわかった。彼はどことなく彼女と距離を置こうとしていた。躊躇《ちゅうちょ》していた。実のところ、彼は勇気を掻き集めていた。これから彼女に大きすぎる責任を負わせることを伝えるのに必要な勇気を。

「今日は人が多いわね」とアグネスは低い声で言った。「少し多すぎるくらい」

「完璧だ」と彼は彼女を見もせず、ただ宙を見つめたまま言った。

アグネスも水面を見下ろした。フログネル池は北側に水門があり、そこから南側に水が流れ込んでいる。彼らの近くには男女のカップルが一組いたが、橋の反対側で騒いでいる子供たちの大声のおかげで、アグネスたちの会話が聞き取られる心配はなかった。

「彼には会ったことがあるのか？」とピルグリムが訊いてきた。

アグネスは工事中の噴水のほうに歩き、大きな噴水のすぐそばまで行くと、そのまわりに組まれた足場を見るふりをして尋ねた。誰のことか見当もつかないと言わんばかりに。

「誰のこと？」

「クナーベン・モリブデン鉱山のロルボルグだ」とピルグリムは歯を食いしばるようにして言った。

「カール・オスカー……わたしはあなたに何度頼めばいいの？」とアグネスは小さな声で言い返し、そのとき自分が過ちを犯したことに気づいた。モリブデンがフールダールで発見されたことも、その発見者がクナーベン鉱山のロルボルグ調査部長だということも胸のうちにしまっておけばよかった。

ピルグリムが近づいてきて彼女の横に立った。

「ロンドンの決定だ」

アグネスは何も言わなかった。

「彼を始末しなければならない」とピルグリムは言った。「それも早急に」

「あなたと一緒にいたい」とアグネスは気づくと言っていた。自分が抑えられなかった。

ピルグリムは何も言わなかった――帽子の幅広のつばをまっすぐに伸ばし、より深くかぶり直しただけだった。

「気をしっかり持て」ようやく彼はそう言った。一瞬、ふたりは眼を合わせた。が、ピルグリムのほうから視線をそらし、一歩横にずれた。そして、帽子のつばの端をつまみ、工事用の足場の近くまでやってきた老夫婦に儀礼的に挨拶をした。

「ヴァルトホルスト」とアグネスはつぶやいた。「彼が怖い。彼のことは一号に話してくれた？」

ピルグリムは首を振った。

「どうして……？」

「珍しくもなんともない、総統のことを悪く言うナチの将校というのは」

「だったらフェンロー事件は？」と彼女は言った。

「まさか正体がばれたんじゃないだろうな」とピルグリムは張りつめた声で言った。

アグネスは首を振った。

「じゃあ、何が問題なんだ？」

彼女は答えなかった。吐き気がなかなか収まってくれなかった。今朝も吐いた。もうこんなことはたくさん、とアグネスは思った。ほんとうに彼女の尻尾をつかもうとしているのなら、ヴァルトホルストはなんのためらいもなくすぐにでも彼女を生贄にするだろう。ピルグリムは彼女のことを信じようともしない。一瞬、アグネスは気を失いかけた。ピルグリムは隣りに立っている年配の男女に噴水について何か話していた。アグネスの耳にはそのやりとりのひとこともはいってこなかった。バッグを開け、青酸カリのカプセルがまだはいっていることを確かめた。バッグの中に手を入れ、カプセルに触れた。そのあと姉から届いた手紙に触れた。

年配の男女がやっといなくなると、ピルグリムは言った。

「ヴァルトホルストはきみの本心を探ろうとしてるだけだ。きみを試してるだけだ。ほんとうに怪しまれていたら、その場で捕まっていたはずだ」

「そうかもしれない」

「ぼくの考えを言おう。ぼくたちが生きているこの世界は単純な世界だ。ヴァルトホルストはきみを愛してる。ただそれだけのことだ。とても単純なことだ」そう言うと、ピルグリムはマッチをすって煙草に火をつけた。彼の表情は冷ややかで虚ろだった。アグネスのことなど何も知らないかのようにさえ見えた。アグネス・ガーナーがどうなろうと知ったことではない。そんな顔つきにさえ見えた。

どうして断言できるの？　アグネスは心の中でつぶやいた。

「一号がきみに会いたがっている」

「どうして？」

「どうしてか。それはもうきみにもわかってるんじゃないのか？」

アグネスは答えなかった。一瞬、自分のまわりで公園がぐるぐると渦を巻いているように思えた。

「また連絡する」

彼女は心が沈んだ。また連絡する？　どうしてカール・オスカーはそんな言い方をするのだろう？

アグネスはひとりで少し歩いて、ピルグリムから数歩離れたところで立ち止まった。彼はアグネスの手にかすかに触れただけで、顔をそむけたまま通り過ぎかけた。が、一瞬立ち止まった。彼女はただうなずいて彼の手を見つめ、ここにいる人たちの眼のまえで頬を撫でてくれるのを待った。セシリアを連れて彼と一緒にこのまま逃げたかった。すべてのことから逃げ出したかった。

彼が立ち去ってからも、彼女はしばらくその場に佇み、噴水を取り囲む足場を見つめた。そのうちにぎやかな子供たちの一団がうしろからやってきて、彼女のまわりを走りまわりはじめた。さっき硬貨をあげた少年と眼が合った。硬貨をまだ手に握りしめていた。笑顔が戻っていた。少年は何度も何度も彼女を見た。わかったわ、とアグネスは心の中でつぶやいた——やればいいのね。あなたのために、あなたのお友達のために。

四十四章

二〇〇三年六月十七日　火曜日
スウェーデン国家警察本部
ポルヘムズ通り
ストックホルム　スウェーデン

トミー・バーグマンは通りを歩きかけてふと立ち止まり、リッダーフィヨルドの海面を見渡した。ストックホルムが美しい市《まち》だというのはしょっちゅう耳にしていたが、まさにそのとおりの景観だった。ただ、このように広々と見渡せる景色を見ると、彼はなぜか決まって淋しくなる。さらに憂鬱な気分にもなる。だから旅をできるかぎりしないのは悪いことではない。今はなおさらそういう気分にはなりたくなかった。ただ、昨日の朝、スウェーデンの国家警察のクラース・トスマンの秘書から電話がかかってきて、すまないが、会って話すのは一日延ばしてほしいと言われた。おかげで昨日は一日、市内観光をする時間が充分すぎるほどできてしまったのだが、今またその景観を眺め、古い戯れ言を思い出した。

〝神がストックホルムを創り、王がコペンハーゲンを創り、市庁がオスロを創った〟

地図に書かれていたほど警察本部は見つけやすくはなく、何度か迷いながらようやく建物自体迷路のような場所にたどり着いた。外観はまさに難攻不落の要塞のようで、色は艶やかな赤錆色、ガラス製の張り出し屋根の下のドアが開くまえから、バーグマンは門前払いを食らったような気分になった。

クラース・トスマン警部のオフィスはつましく、細長くて狭苦しい部屋で、唯一の窓も建物の両翼にはさまれた中庭に面していた。

「カイ・ホルトが亡くなったのは何十年もまえのことですが」とバーグマンは切り出した。

「ええ」トスマンはそう言うと、まるで眺める価値があるかのように窓の外に眼をやり、頭頂部の禿げた部分を掻いた。

そして、ほかには何ものっていない机の上からファイルをひとつ、どこかしら不承不承バーグマンのほうに押しやった。バーグマンはぱらぱらとファイルをめくった。まず証人の供述が書かれた黄ばんだファイルに眼を通した。一番上のページに何行か簡単な文章がタイプされていた。一個所、タイプライターの印字が紙を突き破っているところもあった。報告書には添付資料が四つほどあるようだったが、報告書以上に興味を惹かれるものはありそうになかった。最初の添付資料はいわゆる〝技術的予備検死〟と呼ばれるもので、カイ・ホルトが自ら命を絶つことで歴史の彼方に消えることを選んだことが結論として一行目に書かれていた。頭に残っていた火薬による火傷も、銃に残っていた指紋も、弾丸《たま》の射入口角度も、自殺という見立てとすべて符合するとされていた。次の添付資料は、ホルトと深い関係にあったとされる証人バルブロ・ヴィレンの供述書だった。死亡しているのが見つかる前日、ホルトは彼女の家を訪ね、彼女は呼鈴の音で眼を覚ましたものの、そのとき彼は泥酔しており、酔うとひどく落ち込む傾向があるため、翌日また来るように言った、という内容のものだった。

バーグマンは三つ目の添付資料を見た。それはもうひとりの証人、ストックホルムにあるノルウェー公使館第四軍事務所の秘書カーレン・エリーネ・フレデリクセンの供述で、ホルトの宿泊していたアパートメントはノルウェー公使館が借りていたものだったことが確認できた。最後の行まで来て、バーグマンはふと眼をとめた。〝フレデリクセンは故人をよく知っており、故人から周期的に自殺願望を打ち明けられていたと証言した〟。彼はその資料を脇によけ、四つ目の添付資料を探した。が、三番目の資料が最後だった。フォルダーの中にほかの添付資料はなかった。顔を起こすと、トスマンの椅子には誰も坐っていなかった。振り向くと、トスマン警部はバーグマンに背を向けて会議机の横に立ち、頭を掻きながら鉢植えの植物から枯れた葉を摘んでいた。それでもすぐに机に戻ると、無理やりつくった親しげな表情で、問いかけるようにバーグマンを見た。バーグマンは、ヨースタ・パーション警部がまとめた報告書に眼を戻した。パーションが殺害されたことを知っているのかどうか、トスマンに確かめようかとも思ったが、やめておいた。きっとトスマンははぐらかそうとするだろう。なぜかそんな気がした。

しかし、四つ目の添付資料はどこにある？　添付資料一覧によれば、〝すまない。カイ〟と書かれた紙切れがあったはずだ。が、その紙がどこにもない。すっかり黄ばんでしまったホルトの身分証が報告書の裏にクリップでとめてあった。バーグマンはそれを手に取ると、ホルトの写真を見つめた。底なしの悲しみを抱えているような、深い憂いをたたえた顔だった。ホルトの写真は一枚もないとニーストロムは言っていたはずだ。ということは、このファイルはごくごくわずかな人間の眼にしか触れていないのだろうか。

「紙切れはどこです？」とバーグマンは机の向こうに戻ったトスマンに尋ねた。

机の上の電話が鳴った。

「ちょっと失礼」とトスマンは言った。

バーグマンは立ち上がって窓のそばまで行った。中庭のガラス天井に太陽が照りつけ、表面が光っていた。

「そうか。わかった」とトスマンは電話の向こうの誰かに言った。なんともそっけない応対で、つぶやくようなうなり声が時々ことばに交じった。

「五分だけ待ってくれ」とトスマンは言って、受話器を置いた。

バーグマンはトスマンのほうを向いた。

「フレデリクは元気ですか？」とトスマンは訊いた。

「ええ、元気です」とバーグマンは答えた。

トスマンのうしろの壁掛け時計はもうすぐ三時を指そうとしていた。

「メモが書かれた紙切れの現物はどこにあるんです？」とバーグマンは繰り返した。「ホルトの書いたメモです」

トスマンに見えるようにバーグマンはファイルを持ち上げた。

トスマンは深いため息をつき、しばらく眼をこすった。そのあとまた開けたその眼は赤く充血していた。思い出したくないことを忘れるために大酒を飲んだあとのように。

「警察本部内のあくまで噂だけれど、メモの実物はノルウェーに送られたようです。ただ、ほんとうのところは誰にもわからない」

「ノルウェーに？」とバーグマンは訊き返した。

トスマンは黙ってうなずいた。

「ノルウェーのどこかはわかりますか？」

トスマンは首を振った。「残念ながら」

「ノルウェー警察でしょうか？」

トスマンは両手を上げると、いささか苦労しながら椅子から立ち上がった。「申しわけないが、これから会議があるんで」

　バーグマンはうなずき、報告書に関するいくつかのキーワードを書きとめた。なぜかは自分でもわからなかったが、ノルウェー公使館の秘書の名前もメモした。カーレン・エリーネ・フレデリクセン。その下に〝すまない。カイ〟と書いた。

「ペーター・ヴァルトホルスト」とバーグマンは言った。「この名前に聞き覚えは？」

「残念ながら」

「ほんとうですか？」

「バーグマンさん」とトスマンは言った。「私の知っていることはその書類に書かれていることとだけです」

　バーグマンはうなずいてから訊いた。

「公安警察の記録にも残ってないんでしょうか？」

「その人物……ヴァルトホルストについて？　それが苗字ですか？」

　バーグマンはうなずいた。

「戦争のときにスウェーデンにいたのであれば、あるかもしれない」とトスマンは肩をすくめて言った。「ほんとうに申しわけないが、もう行かないと」そう言って、腕時計をちらっと見た。

「ご協力、感謝します」とバーグマンは言った。

「いえいえ。これがフレデリクにとってどんな役に立つのかはわからないけれど」トスマンはファイルを取り上げると、机の下のキャビネットにしまった。

わからなくて当然だ。バーグマンは心の中で吐き捨てるようにつぶやいた。

思ったより自宅までの運転は長いものになった。ただ、おかげで考える時間がたっぷりできた。充分すぎるほど。

バーグマンはカールスクーガ市の〈スタトイル〉のガソリンスタンドから出てきて、車のドアハンドルに手をかけ、そこで立ち止まり、新聞の自動販売機の中の〈アフトンブラーデ〉紙の一面をぼんやりと見ながら思った。

いったい誰がなぜメモをノルウェーに送ったのか。そのことを二時間半ずっと考えていた。可能性はたったひとつしかないように思えた。だとしたら彼はどこに送ったのか。

ノルウェーとの国境を越えるまえにハルゲール・ソルヴォーグに電話をかけた。

「カイ・ホルトに子供がいたかどうか調べてくれないか？」

「なんの話だ？」とソルヴォーグは訊き返してきた。

「調べてほしいのは――」

「いま何時だと思ってるんだ？　まだ仕事をしてるなんて本気で思ってたわけじゃないだろうな？　おれはおまえほど生活に困ってないんだよ、トミー」

電話の向こうからテレビの音が聞こえた。返事をしかけたところで、電話を切られてしまった。

バーグマンは車のダッシュボードの時計に眼をやった。六時半。もうこんな時間か。トラックを追い抜こうと、彼は左の対向車線にはいった。ようやく右車線に戻ったのは時速百六十キロまで速度を上げてからだった。下手をすると、対向車のヴァンに衝突して命を落としかねないところだった。

国境近くのオリエに差しかかったところでふと思いつき、高速道路を降りると、運河の閘門《こうもん》近くに建っていた赤い建物のカフェのまえに車を停めた。車から降り、湖畔まで歩いた。数人の子供たちが大声をあげながら、湖に浮かべた筏《いかだ》の上から互いを突き飛ばして遊んでいた。その愉しげな様子を見ているだけで心が和んだ。太陽の光がほぼ直角に湖面を照らしつけていた。一艘のモーターボートが反対側の岸辺の近くをゆっくりと走り、湖面に波紋を広げていた。

突然、すべての辻褄が合った。

バーグマンは手帳をめくった。一枚一枚スローモーション映像のように事件全体を眺め直した。あとからさきへと。一番上にマリウス・コルスタと書いたページに書きとめてあった四、五行のメモを読んだ。彼にしか理解できないキーワードを。〝妻の死後、クローグはぼろぼろになった。妻の名はカーレン〟。

そのあとは一気に最後のページまで飛ばした。トスマンに会ったときのメモだ。〝ノルウェー公使館の証人。カーレン・エリーネ・フレデリクセン〟。クローグの妻は戦時中ストックホルムのノルウェー公使館に勤めていたとどこかで読まなかったか？

ゆっくり考えようと彼は車に戻った。手帳を助手席に置いて、欧州高速道路E18号線にまた乗った。気づくと、何かに煽られているような気持ちになっていた。数分後、小さなパーキングエリアを見つけ、高速道路をはずれて車を停めた。運転していては考えに集中することができない。

実際にそういうことだったのだろうか？　カイ・ホルトはストックホルムでカール・オスカー・クローグに殺された。クローグはホルトが自殺願望を持っていたことを証言させるために、将来の妻をカイのアパートメント――事件現場――に送り込んだ。そういうことだったのか？　バーグマンは手帳をめくり、カール・オスカーの娘ベンテ・ブル＝クローグと話したときのメモを見つけた。ページの隅に彼女の携帯電話の番号が書きとめてあった。彼は煙草をくわえて車から降りると、ベンチに腰をおろした。数滴の雨粒が額に落ちてきた。煙草に火をつけ、電話番号を押しながら、雨粒がどこから来ているのか確めようと頭上を見上げた。空は朝から変わらず真っ青だった。

ただ、ひとつ腑に落ちないのは、だとしたら、クローグはどうしてホルトの死に関する捜査にそんなに執着したのかという点だ。それは逆に彼がそれほどまでに嗜虐《しぎゃく》的で冷血な男だったということの証しなのか。

いや、結論に飛びつくことはない。木材を積んだトラックがスピードを上げて道路を走り過ぎるのを見ながらバーグマンは思った。車はそのあと一台も通らなかった。

携帯電話をポケットにしまった。

ベンテ・クローグには手がかりを与えないほうがいいだろう。こっちは次の一手もまだ決まっていないのだから。何をするにしろ、まずはカーレン・エリーネ・フレデリクセンとカール・オスカーの妻カーレン・クローグが同一人物なのかどうか、確かめることだ。

バーグマンは腕時計を見た。ホルトに子供がいたかも調べなくてはならない。彼はハルゲール・ソルヴォーグを呪った。もっとも、実在するかどうかもわからない人間など捜したくない気持ちもわからないではないが。勤務時間外ならなおさら。ニーストロムに電話すれば、すぐに答えを聞き出すことができるかもしれないが、あまり気乗りがしなかった。彼にはすでに多くを語りすぎている。バーグマンは今さらながらそう思った。こっちがどの方向に進んでいるか、彼にはもうわかってしまっている。だからさらに情報を与えたら単純な足し算をするだろう。そう、トールゲール・モーバーグならどうか。彼には単純な足し算もできないはずだ。少なくとも今は。バーグマンは手帳のページにクリップでとめておいたモーバーグの名刺をはずして、まずオフィスにかけてみた。モーバーグはこんな時間――気持ちのいい夏の夜――でも仕事をしていそうなタイプだ。

あきらめかけたところで応答があった。

「モーバーグ博士?」とバーグマンは言った。

「あなたは?」電話の向こうの声が言った。本人だとすぐにわかった。

「バーグマンです。警察の――」

　モーバーグのため息がバーグマンのことばをさえぎった。

「用件はすんだと思っていましたが、バーグマンさん。まあ、いいでしょう。手短にお願いします……」

「訊きたいのはひとつだけです」とバーグマンは言った。「カイ……」

「ホルト」とモーバーグはあとを引き取って言った。

「簡単な質問です。ホルトの人物像を把握したいんです」自分の声を聞きながら、嘘が下手だとバーグマンは自分でも思った。が、今はそんなことを気にしてはいられない。

「それで?」モーバーグは言った。こんなことは時間の無駄だと思っていることをあからさまに訴えるような口調だった。

「ホルトに子供はいましたか?　それから奥さんはまだ生きているのかどうか知っていますか?」

　モーバーグは鼻を鳴らした。

「最初の質問の答えは〝イエス〟です。私の知るかぎり、子供はひとり。次の質問の答えは〝ノー〟です。でも、あえて訊きますが、バーグマンさん、この線にまだ時間をかけようとしてるんじゃないでしょうね？」

「息子ですか？　娘ですか？」

「どちらでも関係ないでしょう。ホルトが死んだときには、その子はまだ赤ん坊だったんですから」

「質問に答えてもらえると助かります」とバーグマンは言った。

「娘です」とモーバーグは答えた。

「その娘さんに――」

「会ったことはあるか？　話したことはあるか？　答えは〝ノー〟」とモーバーグは言った。

しばらくふたりは押し黙った。

「ありがとうございました」とバーグマンは最後に言った。

おれのことを無駄な追跡をしている無能な刑事だと思っている。バーグマンには、オフィスの机についてそんなことを思っているモーバーグの姿が眼に浮かんだ。そう思いたければ、思っていればいい。

「名前も知りたいんじゃないんですか？」とモーバーグは言った。

「ええ、助かります」

「ヴェラです。ただし、彼女がまだホルトという苗字を使っているかどうかは自分で調べてください」

　バーグマンは改めて礼を言い、電話を切るまえに少し間《ま》を置いた。ホルトに子供がいたかどうかについてなぜ急に関心を持ったのか、モーバーグのほうから訊いてくるチャンスを与えたかったのだが、モーバーグは結局うなり声のような挨拶を口にしただけで電話を切った。

　ヴェラ・ホルト、とバーグマンは心の中でつぶやいた。ヴェラ・ホルトを見つけなければ。

　オスロまであとどれくらいかかるのか。長くて一時間か。夜勤の警察官に電話してコンピューターの検索を依頼することもできた。が、そのくらい待てると思い直した。

　警察本部の車庫にはいるためのカードキーがうまく作動しなかった。しかたなくバーグマンはいかにも無駄なことを強いられている気分になりながら、ブザーを押した。

　車庫から出てきたパトカーがサイレンを鳴らしはじめ、彼は眼を覚ました。車の中で五分は眠っていたようだ。一瞬、頭が混乱し、どうして警察本部の車庫の外で警察車両の運転席に坐っているのか思い出すまでにいささか時間がかかった。刑事部屋でまだ机に向かっていたのは、この市《まち》を破滅から救うつもりでいる数人の愚か者だけだった。バーグマンは腕時計に眼をやり、自分もそのうちのひとりであることに改めて気づかされた。夜の九時十五分。まだ宵の口だ。それにストックホルムのクラース・トスマンのオフィスよりこっちのオフィスのほうが眺めは格段にいい。

国民登録台帳の一件目の検索はあっけないほど簡単だった。すでにわかっていたことだが、カーレン・エリーネ・クローグは一年まえに亡くなっていた。旧姓フレデリクセン、一九一七年十一月二十四日生まれ。誰がどれほど否定しようと、ホルトが死亡したときにノルウェー公使館から派遣された女性がたまたまクローグの妻になったとは思えない。バーグマンは自分に言い聞かせた、もっと考えるんだ。おれは勝手に思い描いた仮説から、トランプのカードハウスのようなもろい家をつくろうとしているのではないか。ホルトに関してカーレン・クローグがこれまでに何か言っていなかったかどうか、調べる必要がある。ホルトの死は記録上の死と実際の死が明らかに異なる。それをきちんと裏づけてくれるものならなんでもいい。カーレン・クローグと最も近しい関係にあって、今も存命の人物となると、わかっているかぎり、それは娘のベンテ・ブル＝クローグということになる。

バーグマンはベンテの電話番号を携帯電話に表示した。が、そこでまた気が変わり、電話はかけなかった。かわりに翌朝予告なしに彼女の家を訪ねることにした。彼の考えがまちがっていなければ、ベンテは何かを隠している。だったら、来訪はまえもって知らせないほうがいい。しかし、それよりなにより頭をはっきりさせなければ。どうしてクローグはホルトの死に関わりながら、その後彼の死についてしつこく調べようとしたのか。まったく理解できない。よほどの冷血漢でないかぎりそんな真似は無理だ。バーグマンは手帳を取り出すと、ルーネ・フラータンガー――〈クリポス〉のプロファイリングチームの心理学者――に連絡すること、と書きとめた。

　国民登録台帳の二件目の検索はカーレンよりはるかに複雑なものになるだろうと覚悟していた。ところが、ヴェラ・ホルトという名前の人物はノルウェーにひとりしかおらず、しかも警察本部から数ブロックと離れていないところに住んでいた。本人にまちがいないか確かめるため、彼は画面に表示されている内容をよく読んだ。生年月日：一九四五年一月六日。出生地：スウェーデン、ストックホルム。父親：カイ・ホルト大佐。母親：シグネ・ホルト、主婦。婚姻状況：独身。住所：オスロ市コルスター通り七番地。バーグマンは、ホルトの妻シグネについても検索してみたが、彼女は一九九七年に死亡していた。ということは、ストックホルム警察から送られた証拠を持っている可能性があるのはヴェラ・ホルトということになる。カイ・ホルトが自殺したときに書いたとされるメモがまだこの世に存在していたとしたら。

　バーグマンはしばらく眼を閉じた。そうすることで自分がいかに疲れているか自ずと知れた。ヴェラ・ホルトがすぐ近くにいる。これはただの思い込みか、刑事の希望的観測か。卓上スタンドをパソコン画面からずらして椅子のへりに坐り直し、彼は声に出して言った。

「ヴェラ・ホルト。あんたはずっとそこにいたのか、おれの眼と鼻の先に」

それにしてもコルスター通り七番地とは。ほんとうにそこが住所なら、カイ・ホルトの娘はあまりいい生活はしていないということだ。このいかれた市《まち》の中でもあそこは住むには最悪の場所だ。警察本部から眼と鼻の先にありながら、あの公営住宅はスラム街とさして変わらない。

バーグマンは彼女の誕生日から政府のデータベースを検索してみた。そのデータベースには公共機関となんらかの関わりを持った国民の情報がひもづけられている。

これはどういうことか？　画面を見てバーグマンは自問した。

ヴェラ・ホルトに関連する情報は何もなかった。それはつまり、彼女は一度も公的機関に苦情を申し出たこともなければ、証人になったりしたこともなく、裁判所からどんな類いの判決も受けたことがないということだ。ただ、彼女の名前の右側にある注釈欄にはアスタリスクがついていた。このデータベースで検索できるのは、過去十年以内の裁判記録と捜査情報だけであり、アスタリスクがついているということは、ヴェラ・ホルトに関してはより古い記録があるものの、それは今はシステムから削除されているということを意味していた。これは担当者がアスタリスクを削除することを見落としたか、あるいは重大な案件だったかのいずれかだ。もしかしたらきわめて重要な案件かもしれない。

そこで彼の携帯電話が鳴り、考えが中断された。

「戻ったの？」ハジャだった。

　バーグマンはすっかり眼が覚めた。

「ああ」画面のハードコピーを印刷しながら彼は言った。コルスター通りのヴェラ・ホルトの家までは五分もあれば行けるが、訪問するにはもう遅すぎる。訪問する理由も今ひとつ弱い。それよりなによりヴェラ・ホルトの話を聞くのとハジャに会うのとでは比べるまでもない。

「今どこ？」

「オフィスだ」

「そうなの」少しがっかりしたような口調だった。「サラがマティーネの家に泊まりにいったから、今夜は自由なのよ。で、もしあなたも時間があればって思ったわけ」

「こっちに来られるかい？」

「警察本部に？」

　バーグマンは思わず笑った。ハジャも笑いだした。

「タクシーで来るといい」彼はそう言ってパソコンの電源を切り、言い添えた。「会いたかった」あまりバーグマンらしくないことばだった。が、本心だった。

　ノールビー通りの〈カフェ・オリーヴン〉まで歩くあいだ、彼女に会いたくてしかたがなかった。賢明なことではないことは彼にもわかっていた。が、会いたかった。それが嘘偽りない気持ちだった。

　三十分後、ふたりはカフェのテーブルをはさんで坐っていた。お互いに少し緊張しながらとりとめのないやりとりを何分か交わすうち、一週間まえと同じ雰囲気に戻ることができた。バーグマンは改めて彼女こそ誰より自分にふさわしい相手だと思わずにはいられなかった。その思いを彼女の手を握ることで表わした。彼女はウェイターとアラビア語でことばを交わす直前、バーグマンに笑みを向けた。その笑みに彼は無上の喜びを覚えた。時々感じる心の闇にひとすじの光が射したかのような気さえして、彼女をじっと見つめた。いつもより少し化粧が濃く、カフェじゅうの男たちが彼女に見惚れていた。ほかの男たちが彼女のことをどれほど魅力的と思おうと少しも気にならなかった。むしろそんな彼女と一緒にいることが誇らしかった。ほかの男の視線に自分でも出所のわからない怒りを覚え、自制心が利かなくなるよりはるかにいい。そう思った。

「こんな美人のガールフレンドがいて羨ましいです」とウェイターがバーグマンに言った。「パレスチナ人じゃないとご本人は言ってますけど、私は絶対そんなことはないと思います。だってこんなに美しい女性はパレスチナ人に決まってますから」ふたりからメニューを受け取りながら、ウェイターは笑って言った。バーグマンとハジャは互いに眼を合わせ、そろって少し戸惑ったような、面映《おもは》ゆいような笑みを浮かべた。

「スウェーデンはどうだった？　話して」と彼女は言った。

彼は話せる部分だけ少し話した。彼女のほうはハンドボールの練習のことを話した。ほとんどはサラから聞いたことだったが。ハジャがドラーブロスの身振りや、南モレ地区の彼の間延びした方言を真似るたび、バーグマンは大笑いした。

「物真似の才能があるとは知らなかったな」

彼女は顔をしかめた。

「今の台詞は演劇学校に言ってほしいわね。二回応募したんだけど、結局、あきらめたのよ。もしかしたら地元のアマチュア劇団なら通用するかもしれないけど。看護師と患者が出てくるロマンティック・コメディとか。どう思う？」

彼らは数種類の前菜《メゼ》と赤ワインを愉しんだ。

「人生の中で一番長い一週間だった」ややあって彼女は彼の腕を撫でながらゆっくりとした口調で言った。

タクシーの中で誰かといちゃつくのは何年ぶりか、バーグマンには思い出せなかった。それでも何歳か若くなったような気がした。パキスタン人の運転手はバングラ（インドのパンジャブ地方の伝統音楽に西欧のポップスの要素を結びつけたアジアのポピュラー音楽）の音量を上げ、ふたりにできるだけ時間を提供しようとしているのか、実にゆっくり車を走らせた。バーグマンとしてはむしろ疾風のように速く走ってほしかったのだが。

ふたりはほんの数分で服を脱いでベッドに転がり込んだ。

彼が頂点に達すると、彼女は「愛してる」と耳元で囁いた。バーグマンのほうも同じことばを返すことを考えた。彼女は両脚で彼をしっかりとはさみ込むと、彼の体を貫きそうなほどその身を反らした。

そのあとふたりはベッドに横たわったまま、一緒にしたいことをあれこれ語り合った。まずはストックホルムを訪れ、そこからヨーロッパを南下してスペインに行き、ジブラルタル海峡を渡ってモロッコのタンジェ市まで行く。

「モロッコ」とハジャは言った。「いつかあなたにモロッコを案内したい」

しばらくのあいだふたりとも何も言わなかった。ふたりの息がひとつになるまで彼女は彼の上に乗っていた。

二時間後、彼女は帰っていった。タクシーのディーゼルエンジンの低音がE6号線の轟音の中に呑み込まれていった。バーグマンは窓敷居にもたれ、タクシーの赤いテールランプが消えて見えなくなった街角の一点をじっと見つめて思った。このままうまくいくはずがない、と。ベッドに戻り、彼女の残り香、香水と汗、赤ワインとスパイスのにおいを吸い込んだ。眼を閉じると、ハジャの声が頭の中に満ちた。このまま眠りに落ちて、ほんとうの自分を彼女に隠している罪悪感を忘れてしまいたかった。

ベッドから出て、居間のソファに横になり、煙草を立てつづけに吸っていると、やがて窓の外が白みはじめた。

四十五章

二〇〇三年六月十八日　水曜日
警察本部
オスロ　ノルウェー

八時を少しまわったばかりだったが、フレデリク・ロイターとの朝の打ち合わせのまえに、トミー・バーグマンはすでにふたつの仕事を秘書に指示していた。ひとつは、政府のデータベースからヴェラ・ホルトの情報を検索して、アスタリスクの意味を調べること。もうひとつは、ベルリンまでの飛行機の便と中程度の価格のホテルを予約すること。指示を終えると、番号案内に電話をかけた。

そして、十二桁のベルリンの電話番号を慎重に書き取ると、窓を開け、煙草に火をつけ、夜中の一時三十分にフィン・ニーストロムから送られてきた電子メールを読み返した。

トミーへ

約束した写真を添付する。それとは別に進展があった。ペーター・ヴァルトホルストは現在ベルリン在住で、アメリカ国籍のピーター・ウォードを名乗っている。住所はグスタフ＝フライターク通り五番地。私の昔の同僚によれば、そこはヴァルトホルスト家の古い家で、彼が十年から十五年まえにベルリンに戻ってきたのは、公然の秘密だそうだ。残念ながら、イーヴァル・フォールンのアルコール依存はここ何十年ものことで、彼の推測についてはあまり信用できないかもしれない。（ベルリンのヴァルトホルスト／ウォード邸があるのはかなりの高級住宅街のようだ……テニスラケットがあれば、ぜひ持っていくといい）。

フィンより

ＰＳ　何かわかったら連絡よろしく……。

連絡よろしく。バーグマンはもちろんさしさわりのない範囲で報告するつもりだった。が、フォールンに関するニーストロムの疑念はあたっているかもしれない、残念ながら。メールに添付されていたのは一九四二年の夏至祭前夜の写真だった。ひとつ目のファイルは写真の裏側の画像で、ペーター・ヴァルトホルスト、グスタフ・ランデ、アグネス・

ガーナー、それ以外にも写真に写っている人物のイニシャルが書き込まれていた。次に写真そのもののファイルを開いた。ランデはタキシードを着て、顔をカメラにそむけて立っており、ヴァルトホルスト――髪は黒く、ハンサムと呼ぶには眼と眼のあいだが狭すぎる――はアグネスを見つめていた。写真の中のそのアグネスを見て、バーグマンは自分でも不可解な嫉妬を覚えた。彼女はすでにこの世にはおらず、ノールマルカに埋められて久しいのに。しかし、これこそ真実なのかもしれない。アグネスというのは、男ならなんとしてでも手に入れたいと思うような女性だったのかもしれない。あとのふたり――ヨハンネ・カスパセンと幼いセシリア――はそういった類いの怨恨の巻き添えを食っただけなのかもしれない。あるいは、もっと複雑だったのだろうか。クローグもアグネスに強く惹かれており、異常な嫉妬心から彼女を殺した？　となると、カイ・ホルトは三人の殺害事件とは関係がなくなる。どうにも腑に落ちない。もしフォールンの言うとおり三人を殺したのがクローグで、その上ホルトまで殺したのであれば、その後ホルトの死を自分から調べる必要がどこにある？　害こそあれ利するものなど何もない愚行としか思えない。捜査を誘導して自分の無実を演出したかった？　しかし、そんなことをすれば逆に真実が暴かれ、容疑者として浮上してしまう危険が常にあるではないか。

秘書がドアまでやってきた。バーグマンはあとにしてくれとばかりに手を振った。受話器を耳にあてて、〈クリポス〉のプロファイリングチームのルーネ・フラータンガーの電話番号をもう押していた。秘書はバーグマンを無視して、書類の束を彼のまえに置いた。フラータンガーが電話に出るまで、バーグマンは書類をぱらぱらとめくった。ホテルの予約が取れたことを示す書類と、コペンハーゲン経由ベルリン行きの午後遅い便の旅程だった。

あきらめかけたところで、フラータンガーが電話に出た。フラータンガーにはこれまで専門知識を求めたいときに何度か協力を仰いだことがあった。が、実のところ、こっちから進んで話したくなるような相手ではなかった。感じは悪くないのだが、話しているうちいつのまにか丸裸にされたような気分になり、さらに自分がおよそ一人前の人間とは言えないような気がしてくるのだ。自分を覆いつくしている嘘をすべて剝がされ、中身を見透かされているような。もしかしたら、ただ単に心理学者全般と話すのが苦手なだけなのかもしれないが。バーグマンは改めて思った。おれはやはりセラピストに診てもらうべきなのかもしれない。そう思うなり、ハジャと肌と肌で触れ合っていたときの感覚がいきなり甦った。バーグマンは心の中で自らに悪態をついた。やはり今のまま続けるわけにはいかない。

「久しぶりですね」と電話の向こうでフラータンガーが言っていた。

「それならいいニュースじゃないといけないと思うんで、まず説明します」

バーグマンはフラータンガーに事件のあらましを伝えた。

「一番有力と推論できるのは」と言ったそばからバーグマンは自分がやけに大げさな物言いをしているのに気づいた。「クローグが三人を殺害したという説です。誤って殺してしまった可能性もあるけれど。あるいは良心の呵責を覚えながらやったとか」

「なるほど」フラータンガーにはまったく訛りがなく、ノルウェーのどの地域の出身なのか推測するのはむずかしかった。

下の道路のかすかな車の音だけが聞こえた。バーグマンとしては答えはわかっているつもりだった。ただ、この事件に関わっていない第三者の客観的な意見が欲しかったのだが、今のバーグマンのことばにフラータンガーは衝撃を受けてもおかしくないのに――物議を醸すようなことなのに――彼から返ってきたのは「それで?」だけだった。心理学者がよくやることながら、疑問に疑問で返してきただけだった。

「死体で発見される二日まえ、カイ・ホルトはリレハンメルでドイツ人のゲシュタポ将校を尋問しています」そう言って、バーグマンはためらった。急に自分の解釈に自信が持てなくなった。おれは今何を証明しようとしているのか。

「つまり、リレハンメルで何かを知ったことが悲劇につながった。そういうことですか?」とフラータンガーのほうから言ってきた。

バーグマンは咳払いをしてすぐに言った。

「今のところここだけの話にしてほしいんですが……ストックホルムでホルトを殺したの

はクローグではないかと思うんです。動機はホルトに、ノールマルカで発見された女性ふたりと少女を殺したのはおまえなのではないか、もっと悪くすると、おまえはドイツの二重スパイではないのかと疑われたからです。もっとも、クローグが三人を殺したとして、そのことをホルトはどうして知ったのかはわかりませんが。普通なら、三人を殺害した時点でホルトは知っていたはずです。その指令がロンドンからのものなら、彼自身が伝えたはずです。しかし、現実にはホルトはその事実をリレハンメルで初めて知ったんじゃないでしょうか。それで黙ってはいられなくなった。一方、クローグはスウェーデンの公安警察に太いパイプを持っていた」

電話の向こうの心理学者は何も言わなかった。

「理解できないのは、クローグがホルトを殺させた、あるいは殺した犯人なら、どうしてホルトの死に関するノルウェー側の捜査を主導したのか、ということです」

フラータンガーは咳払いしたあと、またバーグマンに尋ねた。

「放火の現場で役に立とうと必死になる人間は？」

「放火魔」とバーグマンはぼそっと言った。

ふたりともしばらく押し黙った。

やがてフラータンガーが沈黙を破って言った。

「ホルトの死に関するあなたの仮説が正しいとすれば、クローグ殺しについては、ホルトときわめて近しい者に明らかな動機があった。そうは思いませんか?」

バーグマンはその可能性についてはできれば考えたくなかった。

が、彼の視線はパソコンの画面に表示されている文字列にどうしても吸い寄せられた。

〈ヴェラ・ホルト〉

バーグマンは足早に広い会議室をあとにした。十時五分。朝の打ち合わせは思ったようにはいかなかった。カール・オスカー・クローグ殺しとカイ・ホルトの事件がどう関わっているのか警察付きの弁護士から説明を求められ、すじの通った説明ができなかった。イーヴァル・フォールルンの主張がほんとうなら大変なことになるが、あくまでも推測にすぎない。そのことはバーグマンにもわかっていた。ただそれ以上にハジャとの関係が彼に重くのしかかっていた。幸せな気分にひたって当然で、一刻も早く会いたいと思う一方、絶対にうまくいかないこともわかっているからだ。少なくとも今は。自分のオフィスに戻ると、彼は携帯電話を取り出してハジャの番号を押した。

いや、駄目だ。直接会わないと。しかし、それはベルリンから戻ってからだ。彼は自分の手帳を眺めた。グスタフ゠フライターク通りに住むピーター・ウォードの電話番号が書かれていた。これ以上先延ばしにする理由はどこにもない。

あきらめて切ろうとしたところで、女性が電話に出た。学生時代に覚えたドイツ語のおかげで、女性の言っていることは辛うじて理解できた。その女性はドイツ人ではなく、おそらくトルコ系の移民だろう。

「ピーター・ウォードさんと話したいんですが」と彼は英語で言ってみた。

電話の向こうで女性がなにやらつぶやいたあと、受話器を手で覆ったのか、音が聞こえなくなった。

「もしもし、どちらさま？」男性の声がした。完璧な英語だった。

「ピーター・ウォードさんですか？」

「あなたは？」親しげな声だった。今度は完璧なノルウェー語だった。ただ、ほんのわずかにドイツ訛りがあり、生粋のノルウェー人ではなさそうだった。

バーグマンはいっとき考えた。

戦後もう何年も経っているのに、ヴァルトホルストはどうしてこんなにノルウェー語が流暢なんだろう。向こうの電話機のディスプレーには、ノルウェーの国番号47が表示されているにちがいないとは思ったが、バーグマンはその流暢さにいささか虚を突かれた。

「オスロ警察の者です。トミー・バーグマンといいます」

電話の向こうの男は何も言わなかった。その沈黙は何を意味するのか？

「ペーター・ヴァルトホルストさんですか？」

「ピーター・ウォードです」進んで認めるというよりただ事実として認めているといった口調だった。

「あなたがペーター・ヴァルトホルストだということはわかっています」

「どうしてわかったんです？」

「実は、殺人事件の捜査をしておりまして、ノルウェーの研究者の協力を得てあなたの居場所が――」

「研究者？」と彼はバーグマンのことばをさえぎって言った。「ノルウェーに研究者の知り合いはいませんが」

「オスロ大学の元准教授です。ベルリンに同僚がいるそうで」

長い沈黙ができた。擦過音のような音がかすかに聞こえ、相手が電話を切ったわけではないことだけはわかった。

「よろしければ少し――」とバーグマンは言いかけた。

「私に質問がしたいのですね。そうでなければ、電話をする理由がない」

バーグマンはすぐに答えるかわりに必死に考えた。男の反応は驚くほど落ち着いている。それどころか、驚いた様子がまるでない。

「何についての質問です？」とヴァルトホルストは続けて言った。

「どういう用件かはもうおわかりなんじゃないかと思いますが。ノルウェーの新聞はもう読んではおられませんか？」

「実のところ、ノルウェーの新聞は一九四五年の夏以来一度も読んでいません、バーグマンさん」

「この事件は――」

「ただ、ドイツの新聞は読みます。ドイツの新聞にもカール・オスカー・クローグの事件は載っていました」それだけ言って、そのあとヴァルトホルストは黙った。

「あなたはカイ・ホルトにリレハンメルで何を話したんです？」

ヴァルトホルストは大きく息を吐いた。彼が高齢の老人であることを改めて思わせるようなため息だった。

「ベルリンに来たことは？」と彼は訊いてきた。「話すときには相手と面と向かって話したいほうでね」

「明日伺います」

ヴァルトホルストはまたしばらく押し黙ってから言った。「いいでしょう」

「リレハンメルでカイ・ホルトに何を話したんです？」とバーグマンは繰り返した。今ここでは追及しすぎないほうがいいことはわかっていたが、どうしても気持ちを抑えられなかった。プリントアウトした一九四二年の夏至祭前夜の写真を手に取り、アグネス・ガーナーを見つめている若いヴァルトホルストの顔を見た。当時彼女はどれほど魅力的だったのだろう？

ヴァルトホルストは何も言わなかった。

「戦時中、あなたがノルウェーに駐在していたことはわかっています。ゲシュタポに移るまえは諜報機関の〈アプヴェーア〉にいたんですよね？　捜査に協力してください。クローグが殺害されたことは戦時中の彼の活動と何か関連があるのかどうか。そのことをどうしても知りたいんです」

ベルリン側の沈黙はさらに続いた。

永遠かとも思われるほどの時間が過ぎ、ヴァルトホルストは低い声で言った。「その件についてては明日話します、バーグマンさん。私の住所はわかってるんですね？」

ダイヤルトーンが耳ざわりに感じられるほどになって、ようやくバーグマンは電話を切った。自分は大きなまちがいを犯した。そんな思いが彼の頭のてっぺんから爪先まで満たしていた。ヴァルトホルストには電話をかけるべきではなかった。直接彼の家に押しかけ、玄関のベルを鳴らすべきだった。これで彼に二十四時間も考える時間を与えることになってしまった。充分すぎるほどの時間を。

バーグマンはアルネ・ドラーブロスに電話をかけ、今週もハンドボールの練習に出られないと手短に告げた。ベルリン滞在がどのくらい長引くかわからない。ヨーテボリの大会で何試合か手痛い敗戦を喫すのは避けられないだろう。しかし、今はどうすることもできない。

電話を切ってから、手帳を開いて自分が書き込んだメモを眺めた。カーレン・エリーネ・フレデリクセンはやはりカーレン・エリーネ・クローグだった。携帯電話を手に取り、ベンテ・ブル＝クローグに電話した。

彼女が電話に出るのを待ちながら時計に眼をやり、ベルリン行きの便の出発時間を再度確認した。

彼の声を聞いてもベンテ・ブル＝クローグはとても嬉しそうとは言えなかった。それでも、警察官に直接会って訊きたいことがあると言われては、彼女としてもほかに選択肢がなかった。バーグマンはビグドイの邸宅に来るように言われた。

電話での短いやりとりを終わらせるまぎわに彼は言いかけた。「ところで、この名前に――」ヴェラ・ホルトという名前に思いあたることは？　そこまでは言わず、ことばを切った。

「この名前？」とベンテは抑揚のない口調で訊き返してきた。

「いえ、直接お会いしたときに話します」と彼は言った。

階下《した》の車庫に行き、車に坐ったまましばらく心を決めかねた。コルスター通りまでは数ブロックと離れていない。ヴェラ・ホルト。彼女には会わなくてはならないが、予定を変えるのは好きではなかった。ベンテに連絡を取ってしまった以上、まずベンテに会わなくてはならない。キーをまわしてエンジンをかけた。そこで、ありふれていてつまらないことなのに、それでも何かを見落としているような、そんなもやもやした気持ちになった。

何かおれには見えてないものがある。見えて当然なのに。彼はラジオを消して警察無線をつけ、右折してホレンダー通りにはいった。サーゲネ地区で起きた売店強盗事件にパトカーが呼ばれていた。若い声がすぐに応答していた。緊張しながらもはっきりとした声だった。バーグマンは制服警官だった頃を懐かしく思った――あの仲間意識、あの誇り。いっとき懐かしさに浸ってから、彼は警察無線を切った。

十五分後、ベンテの巨大な邸宅の正面に――粘板岩でできたポーチの階段の上に――立っていた。フィリピン人のメイドがドアを開け、彼に向かってひかえめに黙ってうなずいた。ふたつの大きなサムソナイトのスーツケースが玄関ホールの階段の横に置かれていた。

ベンテ・ブル＝クローグはふたつある居間のうちの広いほうにいた。椅子に坐り、窓の外の雨を眺めていた。空から落ちる雨にフィヨルドの灰色の海面が叩きつけられているのがバーグマンにも見えた。庭に植えられたマツはうなだれ、プライヴェート・ビーチに設けられた浮きドックが軽やかに上下に揺れていた。

「進展はありましたか？」とベンテはバーグマンのほうを向くこともなく訊いてきた。

彼はその質問に不意を突かれた。なんと答えればいいのか。事件のいくつかの点について改めて考え直しているところだとでも？　ウッデヴァラ在住の年老いたアルコール中毒者が彼女の父親は戦時中二重スパイだったなどということを言っているとでも？

「ええ、まあ」とバーグマンは答えた。なんとも情けない答えだったが、今のところ一番無難な答えだった。

訊きはしたものの、ベンテにはあまり関心がないようだった。

「妙な質問になりますが……お父さんは外国に銀行口座を持っておられましたか？　スイスとかリヒテンシュタインとかそういう国に」

そこで初めてベンテの表情に変化が生じた。不安げに、あるいは苛立しげに、彼女は眉間にしわを寄せた。が、苛立ったわけではなさそうだった。それは声からわかった。ただどうしてそんなことを訊かれるのか、そのわけがわからなかっただけのようだった。

「いいえ、わたしが知らないだけかもしれませんけど。そういうことは弁護士に訊いてもらわないと。でも……」

「でも、なんですか？」とバーグマンは言った。

彼女は首を振った。「なんでもありません」

「お父さんは、金銭的なことについてはどういう考えを持っておられました？　一般的な話で結構です」

ベンテは彼をじっと見つめた。最初は何を訊かれているのかわからないように見えた。が、ようやく理解できたらしく、明らかに気分を害したような顔つきになった。無理もない。

「どうしてそんなことを訊くんです？」

バーグマンは深く息を吸い込んだ。ここで今、手の内をさらすわけにはいかなかった。

「一個人としてのお父さんの全体像を把握したいんです」

「全体像」と彼女はおうむ返しに言って首を振った。

「わかりました。それほど重要なことではありません。ご放念ください」

彼女は口を開いて何か言いかけた。が、そこで気が変わったようだった。

「お話はそれだけですか？」と彼女は訊いた。

「お母さんについていくつか質問をさせてください」

彼女は何も言わなかった。父親の殺害に母親がどう関わってくるのか。そんなことは口にさえしたくないとでも言いたげだった。坐ったまま相変わらず窓の外の雨を眺めていた。

「お母さんの旧姓はフレドリクセンですね？」

ベンテは軽くうなずいた。

「戦時中、ストックホルムの公使館で働いておられた。そうですね？」

「ええ。父がオスロを脱出したあと、ストックホルムで出会ったそうです」と答えた彼女の声は、テラスの敷石に叩きつけ、フレンチドア越しに聞こえてくる雨の音と、ほとんど聞き分けられないほど小さかった。

「カイ・ホルトという名前に聞き覚えは？」

　ベンテは視線を上げ、バーグマンがこの家を訪れてから初めて彼をまともに見た。化粧をしていない彼女の顔は青白く、六十歳近いことが今わかった。この二十四時間のあいだに十歳は老けてしまったかのように見えた。

　しばらくして、彼女はただ小さく首を横に振った。

「なんとか思い出してもらえませんか？」バーグマンは食い下がった。「一九四五年の五月下旬、ストックホルムのノルウェー公使館所有のアパートメントで、イギリスとのあいだに立って諜報活動をしていた〈ミーロルグ〉の大佐が死体で発見されました。その人物の名前がカイ・ホルトです。あなたのお母さんはその件の証人として事情聴取を受けています。死体が見つかった当日、ホルトの身元確認をしています。そのときのお母さんの証言――ホルトには自殺願望があったという証言――をスウェーデンの警察は最重要視しました」

「そんなことがあったんですか」とベンテは言った。「それでも何も思いあたりません」

「お母さんからその名前を聞いたことはありませんか？　ストックホルムのノルウェー公使館で一年半も一緒に仕事をしていたんです。彼のことはよく知っていたはずです。そういうは思いませんか？　戦時中、ホルトはお父さんのオスロでの直属の上司でした。そういうことから、お父さんはホルトの死の真相を探ろうとかなり力を注いだようです。それなのにお母さんからはホルトの名前は聞いたことがないんですね？」

「ええ、すみません」

「お父さんからは？」

別の部屋から三十分を知らせる古い振り子時計の音が聞こえた。

「いいえ、覚えているかぎりは。これは重要なことですの？」

バーグマンは腕時計で時間を確認した。ベルリンに発つまえにヴェラ・ホルトにも会わなければならない。

同じ質問をしようと二度口を開きかけたものの、二度とも思いとどまった。ベンテは玄関まで見送ってくれた。

バーグマンは玄関ドアのまえで立ち止まり、スーツケースを顎で示した。

「兄のものです」とベンテは言った。「今朝早く着いたんです」

「今いらっしゃるんですか？」とバーグマンは訊いた。

ベンテは首を振った。「いいえ、葬儀社との打ち合わせに出ています」

バーグマンはうなずいた。「お兄さんとまた話したいんですが」

ベンテはいっとき眼を閉じてから、戸口の脇柱に頭をもたせかけた。

「電話するように伝えてもらえますか？」

「ええ、もちろん」

「お時間をいただき、ありがとうございました」とバーグマンは言い、雨の中に踏み出すまえに上着の襟を立てた。

うしろでドアが閉まってから何秒かポーチの階段の上に佇んだ。ひとつ大切なことを訊き忘れていたことに気づいた。呼鈴を鳴らすと同時に重量感のあるチーク材のドアが開き、その向こうにベンテが立っていた。バーグマンを見つめていた。

「さっきはわたし、正直じゃありませんでした」と彼女は眼を伏せて言った。

「正直じゃなかった？」バーグマンは肩をすぼめて彼女を見た。

「母は……何年もまえのことです。そのとき家にはわたしと母しかいませんでした。たまたまテレビで……」ベンテは落ち着かなげに髪を搔き上げた。

「テレビ？」

「戦後直後に死んでいるのが見つかった警察官に関する歴史ドキュメンタリー番組です。どこの町だったかは覚えていないけれど……」

ストックホルム、とバーグマンは心の中で言った。

「もう何年もまえのことです、わたしがたしか二十五か六のときね。夏休みに家に帰ってきたときのことで、父はいませんでした。居間にはいると、母が泣いてたんです。そんなふうに泣いている母を見るのは初めてでした。わたしは番組が終わるまで母の隣りに坐っていました」

「それで?」

「あなたがドアから出ていったあと急に思い出したんです。そのとき母は変なことを言ったんです。そのときにはどういう意味なのかさっぱりわからなかったけれど」

「なんて言ったんです?」とバーグマンは尋ね、あえて彼女の視線と合わせないようにして彼女の兄のスーツケースに眼をやった。

「愛する人のためならどんなことでもする、それはよくないこと?」

「なんですって?」

「母はそう言ったんです。『愛する人のためならどんなことでもする、それはよくないことなの?』って」

そのことばの意味をバーグマンに求めでもするかのように、ベンテは彼を見つめた。大人の話はまだ理解できない、純真な子供のような表情を浮かべて。純真さと愛ゆえに社会についてまわる邪悪さも、さらに言えば、両親が犯した罪も理解できない子供のような。

「ヴェラ・ホルト」とバーグマンは言った。「そういう名前の人物と会ったことはありませんか?」

ベンテはまた眉間にしわを寄せ、うつろな眼で彼を見つめて首を振った。

「母の言ったことはどういう意味だったと思います?」囁くような声になっていた。

「わかりません。正直、さっぱりわからない」

車の運転席に坐り、フロントガラスを流れる雨を漫然と見ながら、バーグマンは立てつづけに煙草を二本吸った。

ほんとうだったのかもしれない。

もしかしたら、ほんとうにカール・オスカー・クローグがカイ・ホルトを殺させたのかもしれない。

あるいはクローグ自身が殺したのか。

頭の中ですべてが正しい場所に収まったような気がして、バーグマンは心がいくらか落ち着いた。きっとそういうことだったのだ。気づいたときには頭の中がなんともすっきりしていた。おのずと湧き上がる疑念も消えていた。なんらかの理由から、アグネスと少女とメイドはカール・オスカー・クローグに殺された。ナチスとの戦争が終わると、カイ・ホルトはそのことをしきりと口にするようになり、クローグはその口を封じなければならなくなった。何者かがクローグを惨殺したのはその報復だったのだろうか。だとすると、誰のための報復だったのか。クローグがアグネスたち三人を殺害したからなのか、ホルトを葬り去ったからなのか。それともその両方か。

彼は眼を閉じ、車の屋根に叩きつける雨の音に耳を傾けた。イーヴァル・フォールンの言っていることは正しかったのか。そうでなければ、ホルトが事件に巻き込まれる理由がわからない。クローグが二重スパイだということ以外、ヴァルトホルストは何をホルトに明かしたのか。

バーグマンは車の時計を見た。コルスター通りに立ち寄る時間はまだある。

ヴェラ・ホルトに会わなければ。

四十六章

二〇〇三年六月十八日　水曜日
コルスター通り七番地
オスロ　ノルウェー

ノルウェーは世界で最も裕福な国のひとつだ。が、そんなノルウェーにあってオスロのコルスター通り七番地は世界のどん底のようなところだ。パトカーで巡邏《じゅんら》していた巡査時代、バーグマンも数えきれないほどこの地区を訪れていた。が、その当時でさえ今日眼にするほどひどくはなかった。アパートメントハウスの正面入口の外でソマリ族の子供たちがゴミ袋で遊んでいた。そこらじゅうゴミだらけで、建物の反対側にある遊び場からは子供たちが喧嘩をする声が聞こえていた。

エレヴェーターは故障していた。もしかしたら彼が最後にこの地区に来たときからずっと動いていないのかもしれない。壁の落書きを眺めながら、ゆっくりと六階まで階段をのぼった。三階までのぼって思った――この小便臭さはどう考えても昔よりひどい。

粘着テープが貼られたドアを乱暴に叩いた。そのテープには〝ボルト〟という名がインクの切れかけたボールペンで殴り書きされていた。

階段室のドアが勢いよく開き、三人の子供を引き連れたソマリ族の女性が廊下に出てきた。バーグマンを一瞥して、すぐに視線を廊下に戻した。一番年嵩に見える子供が、一キロ以上離れていてもお巡りだとわかる、とでも言いたげな眼でバーグマンを見た。一番小さな子は頭をわざわざめぐらせて振り返り、彼をじっと見つめた。母親はバーグマンには何語かもわからないことばをぶつぶつつぶやきながら、その子を引っぱって廊下を歩いていった。

バーグマンはもう一度ドアを叩いた。

「ヴェラ・ホルトさん！」ドアの脇柱に顔を近づけて呼ばわった。脇柱には何度か不法侵入を試みた跡のような、ささくれだった疵跡が残っていた。

何分か待って、彼は腕時計を見た。くそ。もう空港に向かわないと。彼は振り向き、廊下の反対側に並んでいるドアを見まわし、ヴェラ・ホルトの真向かいのドアに近づいた。のぞき穴は真っ黒だった。その穴から今もまだ見ているのにちがいない。

バーグマンがさらに一歩近づいたところで、安全チェーンが伸びきるところまでドアがゆっくりと開けられた。

「なんの用？」

バーグマンは首に掛けた警察の身分証を見せた。

「ヴェラ・ホルトと話がしたい」

ドアが閉まった。中からチェーンを動かす音がした。

顔がその女のこれまでの人生を物語っていた。顔じゅうのしわにアルコール依存症のしるしが刻まれていた。部屋着をしっかりと体に巻きつけ、手巻き煙草を口にだらりとくわえていた。整形外科用の古い矯正サンダルの先から、足の指が突き出ていた。

女は舌先を指でつまむと、その指先を見た。テレビの音が大きかった。興奮したアメリカ女性が腹筋トレーニング装置を誉めちぎっていた。

「彼女、またぶち込まれたよ。日曜に病院の連中が来て、連れてった。一日じゅう廊下に寝っ転がって叫んでたんで、さすがにたまらなくなって、あたしが救急車を呼んだんだよ」

「入院先の病院は？」とバーグマンは訊いた。

「ああいう人間はどこに連れていかれるか。なんであたしが知らなくちゃならないんだよ？　ああいう女をここに住まわせておくこと自体、あたしには信じられない。まったく。みんな、怖がってる。ここが掃き溜めだってことはわかってるけど、背中にナイフを突き刺すようなお隣りさんがいるなんて信じられないよ」

「なんですって？」とバーグマンは訊き返した。背中にナイフ？

「あの女は十年まえにここに引っ越してきたんだけどさ、そのとき友達から聞いたんだよ。昔、義理の父親をナイフで殺したんだって」

バーグマンの背中を悪寒が走った。

と同時に、頭の中で何もかもが音をたてて崩れ落ちた。政府の記録の中のアスタリスク。犯人像。深刻な精神異常。

ヴェラ・ホルトは過去に殺人を犯していた。加えてバーグマンの仮説が正しければ、ヴェラにはクローグを殺す動機がある。父親の復讐だ。そのためにクローグを殺したのか。だったら父親がクローグに殺されたことをどこかで知ったのか？　どうやって？　どうやってクローグが父親を直接殺すなり、殺害の指示を出すなりしたことを知ったのか。あるいはどうしてそう思ったのか。

バーグマンは階段を駆けおりると、新鮮な空気の中に飛び出して、車に乗るなりフレデリク・ロイターに電話した。

「ヴェラ・ホルトを見つけました」

「ヴェラ・ホルト？」

「カイ・ホルトの娘です。まだ生きています。どこかの病院の精神科病棟にいるようです」

しばらくロイターは何も言わず、だいぶ経って口を開いた。

「それは確かなのか？　カイ・ホルトの娘が関わってるとおまえは本気で思ってるのか？

だとしたら、妙すぎる。おれも今朝からずっと考えてた。ひょっとして見込みちがいをしてるんじゃないかって。現場で見つかった足跡はエコー社の41サイズの靴だ。おそらく犯人は――」

「それでも女じゃないとは言いきれません」とバーグマンはロイターのことばのあとに続けて言った。

「ほんとうにそう思うのか？」とロイターは繰り返した。「彼女が殺したと？」

「少なくとも動機はあります。おれの仮説が正しければ」彼は手帳を取り出し、大急ぎでページをめくった。どこで脇道にそれた？　何日もまえにベンテ・ブル＝クローグが殺人犯をこの手に直接手渡ししてくれていたのかもしれないのに。

「どうした？」とロイターは言った。

「女です。クローグの妻は女だと思った」ベンテに初めて事情聴取したときのページが見つかった。ビグドイの邸宅のテラスの椅子に坐ってバーグマンはベンテにこう尋ねた――誰かほかの女性と関係があったというようなことはありませんか？

バーグマンはしばらく自分の手書きのメモを見つめた。〝クローグの妻は女が夫に電話してきたと思った。浮気？　浮気相手の夫？　一九六三年に始まって数年続いた。父は狩猟に出かけなくなった〟。

「なんの話をしてるんだ？」とロイターは言った。

「昔、誰かが無言電話をかけてきた時期があったそうです。無言でもクローグの妻はかけてきたのは女だと思った。電話がかかってきたのは秋、狩猟シーズンです」

「狩猟シーズン？　なんの？」

「ライチョウです」

「とすると九月か」

「アグネスとセシリア、そしてメイドが殺されたのも九月です」

「それは……電話がかかってきたのは何年だ？」

「一九六三年。電話は何年か続いたそうです。そのうちクローグはライチョウの狩りに行かなくなった」

「一九六三年、ヴェラ・ホルトはいくつだ？」

「十八」

「なるほど。おまえはほんとうにヴェラ・ホルトだと思うんだな？」ロイターは三度《みたび》繰り返した。

「彼女の指紋の採取が必要です。それに彼女に関する記録も」

「記録？」

「隣人の話によれば、若い頃にヴェラは義父をナイフで殺しているようです。カイ・ホルトの妻はおそらく再婚したんでしょう。ヴェラはその相手を殺した。政府のデータベースにはアスタリスクがついていました。ということは、保存されている記録の中に彼女のファイルがあるはずです。古い殺人事件の情報が」

ロイターの口があんぐりと開かれ、顎がシャツの襟元まで垂れ下がるのがバーグマンには眼に見えるようだった。

「自分が何を言っているのかわかってるんだろうな？」とロイターは言った。「クローグはナイフでめった切りされて殺されたんだぞ」

「彼女を捜してください」

「ベルリン行きは取り止めにしろ」とロイターは言った。「ヴェラ・ホルトがクローグを殺したのかもしれないというのならなおさら。ヴェラがさきだ。わかったな？」

「いえ」

「おまえはベルリンには行かない。わかったな、トミー？　今すぐこっちに来い」

バーグマンは車の天井に青いライトを取り付けると、左車線に移って時速百六十キロ近くまで車のスピードを上げた。

「いえ」とバーグマンは繰り返した。「ベルリンにはどうしても行かなきゃならない」

「行かなきゃならない？　どうして？」

「もしヴェラ・ホルトが精神科病棟で救急治療を受けているのなら最短でも一週間は出てこられません」とバーグマンは言った。

ロイターの落胆のため息が聞こえた。

バーグマンはサイレンのスウィッチを入れ、かなりのスピードで迫る彼の車に気づかない、すぐまえの車の運転者に注意を促した。それでもスピードを落とさねばならず、ディスクブレーキから発せられる熱が感じられるような気がした。ようやくまえを走る車の運転者が彼に気づいて、道を譲った。

「ひとつだけまだわからないことがあります」とバーグマンは言った。「ヴェラ・ホルトには父親の殺害を指示した人間がどうしてわかったのかということです」

「その鍵を握っているのがペーター・ヴァルトホルスト。そういうことか？」とロイターは言った。

四十七章

二〇〇三年六月十九日　木曜日
インターコンチネンタル・ホテル
ブダペスト通り
ベルリン　ドイツ

笛のような鋭い音にトミー・バーグマンはゆっくりと眼を覚ました。

トラックがバックしている音だった。上掛けをかぶって寝返りをうち、カーテンから射し込む陽射しから逃れた。トラックがバックをやめてブダペスト通りの心地よい騒音が戻ったところで、ナイトスタンドの上に置いてあった携帯電話が鳴った。バーグマンは悪態をついて時計に手を伸ばした。もう十時だった。目覚まし時計が鳴っているのにも気づかなかったらしい。それとも初めから目覚ましをセットしていなかったか。前夜の記憶が頭の中で明滅した。クアフュルステンダムの大通り沿いを歩き、空襲で破壊されたまま保存されている旧教会堂の鐘楼を見て、売店でビールを買った。誰と話す気にもなれず、そのあと服のまま寝てしまったのだった。

携帯電話の着信履歴を見た。ロイターからだった。昨夜はハジャから電話があった。が、出なかった。彼女に何を言えばいいのかわからなかったのだ。自分にとって彼女こそ必要な存在なのかもしれないが、いずれ彼女を傷つけてしまうこと、彼女を地獄に引きずり込んでしまうことが怖かったのだ。ヘーゲのときと同じようになることが。今は留守番電話に切り替わるまでそのまま鳴るのに任せ、ロイターがまたかけてくるのを待った。ほんの数秒しかかからなかった。そこでゆうべ見た夢を急に思い出した。年に何回か見させられる残酷な悪夢。

「今日の気分は？」とロイターは言った。

その揶揄《やゆ》するような口調に、バーグマンは返事をする気にもならなかった。

「ヴェラ・ホルトの居場所はわかりましたか？」まだ頭を半分だけ枕に埋めた恰好で彼は尋ねた。

「ウッレヴォルの病院だ。そこの精神科病棟はなかなかよさそうだ。といってそこで人生を終える気には誰もならないだろうが……」

「で？」

「彼女はとても聴取できるような状態じゃないようだ。医者の話では重度の精神障害から懸命に抜け出そうとしているところらしい」

「家宅捜索のほうは？」

「令状が発行されるのは明日の朝だ。うまくすれば、今日の午後にも出るかもしれん」

「われらが神は何曜日に法律家を創造したんですかね？」バーグマンは言った。

「民主主義とは不完全なものだ。そんなふうに言うだろ？」とロイターは言った。

よけいな軽口は要らない、とバーグマンは声には出さず毒づいた。ホテルの部屋はベルリンのような大都市にしか生み出せない音にあふれていた。バーグマンはそんな部屋を見まわし、向きが自由に変えられるテレビに眼をとめた。そのテレビの画面はバスルームがあるほうを向いており、風呂にはいりながらアクリル樹脂製の透明板越しにテレビが見られるようになっていた。

「おれが戻るまでは捜索は待ってください」とバーグマンは言った。「おれが戻るまでは」

「それはいいが、トミー、確かに彼女が犯人かもしれんな。今彼女のファイルを見てるんだが――」

脈が速まったのがバーグマンには自分でわかった。

「彼女が義父を殺したのは十四歳のときだ」

バーグマンは何も言わず、免税店で買った煙草――プリンスの二十箱入りカートン――の包みを開けた。鏡に映った自分はまるで別人だった。ずっと洗っていなかった髪は脂っぽく、眼の下には黒い隈ができていた。

「一九五九年十一月二十九日、降臨節の第一日曜日、ヴェラ・ホルトはノルマンズ通りのアパートメントで義父を七回刺して殺害した。巡邏中の警察官がカンペン教会の階段のところにいた彼女を逮捕した。そのときヴェラ・ホルトは寝間着姿で、血だらけの包丁を握って階段に坐っていたらしい」

バーグマンは煙草に火をつけ、深く吸い込み、まだほんの少女のヴェラ・ホルトが寝間着姿で裸足で包丁を握りしめているところを想像した。少女にそんな人生を与えたのはいったいどんな神だ？

「一時的心神喪失ということで刑事責任は免れたが、下手をすれば、十四歳という歳でブレットヴェイト女子刑務所に入れられるところだった」

「実際にはどうなったんです？」

「ディーケマルクの精神科病院に二、三年いた」

「二、三年で治癒したんですか？」

「入院中は模範的で、完治したと判断された。少なくともそう診断された」

「退院したのは？」

「一九六三年」

「一九六三年」とバーグマンは繰り返し、煙草の火を揉み消してバスルームに向かった。

「トミー、彼女が犯人かもしれん」

「健康状態には問題ないと証明されたんじゃないんですか？」

「しかし、心の健康というのは……わかるだろ、トミー。そういう相手をこれまで何人救急病院に運んだ？――おまえ自身が車に乗せて。その数ヵ月後にまた同じ状態でそいつに出くわしたことがこれまで何度ある？」

「いずれにしろ、家宅捜索はおれが戻るまで待ってください」

ちょっとした禊《みそ》ぎのような気分でシャワーを浴びた。バスルームから出るなり、テレビの音――ドイツ語のニュース番組――にこのあと何が自分を待ち受けているのか思い出させられた。

トルコ人の運転手が運転するタクシーはクアフュルステンダム通りをゆっくりと進んだ。バーグマンは窓から腕を半分出して、素肌を撫でるやさしい風を愉しんだ。ベルリンに来るのは初めてだったが、この市《まち》がすぐに気に入った――中庭のある古いアパートメントハウス、どこまでも続く緑の並木道。ベルリンは戦争の屈辱を振り払った。なぜとはなしにそんなふうに思えた。これまで眼にしてきたベルリンの写真はどれも老朽化して廃墟のようにさえ見えるものばかりだったが、現地を目のあたりにして、これまでになかった何か新しいものが灰の中から立ち上がっているような気がした。ドイツはまた偉大なドイツになるかもしれない。そんなふうに思うと、ふと恐怖に駆られなくもなかったが。

よけいな雑念だ。タクシーが老舗デパート〈カーデーヴェー〉のまえの信号で停まり、バーグマンは自分の服装をちらっと見て、ヴァルトホルストに会うならもっとちゃんとした恰好をしたほうがよかったのではないかと今さらながら思った。着古したジーンズにくたびれたデッキシューズをはいた長髪のノルウェー人警察官。旧ドイツ軍人はそういった身なりをどう思うか。まともに接してくれないのではないか。それでも水色のシャツは前日オスロ空港で買った新品だ。そのシャツを手で撫で、これで充分だと思い直した。と同時に、そんな些細なことを気にしている自分が情けなくなった。彼は首を振って思った――いつものおれじゃない。会ったらペーター・ヴァルトホルストは何を言うか、おれは気にしすぎている。タクシーのシートにもたれると、ヘッドレストから新しい革のにおいがした。ドアに埋め込まれたスピーカーからは囁くようなドイツの古いキャバレーの歌が聞こえていた。バーグマンは眼を細め、降り注ぐ日光と木々の隙間が描く光の斑模様を眺めた。

ペーター・ヴァルトホルスト邸は、個人の家というより小さな城と言ったほうがしっくりくるような建物だった。その薄茶色の大邸宅に見惚れながら運転手に二十ユーロ札を渡し、領収証と釣りの五ユーロを受け取った。通りに面した背の高い錬鉄製のフェンスには蔦《つた》がからまり、その奥に切り妻造りの壁がそびえていた。歩道に佇み、タクシーが市《まち》の中心街のほうに走り去るのを見送ってからあたりを見渡した。ほかの家に比べると、ヴァルトホルスト邸はむしろひかえめなほうだった。

門扉の把手を動かしてみた。施錠されていた。そこでふとこの場所にはその昔、ヴェラ・ホルトも立ったのではないかという思いが心をよぎった。そうでなければ父親の死にクローグが関与していることを彼女はどうして知ったのか？

錬鉄製の門の横に呼鈴があった。それを押すと、かなり時間が経ってから女性の声が応じた。

「バーグマンです。約束はして――」彼のことばは門扉が開錠されるブーンという音にさえぎられた。

階段をのぼり、そこから振り向いてうしろを見た。なんてところだ。戦時中にこのあたりが爆撃を受けなかったというのはおよそ信じがたいが、たぶんそうだったのだろう。周辺には見たこともないような上流階級の大邸宅が並んでいて、どの邸宅も古い庭園の奥に佇み、天に届かんばかりの高い木々に囲まれていた。

戸口に若い女性が現われた。トルコ人だろうとバーグマンは見当をつけた。

「旦那さまはお留守ですが、お通しするように言われています」

彼は広くて薄暗い玄関ホールに通された。

「何時頃帰られます？」

「もう今にも戻られます」と女性は言った。

バーグマンはそのまま玄関ホールを抜けてテラスに案内され、そこで待つように言われた。古くて重厚な内装を想像していたが、暗い色調の寄せ木張りの床以外、部屋はとても明るかった。

トルコ人らしいメイドがまた現われた。銀のトレーにコーヒーをのせて持ってきてくれた。彼が煙草に火をつけると、慌ててさがり、クリスタルの灰皿を持ってきた。バーグマンは庭をくだったところに輝いている湖を眺めた。何かが心に引っかかった。

大きなパラソルの下にいても太陽は焼けつくように暑かった。あまり気にはならなかったが。腕時計を見て、家の中に通じるドアを開けてみた。中の空気は涼しくて気持ちよさそうだった。室内を見まわすと、部屋の一方の端に十二人は坐れる大きなダイニング・テーブルがあり、その反対側に坐ってくつろげる居間があった。ほかには、食器戸棚がふたつ、モダンなバー・カウンターが一式、壁に飾られたモダニズムの油彩画が二枚。

そこまで観察してバーグマンは思った――この部屋はどこかおかしい、どこか変だ。部屋の端まで歩いて、両開きのドアを開けると、その向こうは重厚な皮革製の家具が存在感を放つ薄暗い部屋だった。酒の並んでいるキャビネットをはさんで、ガラス戸のある本棚が一方の壁一面を覆っていた。

酒のキャビネットの上に置かれているいくつかの写真が眼にはいるなり、あれだ、とバーグマンは思った。部屋の薄暗い照明の中、外からはいり込む光に埃が宙を舞っているのがわかった。

光沢のあるマホガニーのキャビネットの上には、何枚もの写真がほぼ同じ形の銀ぶちの写真立てに入れて飾られていた。バーグマンはそれをひとつずつ手に取った。その中のモノクロ写真には、ヴァルトホルストと同種族の人間が何人も写っていたが、本人が写っているものはなかった。二十枚の写真の中から、彼の子供たち三人と孫たちは見分けられたような気がした。古いカラー写真はどれも六〇年代か七〇年代のもののようだった。ドイツ兵の写真が入れられた小さな銀ぶちの写真立てもあった。ヴァルトホルストの兄弟だろう。まだほんの少年だった。黒い軍服に身を包み、眼はいかめしくとも表情は柔和だった。バーグマンはその写真をもともと置かれてあった一番奥に戻した。

一歩うしろにさがり、唯一興味を惹かれた写真をもう一度見た。それはモノクロ写真で、若い男と臨月に近い女性が北欧のどこか――ノルウェーかもしれない――の平らな岩に坐っている写真だった。ふたりともカメラに向かって笑っていた。男は煙草を手に持っている女性に腕を巻きつけていた。バーグマンはその男をどこかで見たことがあるような気がした。女性のほうは知らない顔だ。いや、でも、口の形に見覚えがあるような……。

そう、この男は……もう少しで思い出せそうなんだが……

「ヘル・バーグマン」左のほうから声がした。

玄関ホール側のドアのところに、やや小柄ながらがっしりとした体格の男が白ずくめで

――テニスのシャツとショートパンツ、テニス・シューズ――立っていた。グレーの髪をオールバックに撫でつけ、いくすじか汗の乾いたあとが顔に残っていた。歳を取って少し猫背にはなっていたが、バーグマンには一目でヴァルトホルストだとわかった。昔と変わらない濃い眉、ハンサムと呼ぶにはあいだが狭すぎる奥まった眼。誰が見てもハンサムだったカール・オスカー・クローグとは比べられなかった。

「ヘル・ヴァルトホルスト」ドアのほうに向かいながら、バーグマンは言った。

そこでまだ写真立てを持っていることに気づいて顔を赤らめた。ヴァルトホルストと眼を合わせたまま、彼は写真をもとの場所に戻した。

ヴァルトホルストは笑っていた。気がすむまでどうぞこそこそ嗅ぎまわってくれ、とでも言わんばかりに。

彼の手は痩せて肝斑だらけだったが、彼の握手は力強かった。これほど力強い握手を最後にしたのはいつだっただろう？　とバーグマンが思うほど。まっすぐに彼の眼を見すえ、驚くほどきれいなノルウェー語でヴァルトホルストは言った。「ええ、ヘル・バーグマン。ペーター・ヴァルトホルストです」

何かがおかしい。バーグマンはまた同じことを思った。何がおかしいのか？

四十八章

一九四二年九月十四日　月曜日
ランデ邸
トゥーエンゲン通り
オスロ　ノルウェー

アグネス・ガーナーはセシリアの部屋の窓辺の椅子に腰かけ、セシリアは机について本を読んでいた。アグネスがそばにいると、セシリアはいつも機嫌がよく、時々母親の写真に眼をやってはなにやらつぶやいていた。そんなセシリアを見るたび、アグネスは明るい未来が待っているという嘘を少女に信じ込ませていることにうしろめたさを覚えた。今もそんな思いにセシリアから顔をそむけると、冷たい窓ガラスに額をもたせかけた。初秋の日光が空を覆うぶ厚い雲の合間から射し込んでいた。雲がまた動きだす寸前、その光のすじがテラスの上を通過した。ペーター・ヴァルトホルストとふたりでテラスの椅子に坐ったあの夜。ほんの数ヵ月まえのことなのに、まるで遠い昔の出来事のように思えた。ピルグリムが言うとおり、ヴァルトホルストはただわたしに恋をしているだけなのだろうか。

そんなに単純な話なのだろうか。一号もピルグリムもそう思っているようだが、彼女にはそうは思えなかった。ヴァルトホルストはわたしが取り返しのつかない過ちを犯すのを待っているのではないか。仮にピルグリムたちが正しかったとしても、ヴァルトホルストではなく、グスタフ・ランデの取り巻きのほかの誰かがわたしを監視していても不思議はない。その誰かこそアーチボルド・ラフトンから忠告を受けた呪われたキツネだ。その誰かこそずっと死んだふりをしてひたすら待ち、やっと死んだとこっちが安心したら、むっくと起き上がり、逆にこっちの咽喉を切り裂こうとする魔物だ。それがヴァルトホルストでないなら――ピルグリムたちが言うようにただ単にわたしのことが好きなだけなのだとしたら――いったい誰を警戒すればいいのか。アグネスはグスタフを通じて知り合った人々をひとりずつ思い浮かべた。が、怪しそうな者はひとりも思いつかなかった――ドイツの軍服を着ている人たちを除いては。もちろん。

もし一号とピルグリムが正しければ？　刑事でもある親衛隊大尉のヴァルトホルストもただの普通の男――欠点と弱点を持ち合わせた――で、ただ単にわたしに恋をしているだけだとしたら？　考えようによってはそれはむしろいいことだ。だからといって、それで物事が単純化されるわけでもないけれど。わたしは深みにはまりすぎている。そのため、どうすれば生きたまままここから抜け出せるかということさえ考えられなくなっている。それにこの吐き気。彼女は腹に手をやった。吐き出すものはもう何も残っていなかった。

この週末はことばにできないほど悲惨だった。やっと二、三日まえから状況が把握できるようになりはしたが。おそらくわたしは妊娠している。そして、おそらく父親はピルグリムだ。グスタフはいつも避妊具を使うから。この週末を乗りきれたのはちょっとした奇跡と言ってもいい。土曜日はほとんど一日じゅう便器のまえに坐っていた。ただ、グスタフは一週間ベルリンに行っており、帰ってくるのは今日の午後だ。その点は運がよかったが、このあとどうすればつわりを彼に隠せるか。何日かはごまかせるにしても。毎朝のように嘔吐しつづければ、さすがに彼も気づくだろう。それに、メイドのヨハンネ・カスパセンはどこに行くにもあとをついてくる。そんな気がしてならない。彼女にはどこか変なところがある。外出しようとすると、まさに詰問といってもいいほど問いつめてくる。表面上は必要以上の関心を示さないようにはしているが、礼儀正しいうわべの裏で、明らかにわたしに強い不信感を抱いている。今では自宅のアパートメントに戻るようなときでさえ、彼女向けの嘘をとっさに考えてしまう。

アグネスは腕時計に眼をやった。すでに約束の時間に遅れていた。一号からの伝言は水曜日にモーエンの店で髪をセットしてもらったときに受け取っていた。それは今日シルケ通りのアパートメントに来てくれというもので、そこの住人の名前も合いことば――〝今夜は雨になりそうですね〟――も頭にちゃんと叩き込んであった。

それにしてもひどい吐き気。アグネスはあれこれ心配事を抱えながらセシリアをハグすると、足早に廊下を歩き、階段を降りた。

「行き先をお訊きしてもよろしいですか？」

アグネスの背後のがらんとした廊下に声がこだました。アグネスは初めのうちこのモダンな建物が気に入っていた――グスタフ・ランデに、融和的でまるで反ナチであるかのような印象を与え、家の外郭の単純な線と明るく開放的な空間がこの悲惨な戦争のさなかにあって、心を癒す香油のような役割を果たしている――それが今はその白く透き通った表面が冷たく死んでいるように感じられた。このところは特にガラスの蓋のついた真っ白な棺の中に閉じ込められているような気がしてならなかった。

アグネスはドアの把手から手を離した。カバノキの枝が低く垂れ下がっている門のところではタクシーがすでに待っていた。カバノキの上空には暗い雲が垂れ込め、今にもすべてを呑み込み――ノルウェー人もドイツ人もナチも愛国者たちも分け隔てなく――そのあとはひどい大雨になりそうだった。

「あなたはヘル・ランデにも出かける理由を訊くの？」アグネスはキッチンの戸口に立っているヨハンネのほうを振り向いて訊き返した。

ヨハンネはひるまなかった。彼女の鳥のような醜い顔を見ていると、アグネスは眼が痛くなる。ヨハンネは善人ではない。ヨハンネの顔からあの笑みを永久に拭い去りたい。アグネスは今も強くそう思いながらおだやかな口調で言った。

「夜には帰ります」

「こちらの家にランデ夫人はおひとりしかいらっしゃいません。残念ながらもうお亡くなりになりましたが」

アグネスは何も言わず、赤い帽子を棚に戻し、かわりに黒い帽子を手に取った。赤い帽子はめだってしまう。

「どなたなんですか、お相手の男性は？」ヨハンネは右にある書きもの机の埃を払いながら、アグネスに何歩か近づいてきて言った。

アグネスは鏡に映る自分の顔を見た。ヨハンネがすぐうしろまで来ていた。アグネスは振り返り、ヨハンネと眼を合わせると、すばやく右腕を上げた。彼女の手のひらがヨハンネの頬を打ちつける音が、まるで鞭の音のように大きな部屋に響き渡った。ヨハンネは頬に手をあてて体を半分に折り曲げ、何に打たれたのかさえわからないような、とことん驚いた顔をした。アグネスのほうも手のひらに刺すような痛みが残った。胸を激しく上下させ、階段のほうを見やった。セシリアはいなかった。少なくとも、今起きたことは彼女に見られずにすんだ。

ヨハンネは頬に手をあてたまま、ゆっくりと体を起こした。うっすらと涙を浮かべていた。

「あなたはもう終わりよ」とアグネスは低い声で言った。「わかった？　わたしがグスタフと結婚したらあなたは馘《くび》よ！」

そう言って、震える手をドアの把手に伸ばした。金属の冷たい感触が手の痛みには心地よかった。ほんのいっときのことながら。

「可哀そうな人」玄関を出ると、アグネスはひとりごとのように言った。「結婚とは無縁の人生が運命づけられてるなんて」そんなことをつぶやきながらも、一歩進むたびにこの一歩が自分の人生最後の一歩になるかもしれないと思った。ようやく門までたどり着いて運転手がタクシーから出てきたときには、脚にはもうほとんど力がはいらなくなっていた。

ファーゲルボルグ教会までタクシーに揺られながら、アグネスは頰の内側を噛んで涙をこらえた。泣くのをこらえるだけでも一苦労なのにまた吐き気に襲われた。本能的に彼女は下腹部に手をやった。そして、タクシーを降り、まわり道をして——尾行されていないことを確かめるよう指示されていた——時間をかけてシルケ通りまで歩いて戻った。そこでふと思った。死を覚悟しなければならない今回のような任務もそう悪いものではないのかもしれない。すべては自分が選んだことではないか。

指示されたアパートメントハウスの玄関ホールにはいった。ハンメルシュタードゥ通りの彼女のアパートメントほどには管理が行き届いていないところだった。それまで三十分ほどあたりを歩きまわっていた。誰かに尾行されている気配はなかった。少なくとも、ペーター・ヴァルトホルストの姿はなかった。四階まであがり、ひとつの疑念が初めて頭をよぎった。ひょっとしてカール・オスカーはヴァルトホルストのことを一号に伝えてさえいないのではないか。いや、用心深さの権化のような彼が伝えないなどという危険を冒すわけがない。

　ありえない。アグネスは自分にそう言い聞かせた。ありえない。ドアを二回ノックし、少し間《ま》を置いてからすばやくまた二回ノックした。アパートメントの中から、いかにも老人が足を引きずるような、ゆっくりとした足音が聞こえた。眼の下の皮がたるんだ年配の男がドアを開けた。仕事からたった今帰ってきたばかりのような、スーツにネクタイといったきちんとした身なりをしていた。合いことばを待っているはずだが、顔はどこまでも無表情だった。

　アグネスは小さな声で言った。「今夜は雨になりそうですね」彼女は疲れていた。空腹でもあった。老人はおもむろにうなずいた。アグネスはアパートメントの中にはいると、ドアを閉め、背中をドアにあずけてもたれた。居間のほうから漂ってくる古い葉巻の煙のにおいに、反射的に手で口を押さえた。

「どうかしたかね？」と老人が温もりのある声で訊いてきた。

　アグネスは首を振り、口を押さえていた手をおろして手袋を脱いだ。胃にはもう何も残っていないのに手袋の革のにおいにまた吐きそうになった。

「バスルームはどこですか？」と彼女は言った。「貸してください……」

そう言って、老人の妻に挨拶もせず居間を通り抜けた。老婦人は肘掛け椅子に坐って編みものをしていたが、訪問者がいきなり現われても気にする様子はなかった。キッチンのドアの近くにカイ・ホルトが立っていた。が、アグネスは気づかなかった。彼はアンダーシャツとズボンだけを身に着け、青白い顔をしてステン短機関銃を持っていた。

バスルームにはいると、彼女は冷たい水を出し、吐き気に負けてトイレの座面に頬をつけてひざまずいた。でも、何も吐くものがなかった。トイレの中に帽子が落ちかけたのをすんでのところで捕まえた。

ホルトがキッチンで彼女を待っていた。虚ろな眼をしていた。まるでもう戦争に負けてしまったかのような。まるでみんな死んでしまったかのような。

「具合が悪いのか？」吸い殻でいっぱいになった灰皿で煙草の火を揉み消しながら、彼は言った。裏庭に面した窓には遮光カーテンが引かれ、一本のろうそくだけが彼の顔を照らしていた。メイド部屋の戸口にピルグリムが現われた。アグネスは必死に感情を抑え込もうとした。が、彼の顔を見ただけで少女のような喜びに満たされた。ほんのいっときピルグリムは彼女に笑いかけた。アグネスは、ノルウェーが戦争に巻き込まれるまえ、彼が時々見せていたあの眼の輝きを垣間見たような気がした。が、その輝きは次の瞬間にはもう消えていた。表情も硬くなっていた。それでも、アグネスはそれで満足だった。それ以上は望まなかった。あと一週間生きていくにはそれで充分だった。

「ただの食あたりだと思う」と彼女は言った。

ホルトは立ち上がると、メイド部屋を顎で示した。ピルグリムはふたりが通れるよう一歩さがった。アグネスは彼のにおいを忘れかけていた。最後に会ったのはつい一週間まえのことなのに。そのときふと思った――もしかしたらもう二度と会えないかもしれない。

ホルトはドアを閉め、机のまえに置かれた椅子に坐るよう彼女に示し、ステン短機関銃をベッドに置いた。人が三人はいるには部屋は狭すぎ、ピルグリムはベッドに腰かけた。ベッドの裾の側にもうひとつドアがあった。おそらく中庭に出られる階段室のドアだろう。だからホルトはこのメイド部屋を選んだのだ。

「あのご夫婦はこれ以上ないメイドを雇ったというわけね」と彼女は言い、椅子に腰をおろした。

ホルトは静かに笑い、唇に指を押しあてると、アグネスのすぐそばの机の上に腰かけた。天井の薄暗い明かりに照らされたその顔にはまるで血の気がなく、眼の下の黒い隈を見れば、彼が長いこと寝ていないのは明らかだった。ホルトにも追及の手が及んでいるのだ。アグネスはそう直感し、遮光カーテンに手を這わせて指についた埃を見ているホルトに小声で言った。

「あなたこそ具合が悪そうだけど」

「われわれはあまりに多くの仲間を失った。今も失いつづけている」そう言った彼の声はサンドペーパーほどにも乾いていた。「私のせいだ」

「いや、それはちがうよ」とベッドに坐っていたピルグリムが言った。

ホルトは顔を両手に埋めた。その肩が揺れ、泣いているのがわかった。

「カイ……」とやさしくピルグリムが声をかけた。

ホルトはアンダーシャツで手を拭いて立ち上がると、椅子に掛けてあったシャツを着た。見るかぎり、落ち着きを取り戻したようだった。

アグネスはベッドの上のピルグリムを見つめて思った――なんてあなたは美しいの。どんなにあなたを愛してきたか。今でも愛している。でも、事実を知ったらあなたはきっとわたしを殺すでしょう。あなたを裏切ったわたしをきっと。わたしはカイもほかのみんなも裏切った。妊娠してしまうなんて。誰にも言えない。少なくとも今は。ここしばらくは。もしかしたら永遠に。

「アグネス」とホルトは囁き声で言った。「ロンドンはきみに白羽の矢を立てた。きみならできると言ってきた。私はロンドンのこともきみの養成官のことも信じている。彼はかつては私の養成官だった」ホルトは眼に力を込め、薄い笑みを口元に浮かべ、体の底から絞り出すような声で言った。アグネスはかつて少年だった頃のホルトをその笑みに見たような気がした。向こう見ずで、なにより正直だった少年の頃のホルトを。

そして、黙ってうなずきながらも、心の中ではクリストファー・ブラチャードを呪った。あんな男は地獄の業火に焼かれるといい。

「ロンドンのくだした結論はトールフィン・ロルボルグ調査部長の暗殺だ。それを実行できるのはきみ以外にいない」

「でも、どうやって……？」

ホルトは彼女の肩に手を置いて言った。

「説明する」

彼女はうなずいた。

「きみは今日ここに来て、私に会った。もうあと戻りはできない。わかってるね？」

彼はピルグリムを指差した。ピルグリムは床に膝をつき、ベッドの下の床板を二枚剝がしていた。そして、床板の下から紙包みをふたつ慎重に取り出すと、ホルトに手渡した。そのあとイギリス製の煙草をアグネスに勧めた。アグネスは首を振って断わった。そのときふたりの眼が合った。わたしのお腹の中にあなたがいる。彼女は胸にそうつぶやいた。

ホルトは紙包みを机に置いて中身を取り出した。ひとつ目の包みの中から出てきたのは、アグネスがこれまで見たこともないような不思議なものだった。三十センチほどの長さの真っ黒な鉄の棒で、一方の端に短い柄《シャフト》と引き金のようなものがついていた。一見するとサイレンサーのように見えるが、それ自体が銃になっていることは彼女にもわかった。「扱えるかどうか、試してみてくれ」ホルトはそう言って、その鉄の棒をアグネスに渡した。

「これは何?」受け取りながら、彼女は尋ねた。不自然に軽かった。まるで空気でできているかのようだった。

「ウェルロッドと呼ばれている」とホルトは彼女の耳のそばで言った。「私も初めて手にした。ただ、手元にあるのはこれだけだから……」彼は彼女の横にしゃがみ込んだ。「うまく動いてくれないと困る」

アグネスは何も言わず、その銃を優に一分、あるいはそれ以上見つめていた。そのあと端の丸いボルトを引いて重い引き金に指をあてた。

「よし」とホルトは言った。「わかっていると思うが、試し撃ちをしているような時間はない。きみはまず五、六十センチの距離からロルボルグの胸を撃つ。そのあとすぐに弾丸《たま》を薬室に送り込んで、今度は頭を撃つ。さらに送り込んで頭をもう一度撃つ。決して血を浴びないように。唯一の出口は正面玄関だけだ。もし血がついていたら、きみはそこで終わる。弾丸《たま》は自動的には薬室に送り込まれない。だから、撃つたびにボルトを引いて装塡しなければならない」

「待って」と彼女は言った。「ちょっと待って……」

　ホルトは薄い笑みを浮かべて首を振ると、また最初から説明した。二回目のほうが声が落ち着いていた。

「音はどうするの？」とアグネスは尋ねた。

「私が今ここできみを撃つとする。そのときピルグリムはキッチンにいたとする。だったら彼には何も聞こえない。銃はあらかじめ建物の中に隠しておく。警備は厳重だが、それは心配しなくてもいい。内部に仲間がいるから。まえもってその仲間が女子トイレのタンクの中に隠しておく。建物にはいると、まずは警備員に持ちものを検査される。検査が終わったら、面接のまえにトイレに行かせてもらうんだ。ここは絶対怪しまれないようにうまく演じてくれ。私はきみに大変な責任を負わせている。それは私自身よくわかってる。それだけはわかってくれ」

「でも、どうやって……どうやってクナーベンに行けばいいの？」そう言って、彼女は首を振った。まだ頭が混乱していた。クナーベン本社に行く？　ホルトはまだすべてをわたしに明かしていない。面接っていったいなんのこと？

「絶好のチャンスが舞い込んだんだ」とホルトは言って、机の引き出しを開けると、〈アフテンポステン〉紙の記事の切り抜きを彼女に見せた。それはクナーベン・モリブデン鉱山株式会社のオスロ事務所が出した従業員募集の記事だった。〝調査部では新しい秘書見習いを募集します。必要書類を持参して応募してください〟という案内とともに、資格そのほかの募集要項が書かれていた。面接日は来週の金曜日。

「そこには書かれてないが、ロルボルグ本人が面接をおこなう。内部にいる仲間の情報だと、募集しているのは彼直属の秘書らしい」

「仲間？」とアグネスは言った。「だったらその人が……」

「そいつはとても人を殺せるようなやつじゃないんだ」とホルトは小声で言った。「たとえロルボルグは人間じゃない、ナチの怪物だと――彼の発見のせいで何千もの善良な人々の命が奪われると――説得できたとしても、そいつには人殺しはできない。でも、きみには、アグネス、この怪物を亡き者にすることができる。少なくともロンドンはそう判断した。そういうことだ」ホルトは彼女の肩に手を置いて強く握った。「この戦争をなんとかしたいと思う気持ちはみんな変わらない。きみもほかの誰も」

「よく考えてくれ。自分にできるかどうか」とピルグリムが横から言った。「殺したいやつを誰か思い浮かべて……」彼はそこでことばを切った。

ヨハンネ・カスパセンの顔がいきなりアグネスの心に浮かんだ。どうして？　アグネスはヨハンネを反射的に思い浮かべた自分を恥じた。

「でも、こんな計画は自殺行為よ。偶然グスタフと鉢合わせするかもしれないし、管理部長やほかの人と……」

三人ともしばらく押し黙った。

「きみはロルボルグには会ったことがない。そうだね？」とホルトが口を開いて言った。

彼女は首を振った。

「グスタフ・ランデはローゼンクランツ通りのオフィスにはめったに顔を出さない。彼がいるのはマヨルストゥアのオフィスで、そこにいないときには全国をまわっている。それはきみも知ってるだろ？　彼はほかにも多くのビジネスを抱えていて、クナーベン社よりはるかに大きな規模の会社も経営している。そんな彼とその特別な日にローゼンクランツ通りのオフィスで鉢合わせする確率はどれくらいあると思う？」

彼女は黙ったまま、ただうなずいた。

「それに、アグネス、たとえ見られたとしても絶対にきみだとは気づかれない。それは私が保証する。きみはまったくの別人に見えるはずだ。ブロンドの髪で青い眼で……」彼はそこでことばを切り、少年のような笑みを浮かべた。まるでこの作戦が取るに足らないことでもあるかのように。

「わかったわ」とアグネスは最後に言った。

ホルトは彼女の膝の上に書類を置いた。身分を証明する書類だったが、写真は貼られていなかった。本棚の上にカメラが置いてあるのはそのためだった。彼女は彼女のためにつくられた架空の人生のページをぱらぱらとめくってみた。

「変装を試して、写真を撮ったらここに……」ホルトはそう言って、身分証明書を指差した。

そういうことか、と彼女は改めて思った。もう何もかも決定されていたのだ。自分はこの任務を遂行しなくてはならない。そうするしかないのだ。わたしに選択権はないのだ。アグネスは一メートルと離れていないところにいるピルグリムを見やり、胸につぶやいた――これはあなたのためにやることよ。わたしたちのために、わたしたちの自由のために、わたしたちの……

感情が一気に昂った。ほんとうにこれが現実なの？　感情の昂りとともに急に、カイ・ホルトの言ったことすべてがいかにもいい加減に思えてきた。すべてが急ごしらえの間に合わせの計画に思えてきた。どんな代償を払おうと、ひたすらロルボルグを抹殺したい。彼の望みはただそれだけのような気がしてきた。

「この応募書類を見れば、ロルボルグもきっときみを雇いたくなるはずだ。とりあえずここで着替えて全部試してみてくれ。なんなら今夜はここに泊まってくれてもいい。準備は怠りなく。ここでまるまる一晩練習したら、明日にはもう眼をつぶっててもできるようになってるだろう。いいかな？」ホルトはそう言うと、本物の人毛でつくったと思われるブロンドの鬘《かつら》と缶をふたつ取り出した。が、中に何がはいっているのか、アグネスには見えなかった。

「イギリスから誰かに来てもらうわけにはいかないの？　その人に……」とアグネスは言いかけたものの、それ以上はもう言う気がしなかった。

「時間がない」と言ったホルトの声には苛立ちが含まれていた。それでもすぐに自分を抑え、いくらかやさしく言い添えた。「ロルボルグはわれわれにすでに大きな打撃をもたらしている。やつはランデからかなりの自由裁量権を与えられていて、ランデ自身はゼーホルツから同じような権限を与えられている。つまりロルボルグはドイツからそれほど信頼されているということだ。いちいち言うまでもないが。それにもうひとつ、モリブデン鉱脈の正確な場所を知っている人間はノルウェーにほとんどいないということだ――ひょっとしたらロルボルグ以外には誰も知らないのかもしれない。だから彼がいなくなれば、今後はフールダールで新たな鉱脈を探しあてなければならなくなる。となると、今後何年もかかるはずだ」

「きっとばれてしまう」とアグネスはウェルロッドを撫でながら言った。「彼のことを……ロルボルグのことを……知っている人は少ないわ……だからわたしのほかにも……」

ホルトは彼女の肩に触れて言った。

「きみしかいないんだ。この件には多くの人間が関わっている。その全員を失うことなくあの男を殺せるのはきみしかいない。そのことをわかってほしい。あの男は常に護衛に囲まれている。それでもクナーベン社の受付を通ったあとは話は別だ。それにきみは女だ。

きみが人を殺すかもしれないなどとは誰も思わない」

「わかった」アグネスはそう答えたものの、自分の声すらほとんど聞こえていなかった。自分の中に残っていたことば――〝わかった〟――をただ反射的に口にしただけだった。

ホルトは両手で彼女の顔を包んだ。煙草と汗、それに不安のにおいがした。

「アグネス、きみを頼りにしてる。これがきみの運命と思ってくれ」

彼女はうなずき、眼を閉じた。また、ヨハンネの醜い顔が瞼に浮かんだ。彼女の頬を平手打ちしたときの音が頭の中でこだました。

四十九章

二〇〇三年六月十九日　木曜日
グスタフ＝フライターク通り
ベルリン　ドイツ

ペーター・ヴァルトホルストはナイフとフォークを皿の上に置き、食事がすんだことを伝え、トミー・バーグマンから差し出された一枚の紙を手に取った。フィン・ニーストロムからバーグマンに送られてきた写真のスキャン画像。一九四二年の夏至祭前夜の写真だ。ヴァルトホルストは半袖シャツの胸ポケットから老眼鏡を取り出し、その古い写真にじっと見入った。バーグマンはテーブルをはさんで彼と向かい合って坐り、いっとき待ってから言った。

「あなたの右側に坐っている女性をご存知ですよね。アグネス・ガーナーという女性です」

ヴァルトホルストはしばらく無言のままだった。ただ、手にした紙が細かく揺れていた。手に力が込められているのが白くなった指先からもわかった。

「私にもこんなに若い頃があったのかね？」やがて彼は言った。

バーグマンは何も答えなかった。ヴァルトホルストがずっと話題を避けているので、この旅はほんとうに意味があったのか、内心疑問に思いはじめていた。

「写真の表情から察すると、彼女のことはよくご存知だったんじゃないですか？」

「それはどういう意味だね？」とヴァルトホルストは写真から眼を離すことなく言った。

「まるで恋に落ちた男のように見えます」とバーグマンは遠慮なく言った。

ヴァルトホルストはやっと視線を上げた。かすかに微笑んでいた。バーグマンはその眼に無邪気な少年だった頃の彼の面影を垣間見たような気がした。

「バーグマンさん、あなたは実に想像力豊かな人だ」

「事件のことは覚えておられますよね？　女性ふたりと少女が失踪した事件です」

「いや、あまり覚えていない」とヴァルトホルストは言った。「当時、私は〈アプヴェーア〉に所属していたからね。その事件は国家警察が担当したはずだ。そもそも戦時中はいろんな事件が起こるものだ。それを忘れないでほしい。三人の失踪事件などことさら珍しくもない。すぐに忘れ去られるような事件だよ、バーグマンさん。統計に出てくるだけのものだ。数字以上のものじゃない」

「あなたは彼女たちが殺害された三ヵ月後にゲシュタポに異動しています。それには何か理由があったんですか？」

ヴァルトホルストははずした眼鏡を口元にやってレンズに息を吹きかけ、シャツの裾で丁寧に拭いた。今のバーグマンの質問には答える気がないようだった。かわりに湖を見やった。バーグマンの質問に対するヒントにしろ答えにしろ、湖が何か提示してくれることを期待するかのように。湖の先にある高速道路から小さなうなり音が聞こえ、その音が毛布のようにヴェランダの上空を覆っていた。それ以外に聞こえるのは水辺の木々でさえずる鳥の鳴き声だけだった。

「老人の意味のないたわごとに聞こえるかもしれないが、当時の私にとってゲシュタポは悪いところではなかった。一九四二年には〈アプヴェーア〉はもう瀕死状態に陥っていたんだ。きみも知っていると思うが、そう、カナリスのことがあって……そういうことだ（〈アプヴェーア〉のカナリス部長のこと。ヒトラー暗殺計画などの反ナチス運動に関与したとして処刑された）」

「ええ、知ってます」とバーグマンは答えた。

「私は生きたかった」

バーグマンは何も言わなかった。

「戦争でなにより重要なのは生き延びることだ」とヴァルトホルストは言った。「いったん戦争が始まれば、あとはどうやって生き延びるか。それがすべてになる」

「アグネス・ガーナーは生き延びることができませんでした。セシリア・ランデも、ヨハンネ・カスパセンも」

「ああ、そうだ」とヴァルトホルストは同意して言った。

「誰が彼女たちを殺したんです？」とバーグマンは尋ねた。

「カール・オスカー・クローグが殺した。きみは電話でそう言ったね？」とヴァルトホルストは言うと、そのことを否定するように手を振った。

バーグマンはふと思った——この眼のまえの老人は人を殺したことがあるのだろうか。自らの手で。それはまちがいない。眼のまえに坐っているのは、自らの手で人を殺し、もっと多くの人々を死に追いやったことのある老人だ。

「実際、クローグの犯行だと思ってるのかね？」

「ええ」とバーグマンは答えた。「ただ、不可解な点もあるんです。アグネスはナチではなかった。となると、彼女はまちがって殺されたということになります」

ヴァルトホルストは黙ってうなずいた。それを見て、バーグマンはこのことをすぐには追及しないことにしようと思った。クローグが二重スパイだというフォールンの主張をヴァルトホルストがそう簡単に認めるとは思えない。

「きみの言うとおり、まちがって殺されたのかもしれない」とヴァルトホルストはようやく話を進めた。「そうだとしてもクローグが手を下した可能性は拭いきれない。きみの捜査の方向はまちがってないよ」

ふたりはしばらく押し黙った。

ヴァルトホルストはまた写真を見はじめた。写真の中でテーブルを囲んでいる人々の名前をひとりずつつぶやいているようで、唇は動いていたが、声は聞こえなかった。

「あなたはリレハンメルでカイ・ホルトにどんなことを話したんです？」

「どんなことを話したと思う？」写真から視線を上げることもなく、ヴァルトホルストは訊き返してきた。写真に写っている人々の中のひとりの名がどうしても思い出せないのか。それでも最後には写真を膝の上に置いたまま老眼鏡をはずした。

「もったいぶらずに教えてくれませんか？」とバーグマンは思いきって言った。「ホルトはあなたを尋問した二日後にストックホルムで殺された。そのこととあなたが話したことが無関係とは思えません」

ヴァルトホルストはバーグマンのカップにコーヒーを注ぎ足した。震える手で。そのあとバーグマンのほうを見ることなく、自分のカップにも注ぎ足した。一瞬、バーグマンの存在すら忘れてしまったかのように見えた。コーヒーを注ぎ足すと、そのあとはじっと坐ったまま微動だにせず、左のほうの一点を見つめながらいきなり言った。

「私とホルトがどんなことを話したにしろ、そのことは墓場まで持っていくつもりだ。ただひとつ言っておくと、それは私が墓場まで持っていく中で最悪のものというわけでもない」

「あなたはリレハンメルでホルトに明かした。女性ふたりと少女を殺したのはクローグだと」とバーグマンはあえてことばにした。

ヴァルトホルストはそのバーグマンのことばに笑った。が、それは嘲笑ではなかった。ほんとうは答えを知っているのにあえて質問してくる子供に対するような笑いだった。

「私は嘘は言わないよ、バーグマンさん。嘘というのは、小さかろうが大きかろうが、いずれは嘘とわかってしまうものだ。嘘は言った者にいつかは追いつき、言った者をゆっくりと締め上げる——私のような老人でさえ。ホルトと私が話したことは、ほんとうに些細なことだ。ただこれだけは言える。ノールマルカで殺された三人とはなんの関係もない。これはほんとうのことだ」

「つまり嘘じゃない？」

ヴァルトホルストの表情が変わった。笑ったのか顔をしかめたのか、バーグマンには判断がつかなかった。

「嘘じゃない」とヴァルトホルストは砂糖をひとさじコーヒーに入れて混ぜながら、バーグマンのことばを繰り返した。「それにホルトは自殺だったんじゃないのかね？」

「私は他殺だったと思っています」とバーグマンは答えた。「当時事件を担当した刑事も同じように考えた。その結果、その刑事も殺されてしまった……」

「きみが何を信じようと、それはきみの自由だが、私はその件についてはほんとうに何も知らないんだよ」とヴァルトホルストは言った。「ホルトが死んだ夜、私はリレハンメルの独房から連れ出された。ひょっとすると、そのまえの晩だったかもしれない。そこのところはよく覚えていないが……」ヴァルトホルストはそう言ってまたかすかな笑みを浮かべた。「いずれにしろ、その一週間後にはフランクフルトの戦略諜報局で仕事をしていた。そうしたことに関する書類はすべて焼かれてしまったと思うが」

「フランクフルトに行くまえはどこにおられたんですか？」

「まずストックホルムに送られた」とヴァルトホルストは言った。「フランクフルトに送られたのはそのあとだ。さらにその一年後、今度はアメリカのラングレー（CIA本部の所在地）に送られた」

「最初はストックホルム」

「そうだ」

「つまり、あなたは一九四五年の五月三十日にはストックホルムにいたんですね？」

ヴァルトホルストはまたかすかな笑みを浮かべた。朝日を受けて金歯がきらめいた。

「変な憶測はしないでくれたまえ、バーグマンさん。ホルトを殺したのが私なら、犯行時にストックホルムにいたと自分から言うか？　実際問題としてどうすれば私にそんなことができた？　言うまでもなく、私は囚われの身だったんだから。身分を証明する書類もなく、過去もなく、おそらく未来もない囚人だった。警護なしではトイレにすら行けなかった」

「だったらホルトがその夜死んだことをどうして知ったんです？　あるいは殺されたことを？」

ヴァルトホルストはバーグマンをじっと見すえて答えた。

「新聞だよ。新聞。それに殺されたというのはきみがそう思っているだけのことだ」

バーグマンとしては何も答えられなかった。ヴァルトホルストが口を開くたびますます頭が混乱していた。

今度の沈黙はいささか長くなった。湖の反対側にあるテーゲル空港にルフトハンザ機が下降していた。音は聞こえなかった。ふたりともただその機影を眺めた。

「カイ・ホルトには娘がいたのはご存知でしたか？」とバーグマンが沈黙を破って言った。

ヴァルトホルストはうなずくと、不意に立ち上がり、ヴェランダの端まで数歩歩いた。

「リレハンメルでそう言っていた」とヴァルトホルストはバーグマンにというより自分に言い聞かせるように言った。「娘がいると私が言うと、『こっちもご同様だ』と言っていたよ」ヴァルトホルストはそう言うと、手すりのところで立ち止まった。バーグマンには彼が急に老け込んでしまったように見えた。九十歳近い体を傾けて花壇をのぞき込み、今にも固まってしまいそうな鉤爪のような手をゆっくりと動かして、彼は無言のまま錬鉄製の箱型の植木鉢に植えられた花から、萎れた葉を何枚かそっと摘み取った。

「ホルトの娘に会ったことは？」

「どうしてそんなことを訊く？」

「クローグを殺したのは彼女じゃないかと思うからです」

一瞬、ヴァルトホルストは花壇のそばで凍りついたようになった。バーグマンが今言ったことを考えているように見えた。が、すぐまた庭いじりに戻った。三つの大きな箱型の植木鉢の上で根気強く指を動かしはじめた。植木鉢の中ではバーグマンの知らない青い花が咲き誇っていた。

「いや、一度も会ったことはない」とヴァルトホルストはバーグマンの最初の質問に答えて言った。

バーグマンは何も言わなかった。父の身に何があったのか、ヴェラ・ホルトはどうやって知ったのか。フォールンの主張――クローグがドイツの二重スパイだったこと――をそのままヴァルトホルストにぶつけてみるか。いや、まだだ。諜報部員だったこの男がそう簡単に真実を明かすわけがない。

「その三人……アグネスと子供とメイドだが」とヴァルトホルストは言った。「どんな経緯で発見されたんだね？」

「見つかったのは偶然です」とバーグマンは答えた。

「なるほど。長い人生で私が学んだのは偶然とは運命にほかならず、運命もまた偶然にほかならないということだ」

　バーグマンの背後でドアが開いた。半身になって振り返ると、青いチェック柄のエプロンをつけたトルコ人のメイドが立っていた。彼女はドイツ語でふたりのやりとりを中断させたことを詫び、さらにヴァルトホルストになにやら言って、そのあとバーグマンのために英語でも言った。「タクシーが来ました」

「昨日言っておけばよかったんだが」とヴァルトホルストは言った。「できれば、面会時間が終わるまえに妻に会いにいきたい。この歳になると、お互いあとどのくらいの時間が残されているかわからないんでね」

「奥さんは入院されてるんですか？」

「ああ。でも、よければここで待っていてもらってもかまわない。一時間で戻れるだろう。長くて一時間半だな。よければ、夕食でも一緒にどうだね？」そう言うと、彼は両手を広げ、大きな笑みをバーグマンに向けた。ほとんど偽りのない笑みだった。

「ありがとうございます。でも、飛行機の時間があるんで」

「だったら、タクシーで途中まで一緒に行こう。妻が入院しているのはテーゲル空港に行く途中のドイツ赤十字病院だから。それとも、きみが乗るのは悪名高きシェーネフェルト空港発の便かな？」

「テーゲルです」とバーグマンは嘘をついた。

「それじゃ行こう」

バーグマンは家の中をヴァルトホルストのあとについて歩き、来たときと同じ白い部屋を何部屋か抜けた。壁に掛かっているのはほとんど絵だった。数少ない写真も子供と孫の写真ばかりで……それも今の妻とのあいだの子供たちではない。何かがバーグマンにそう思わせた。

大理石の床に巨大なペルシャ絨毯が敷かれた広い玄関ホールの真ん中で、彼は立ち止まった。ふたつの居間へと続く別々のドアのあいだの壁に背の高い鏡が掛けられていた。その鏡から一メートルほど離れたところに立って、バーグマンは鏡に映った自分を見た。鏡には玄関のドアのまえで彼の背中をとくと眺めているヴァルトホルストも映っていた。

バーグマンは振り返り、二階へ続く立派な階段を見上げた。

「何か？」とヴァルトホルストは尋ねた。一方の手にセロファンでくるまれた一輪のバラ、もう一方の手に贈りもの用に包装された小さな紙包みを持っていた。

ええ、とバーグマンは心の中で返事をした。が、自分でも何が引っかかるのかはっきりとことばにすることはできないまま尋ねた。

「お子さんは？　お孫さんは？」

「子供は最初の妻とのあいだにできた」

バーグマンはうなずき、玄関を出た。外に出ると、耐えられないほどの暑さだった。

「結婚したとき、グレッチェンも私も子供をつくるには歳を取りすぎていた」タクシーに乗り込みながら、ヴァルトホルストはいささか淋しそうに言った。

バーグマンは座席に深くもたれた。隣りに坐るヴァルトホルストの今のことばはことさら彼の心には刺さらなかった。

五十章

一九四二年九月二十五日　金曜日
シルケ通り
オスロ　ノルウェー

アグネス・ガーナーはベージュのコートを一層きつく体に巻きつけ、左を見て右を見て、さらにもう一度左を見てから、ミッデルトゥン通りを渡り、シルケ通りへ向かった。市街を走る車はもうほとんどないのに、どうして何度も左右を確認したのか自分でもわからなかった。ただ、たとえ今日死ぬ運命なのだとしても、ナチのＢＭＷに轢き殺されたり、兵士を満載したドイツのトラックの下敷きになって死んだりするつもりはない。そんな気持ちが働いたのかもしれない。

シルケ通りのアパートメントではこのまえと同じ老人がドアを開けてくれた。履き古したスリッパを引きずりながら、老人は無言で彼女を中に招じ入れた。そして、キッチンにはいると、メイド部屋のほうを身振りで示した。そこはきれいに片づけられ、誰もいなかった。一号もピルグリムも。ただ、まぎれもない古い煙草の煙のにおいがさきほどまで誰かがいたことをはっきりと示していた。アグネスは天井の明かりをつけた。久しぶりにまぶしいほど晴れた朝だったが、蔽光カーテンが引かれており、明かりをつけないと部屋の中は真っ暗だった。衣装箪笥の中に変装に必要なものがはいっていた。彼女は急いで青いスーツに着替え、次に茶色のビニール袋の中から小さな金属製の箱を取り出した。箱の蓋を開けると、一対のほとんど透明なコンタクトレンズがはいっていた。ふたつ目のコンタクトレンズ――ひとつ目のコンタクト同様、硬くて、つけ心地は最悪だった――を入れようとしたとき、張りつめていた心の糸が切れた。鏡を見ながら、指を眼に近づけても、彼女の指はそれ以上眼に近づくことを拒否した。全身が震えだした。もう一度試してみた。が、震えのせいでどうすることもできなかった。大波のような吐き気が咽喉元に込み上げてきた。

彼女はしばらくただ茫然としてその場に坐り、鏡に映る片方の眼が茶色でもう片方の眼が青い自分の顔を見つめた。やがてキッチンから足を引きずるような足音が聞こえてきた。「しっかりして」と彼女は自分に言い聞かせた。「アグネス、しっかりしなさい！」

足音が彼女のすぐうしろで止まった。アグネスは振り向かなかった。老人が部屋の中にはいってきていた。老人特有の酒とパイプ煙草のにおいがした。昨夜は肘掛け椅子でそのまま寝てしまったのだろう。アグネスはそんなことを思った。アグネスの肩に手を置いて、老人は低い声で言った。

「わしらはみんな、あんたに感謝しとります。きっとうまくいきます」

誰かがトイレの水を流す音が聞こえた。年老いた妻ももう起きているようだった。アグネスは一瞬眼を閉じ、黙ってうなずいた。

老人は足を引きずりながら部屋から出ていった。アグネスの手の震えはいつのまにか止まっていた。右眼にもコンタクトレンズを入れた。これでいい。一対の青い眼。コンタクトレンズはドイツ人が発明したものだとピルグリムが教えてくれた。映画が白黒からカラーに切り替わると、アメリカの映画業界はさっそくこれを利用したそうだ。皮肉なものだ、と彼は言った——自分たちがつくったものにドイツ人が騙されるというのは。五分もしないうちに彼女は髪をワセリンで撫でつけ、ヘアピンでしっかりととめた。鬘をつけるのは老人が手伝ってくれた。その見事な手つきを見て、彼を一号に紹介したのはヘルゲ・K・モーエンにちがいないとアグネスは思った。

「心配せんでも脱げることはないよ。三十年は大丈夫だ」老人はそう言うとキッチンに戻り、ヘアスプレーを持ってきて鬘に吹きかけた。

アグネスは肩まであるウェーヴのかかったブロンドの髪を手で撫でた。まちがいなく上質の人毛からつくられた鬘だ。鏡の中から見つめ返している見知らぬ女にアグネスは思わず身震いした。用意されていた角ぶち眼鏡をかけ、自分の姿を左右から入念に確認した。まるで別人だ。バッグを開け、青酸カリを入れた小さな箱を取り出し、天井の明かりにかざすと、中のカプセルが青くきらめいた。人は死んでいくときに光が見える——そんな言い伝えがあることを思い出した。

バスルームにはいり、トイレットペーパーで青酸カリのカプセルを包んだ。新聞紙を再生してつくられたトイレットペーパーはごわごわしていて、記事の見出しがまだかすかに読めた。包んだカプセルを下着の中に隠すと、堅い紙に腹部がこすれ、その拍子にまた吐き気を覚えた。鬘を手で押さえてトイレの中に嘔吐した。

口をゆすぎながら、老人が言っていたことはほんとうだ、と思った。この鬘は絶対に脱げない。青いスーツを汚さないように注意しながら爪ブラシを使って指を洗った。最後に改めて鏡に映る見知らぬ女を観察した。笑顔をつくってみた。逆に恐怖心が増した。右の手のひらに急に痛みを覚えた。ヨハンネを平手打ちしたときの痛みが甦った？　いや、気のせいだ。

それでもヨハンネのことが心の中で渦巻いた。あの女の眼。毎日、毎時間、グスタフと一緒のときにじっと見つめてくるあの眼。アグネスは自分の手のひらを見た。痺れたような感覚はまだ残っていた。この同じ手でもうすぐわたしは人を殺すのだ。

それでも彼女の手は落ち着いていた。どこまでも冷静だった。すべて整った。洗いおえた手をタオルで拭きながら、アグネスは自分にそう言い聞かせた。その一瞬、今まで感じたことのないような安らぎに満ちた気持ちになれた。シルケ通りのこの狭苦しいバスルームにいるのは自分ではない。そんな気分になったのだ。彼女は思った――ある意味、わたしはもう何年もまえに死んでいたのだ。父親が死んだときに、あるいはそのもっとまえに。今日死ぬ運命にあるのだとしたら、この世界の中でたったふたりのことしか今は考えたくない――ピルグリムとセシリアのことだけしか。ほかには誰のことも考えたくない。朝も昼も関係なくこの吐き気を惹き起こしているお腹の中の子のことさえ。この子には未来はない。あるのはカール・オスカーとセシリアの未来だけだ。でも、そのふたりすら今は必要ない。忘れればいい。消し去ればいい。拷問を免れることさえできれば、いい終わり方ができるはずだ。

彼女は何も言わず、自分の身分証を老人から手渡されたものと交換した。老人は彼女をじっと見て、ただうなずいた。身分証はきちんと保管しておいてほしい、と彼女は言いかけ、結局、やめた。これでいいのだ。青いコートを腕に掛けると、居間に戻る老人を見送った。

裏階段を降りるあいだ、すべての段取りをもう一度頭の中でおさらいした。できるだけ急いでトイレに行く。左側の一番手前の個室にはいる。トイレの便座の上に立つ。誰かがはいってきたら？　大丈夫。すぐに立ち去るだけ。速く、速く、速く。ウェルロッドはしっかりとビニールにくるまれている。もし正常に発砲しなかったら？　その場合は素手で殴り殺す。あるいは、別の武器を見つけるか。とにかく速く。彼に考える時間を与えないように、叫ぶ時間を与えないようにする。念のため、ロルボルグのオフィスにはいったら真っ先にペーパーナイフを探すことにした。

太陽は眼もくらむほどまぶしく、冷たい風が側溝に残った枯葉を舞い上げていた。うしろから子供たちの愉しそうな声が聞こえた。彼女は思った――何があろうとわたしは確実にロルボルグを殺すだろう。最悪なのはそれがわたしにもわかっていることだ。気づくと、マヨルストゥアの交差点に立っていた。初めてカイ・ホルトに会ったときの階段をまっすぐに見ていた。

中心街まで行く市街電車を待つあいだ、彼女は心の中で繰り返した。何があろうと、わたしは確実にロルボルグを殺すだろう……

五十一章

二〇〇三年六月十九日　木曜日
ドイツ赤十字病院
ヴェステント
ベルリン　ドイツ

「ノルウェー語が上手なんですね」タクシーが交差点を曲がったところで、近所に建ち並ぶ豪邸を眺めながら、トミー・バーグマンは言った。上手どころではない。ペーター・ヴァルトホルストは、戦争が終わってからほかの言語を話していないのではないかと思えるほど、完璧なノルウェー語を話した。

「それはどうも」とヴァルトホルストは言った。

「なんと言うか……ノルウェー駐在はずいぶん昔のことですよね。それなのに完璧ですね」

ヴァルトホルストは腕時計を見た。

「私は七ヵ国語を話すことができる。ノルウェー語は簡単だ。私の母国語と同じゲルマン語だからね」

「ということは、あなたの奥さんがノルウェー人というわけでもないんですね？」

ヴァルトホルストは首を振った。

「スウェーデン人だ。妻のグレッチェンはスウェーデン出身で、一応言っておくと、私はスウェーデン語も話せる」ヴァルトホルストはそう言って声をあげずに笑った。外国語に関する話題を愉しむように。

「なるほど」バーグマンは今のヴァルトホルストのことばにひとつ腑に落ちたことがあった――ジグソー・パズルのピースが収まるように。ヴァルトホルストが今でも妻とスウェーデン語を話しているということなら、ノルウェー語が堪能でも不思議はない。このふたつの言語はよく似ている。容疑者のひとりにヴァルトホルストを加えようと思っていたのだが、ヴァルトホルストがノルウェー語に堪能なのは妻によるものだということがわかると、バーグマンはなぜかほっとした。心はどうしてもヴェラ・ホルトに戻った。彼女は今、別世界――ウッレヴォルの精神科病棟――にいる。

「お子さんはやはり欲しかったんですよね」とバーグマンはあえて言ってみた。「今の奥さんとのあいだにも」

ヴァルトホルストはタクシーの座席の肘掛けをつかむと、バーグマンのほうを向いた。

「きみは結論に飛びつきすぎるよ、バーグマンさん」

バーグマンは黙ってうなずいた。ヴァルトホルストの言うことはあたっている。

「子供がいないなどとは誰も言ってない。前妻と子供たちはアメリカに住んでいる。いや、前妻は住んでいた、と言うべきか。もう亡くなったから。よりによってヴァージニア――イギリスの最初の植民地――に埋葬されている、悲しいことに。彼女の生まれ故郷のここではなく」

ヴァルトホルストはそう言って、漫然とフロントガラスの先を指した。そうすればバーグマンにもよくわかるかのように。

そのあと数分、ふたりとも黙ってタクシーに揺られていた。やがてタクシーはグルーネヴァルトを出て、市《まち》の中心部にはいった。白壁の建物が建ち並び、いかにも環境のよさそうなところだった。

「ただ子供たちには背を向けられてしまってね」だしぬけにヴァルトホルストが言った。「最初の妻と私はアメリカに帰化したんだ。離婚して何年も経ってから、仕事を引退する直前に。そのとき息子と娘に秘密にしていた事実を明かした。一九三八年に難民としてアメリカに渡ったのではなく、戦争中はドイツの軍人で、しかもゲシュタポにいたことを。子供たちに縁を切られたのはそのためだ。そのときからあの子たちにとって私はもう死んだも同然になった。ただの死人になった」

バーグマンは座席の上で背すじを伸ばした。感じたときと同じくらい一瞬にして、さきほどの安堵が消えていた。ヴァルトホルストの子供たちが長く騙されていたように自分も騙されているのか。いや、どうなのか。バーグマンはまたわからなくなった。

「あなたはヒトラーユーゲントにいたことはありますか？」

ヴァルトホルストはタクシー運転手と道順のことか何かでことばを交わしていた。バーグマンは質問を繰り返そうと思った。が、ヴァルトホルストはちゃんと聞いていた。

「どうしてそんなことを？」

「ただの好奇心です」とバーグマンは言った。

ヴァルトホルストは考える顔つきになった。

「答えていただかなくても結構です、もちろん」

「いや」とヴァルトホルストは言った。「私はヒトラーユーゲントにははいらなかった。父が狂信的なナチスというわけでもなかったんでね。まだ加入が義務づけられるまえでもあった。いずれにしろ、私の父はきっと墓の中で嘆いていたと思う。私がゲシュタポにはいったときには」

「ひとつ、白状します」とバーグマンは言った。ベルリン市街を窓越しに見ながら――今では一生かかっても理解できないことがわかっているこの市《まち》を見ながら。数時間まえまではただ思い込んでいただけだった。今見るベルリンは大きな悲しみに、決して消えることのない悲しみに覆われているように見えた。「三人を殺したのはだんだんクローグじゃないような気がしてきました」

「ほう？」

「アグネスとセシリアとメイドを殺したのがクローグではないとすると、クローグ殺害の捜査も振り出しに戻らざるをえない。少なくとも、怨恨によるヴェラ・ホルトの犯行という線は消えます」

ヴァルトホルストはまずうなずき、そのあと訊いてきた。

「きみはずっとふたつの事件につながりがあると思っていた。しかし、そもそもその理由はなんだったんだね？」

「それは、まず三人の白骨死体がノールマルカで発見された直後に、クローグが殺害されたからです。それと、ドイツ占領下のノルウェーで粛清をおこなっていたと考えられるレジスタンスの小集団にクローグが所属していたからです。三人の死体が発見されたことで、犯人の中で何かが弾け、怒りがクローグに向けられた。ヴェラ・ホルトはそういう怒りを抱いていて当然の人物だった。おまけに彼女には殺人の前科があった」

「怒り……」ヴァルトホルストはバーグマンにというより自分に言い聞かせるようにつぶやいた。そのあとバーグマンのほうを向いて、口を開きかけた。色の薄い彼の唇は湿りながら乾いていた。悲しそうな眼にはうっすらと涙がにじんでいた。バーグマンが眼のまえから姿を消したら、すぐにでも雫となってこぼれ落ちそうだった。が、そこで彼は気を取り直したようで、視線を窓の外の道路に移した。〝怒り〟ということばがヴァルトホルストに動揺を与えたのは明らかだった。その意外な反応にバーグマンは驚いた。いったい〝怒り〟がどうした？

バーグマンには国立図書館を訪ねて以来、ずっと気になっていることがあった。いくつもの疑念に対する鍵ともなる事実だ。

「クナーベン鉱山の調査部長を殺したのはアグネス・ガーナーだったんですか？」

「いったいなんの話だね？」とヴァルトホルストは訊き返した。

バーグマンはあきらめたようにため息をついた。

「ヴァルトホルストさん……あなたはかつて諜報部の軍人だった。あなたがいかに優秀だったかは、アメリカが戦後あなたをノルウェーから連れ出したことからも明らかです。あなたみたいな人があのような事件を忘れるわけがない。一九四二年の秋、トールフィン・ロルボルグ調査部長がローゼンクランツ通りのオフィスで殺害された。スウェーデン国家警察によれば、暗殺です。私が調べたかぎり、その事件では徹底的な捜査がおこなわれた」

「ううん」ヴァルトホルストはうなった。

「なんの話か、あなたならすぐにわかるはずだ」

バーグマンはタクシーの床の上に置いた鞄からファイルを取り出し、一九四二年秋の

〈アフテンポステン〉紙のコピーが出てくるまでページをめくった。ブロンドの女を捜しているという記事だ。

ヴァルトホルストは新聞には眼もくれず、首を振って言った。

「アグネス・ガーナーはブロンドじゃなかった」

「やっぱり事件のことは覚えてるんですね?」

「言っておくが、彼女はナチだった。ナチじゃなければ、そのことが私にはわかってたはずだ。嘘じゃない」

「どうしてわかってたんですか?」

ヴァルトホルストは苛立ったようなうめき声を洩らした。さすがに疲れたのか。彼の歳で午前中からテニスに励むというのはやはりやりすぎということか。

「それは彼女の身元を調べるのが私の仕事だったからだ」

バーグマンは座席に深く坐り直した。

「グスタフ・ランデが彼女——半分イギリス人の女性——に熱を上げていることは秘密でもなんでもなかった。だから私は上司の指示でランデに近づいた。彼女の身辺調査のために」

「それで?」とバーグマンは訊いた。

「何も問題はなかった」

「なるほど」とバーグマンは言った。ほかにはことばが見つからなかった。ヴァルトホルストに反論するにしても、彼女はナチではなかったというのはただイーヴァル・フォールンひとりが言っていることだ。

タクシーが右折のウィンカーを出して、蔦のからまる古くて大きな赤煉瓦造りの建物のまえで停まった。一般病院ではなく、富裕層向けの病院のようだった。それは駐車場に停まっているのがどれもエコノミー車でないことからも明らかだった。ここベルリン市内を走っている車はどれもオスロで見かけるどんな車よりいい車ばかりだが、それでもこれほど多くのベンツやBMWといった高級車がひとところで見られるのは珍しい。

「白状します」とバーグマンは言った。「あなたはアグネスのなんらかの秘密を知っていた。その秘密のためにアグネスはあなたに殺された。実はそう思ってました」

ヴァルトホルストは首を振ると、財布からユーロ紙幣を取り出し、タクシー運転手に渡した。が、今のことばに一瞬、様子が変わったのをバーグマンは見逃さなかった。一瞬、凍りついたようになり、そのあとすぐ平静を取り戻したのだ。

「悪いが、そればかりはきみの期待には応えられないね、バーグマンさん。私が彼女をルボルグ殺しの犯人と思っていたなら、彼女は正式に逮捕され、処刑されていただろう。森でひそかに殺されるのではなく。そうは思わないかね？」

ヴァルトホルストは苦労してタクシーから降りた。手を貸そうと運転手が降りてきたが、間に合わなかった。バーグマンも車を降りて別れの挨拶をしようと思った。しばらく坐ったままだったので、ヴァルトホルストは伸びをした。そのあと、この暑さにもかかわらず着ていたポプリン地の上着のポケットから櫛を取り出し、グレーの髪をうしろに撫でつけた。そうしてバーグマンの背後に建っている建物を眺めた。バーグマンも振り向いて病院の窓を見上げた。窓ガラスに太陽の光が反射していた。だから誰かが窓から見下ろしていたとしてもわからなかった。

「奥さんの病状はかなり深刻なんですか？」とバーグマンは訊いた。

「私たちのような歳になると、たいていのことが深刻になる。だから、何か特別なものを持ってこられるときには、できるだけ持ってくるようにしている」彼はそう言うと、手に持っている贈りものとバラの花を顎で示した。

「奥さんとはいつどこで出会われたんです？」

「どうしてそんなことが知りたい？」

バーグマンは肩をすくめた。自分でもどうしてそんなことを訊いたのかわからなかった。

「ベルリンを訪れたケネディが『私はベルリン市民だ』と言ったとき、私もここベルリンにいたんだ。ベルリン市民として。アメリカにいるときはアメリカ人なのに。その演説を聞いたときにはなんだか複雑な気持になったよ」

「ここベルリンで出会われたんですね？」

「よりにもよってテンペルホーフ空港の出発ロビーでね」

ヴァルトホルストはバーグマンを見て、はるか昔のことだと言わんばかりに顔をしかめ、首を振った。

「さて」そう言って、バーグマンをテーゲル空港まで送るように運転手に言った。空港はすぐ近くで、滑走路上の飛行機が見えた。

そのあとバーグマンのすぐまえに立った。

「こんなことをあなたに言っても意味のないことだけれど」とバーグマンは言った。「ずっと何かを見落としているような気がしてならないんですよね。ただ、それがなんなのかわからない」

「警察の仕事というのはそういうものだよ」とヴァルトホルストは言った。「私のときもそうだった。いつも何かしら見落としていた。何か単純なこととか、何かごくあたりまえのこととか」

「私も何かあたりまえのことを見落としてるんでしょうか？」とバーグマンはあえて訊いてみた。

「最初からもう一度やり直すといい。そして自分に問いかけるんだ」とヴァルトホルストは思わせぶりに言った。「いったいカール・オスカー・クローグは何者だったのか」

「カール・オスカー・クローグは何者だったのか？」とバーグマンはおうむ返しに言った。

「答えはその質問の中にあるような気がする。その質問自体にね」

「彼はスイスとリヒテンシュタインに銀行口座を持っていました」とバーグマンは言った。

ヴァルトホルストはうなずいた。

ヴァルトホルストは興味なさそうに首を振った。

クローグがどの程度ドイツと関わっていたのか。バーグマンにはもはや訊く気が失せていた。どうせヴァルトホルストはまともには答えてくれないだろう。

「仕事で得た利益を貯め込んでいただけじゃないのかね？」とヴァルトホルストは言った。「深読みはしないほうがいい。この世界はもっと単純だ」腕時計を見た。「すっかり遅くなってしまった。これ以上時間を無駄にはできない」そう言って、開けたままのタクシーのドアにもたれているバーグマンと握手した。ふたりは眼を合わせた。ヴァルトホルストの眼は、戦争のさなかノルウェーにいた頃の彼に戻ってしまったかのように用心深かった。その当時、ヴァルトホルストは何をしていたのか。そのことについてはバーグマンはあえて考えないことにした。

「まあ、頑張ってくれたまえ」とヴァルトホルストは言った。「大して役に立てず、すまなかった」

「いえ、とても助かりました」とバーグマンは言った。ヴァルトホルストが具体的にどんな役に立ったのか、それはまだわからなかったが。

「少なくとも、きみの言ったことはひとつあたっている」とヴァルトホルストは言った。

「なんですか？」

「アグネスのことだ」とヴァルトホルストは言った。

　バーグマンは真顔で彼を見つめた。

「私は彼女を愛していた。ほかの誰かをあんなに愛したことはなかったかもしれない……いや、一度もなかった」

　バーグマンは何かを言おうと口を開きかけた。が、ことばが見つからなかった。

「初めて彼女を見た瞬間からね」とペーター・ヴァルトホルストはおだやかな声音で言った。そのあと苦笑い――ただの笑みだったのかもしれない――を浮かべ、バーグマンに背を向け、小径を歩いていった。背中が猫のように丸くなっていた。数時間まえ、テニス・コートから戻ってきたときのいたって健康そうなところは、もうどこにも残っていなかった。

　バーグマンは、ドイツ赤十字病院の玄関にゆっくりと向かうヴァルトホルストをしばらく見送った。彼が今にも振り向いてさらに何かまた別のことを言ってくれそうな気がしたのだ。

ヴァルトホルストは振り向くこともなく、建物の中に姿を消した。彼のうしろで自動ドアが閉まった。

バーグマンは手をかざして陽射しから眼を守りながら、大きな病院の窓をひとつずつ見ていった。

「お客さん《マインヘル》、行きますか？」背後からタクシー運転手の声がした。

「私は彼女を愛していた」バーグマンはわざと低く声に出して言った。

五十二章

一九四二年九月二十五日　金曜日
〈クナーベン・モリブデン鉱山〉
ローゼンクランツ通り
オスロ　ノルウェー

アグネスは市街電車を降りると、立ち止まって通りの両方向を見た。巡邏している国家警察の警官も検問所も見あたらなかった。ひとり近づいてくる男がいた。見るからに彼女の気を引きたそうにしていた。アグネスは男と視線を合わせないようにして、帽子を目深にかぶり直し、眼を隠した。硬いコンタクトレンズのせいで、眼が乾いて痛かった。

交差点を曲がった。もはやあと戻りはできない。クナーベン社の建物の正面玄関のまえに立つと、鼓動が激しくなった。ブルーの薄い生地のブラウスの下で拍動する心臓がコートを上下させ、それが見えてしまっているのではないか。そんなことさえ心配になった。

正面玄関をはいったところに臨時の検問所があり、拳銃を持ったドイツ国防軍の伍長とシュマイザー短機関銃を胸に抱えた兵士が立っていた。退屈そうな伍長は彼女を手招きして、身分証明書を出すように言うと、簡単に書類に眼を通し、バッグを手に取って中身を確認した。あとは彼女のことなどろくに見もせず、兵士にボディチェックを命じた。

「職業は？」と伍長は訊いてきた。そこまで来ると、アグネスも容易に緊張を隠せた。アグネス・ガーナーという自分はもはや存在しない。いや、存在すらしたことがない。そんなふうに思うことができ、自然に振舞うことができた。

大理石の床の上を歩く彼女のヒールの音がアーチ形の高い天井にこだまし、静かな話し声や電話のベルと溶け合った。今、クナーベン社のオスロ事務所の受付のまえに立っているのは、ハーマルから来たイレーネ・ビョルンセン以外の何者でもない。

広い受付を見まわすことなく、彼女は自分の名前と訪問目的を告げた。

中年の受付係は疑り深い眼で数秒アグネスを観察した。娼婦のような服装をしてきてもこの会社は雇ってくれない、とでも言いたげな眼つきだった。ロルボルグ調査部長はそういう男ではない、ほかの男たちとはちがうのだ、と。

「応募書類と身元保証書は持ってきましたか？」

アグネスは誰もが信頼感を抱くようなとっておきの笑みを見せ、バッグの中からフォルダーを取り出した。

「身分証明書は？」

アグネスはまた笑顔をつくり、書類を受付カウンターの上に差し出した。

「ちょっと」隣りで声がした。男がまっすぐに彼女の眼を見ていた。眼鏡の奥の偽りの眼を見破られてしまったのではないだろうか。一瞬、アグネスは焦った。

「すみません……」彼女の眼を見つめたまま男は言い、アグネスが笑顔を見せると、顔を赤らめた。

「規則でして。決して、その……」男は最後まで言わずバッグに手を伸ばした。

アグネスはそこでようやく隣りに立っている男が私服の警備員だということに気づいた。それがわかるなり、そのまま大理石の床に倒れてしまいそうになった。が、警備員はただ単にバッグの中をのぞいただけで、手を入れて調べようとはしなかった。動くたびにごわごわしたトイレットペーパーが腹をこすった。が、吐き気をもよおすことはもうなかった。バッグが戻され、安堵した。警備員は彼女にうなずいてみせた。彼女の眼にまだ興味を持っているようだったが。

「今別の方が面接を受けています」と受付係が言った。「そのあともうひとり待っている人がいます。階段を上がった左側の部屋です。ドアに名前が書いてあるので、そのまえに坐ってお待ちください。あなたの番になったら、部長の個人秘書がお呼びします」

「わかりました」とアグネスは落ち着いた声音で答えたものの、体は硬直していた。「個人秘書の方もいらっしゃるんですね？」

「ええ」と受付係はそんなことを訊かれたことにいくらか驚いたように言った。「もちろん」

アグネスにしてみれば、まったくの想定外だった。そこまで考えていなかった。彼女だけでなく、第一号もピルグリムもクナーベン社内部の協力者も。完璧に練り上げられた計画は受付係が「もちろん」と言った瞬間にもろくも崩れ去った。

銃の試し撃ちもできていなかった。この銃は一発撃つたびに新たに一発弾丸《たま》を送り込まなければならない。なのにふたりも殺さなくてはならなくなった。どうやって？　どっちをさきに？　だとしたら、女のほうからだ。いや、その女には子供がいるかもしれない。いや……その女はナチだ。わたしの母の夫と同じような。ここの調査部長と同じような。

受付係は頭を傾げ、怪訝な顔でアグネスを見た。飼い猫がくわえてきた得体のしれない獲物でも見るような眼つきで。

「あの、すみません」眼鏡を直しながら、とびきりの笑みを浮かべてアグネスは言った。「お手洗いはどこですか？」

受付係は右のほうを指差し、首を振りながらアグネスの書類の確認作業に戻った。玄関脇に置かれた訪問客用の椅子に坐っているさっきの警備員に、アグネスは軽く会釈した。その警備員が彼女に向けていた視線は、男なら誰でも彼女に見惚れて向けてくる視線と同じ類いのものだった。そのことに彼女はそこでやっと気づいた。しっかりとした足取りで、真鍮製の表示板が貼られた女子トイレに向かった。警備員の視線が背中に向けられているのを感じた――おそらく背中からそのまま下に向かったことだろう。手が震えないようにドアノブを握り、中にはいると、タイル張りのトイレを見まわした。個室の扉の下から足は見えない。鏡のまえにも誰もいなかった。入口に一番近い個室のほうに歩きかけたところで、鏡の中に自分の姿――青い影――が映った。個室にはいってドアを閉めると、ドアにもたれた。心臓の鼓動が激しく胸を打った。

動悸がようやく落ち着いてきたと思ったら、トイレのドアが開いた。反射的に息を止めた。そしてその場に凍りついたようになって、中に人がはいってくるのを待った。

さっきの警備員だ。そう思った。

ドアが閉まり、トイレの外からの音が消えた。静けさが戻った。

いや、女だ、とアグネスは思い直した。この足音は女だ。

細いピンヒールが床を横切った。アグネスは天井近くまである個室の青い横の壁に体を押しつけ、鼻呼吸をした。トイレの中の足音が止まった。

音をはっきりと聞き分けるのは無理だった。頭痛がしだした。アグネスの個室のすぐまえにいる女以外にもトイレの中には誰かいるような気がした。もしかしたら、ただハンドバッグを開ける音がしただけかもしれない。それとも……ホルスターの留め金の音か。検問所の伍長が罠を仕掛けていたのか、内部の協力者が裏切ったのか。

一分後、足音はゆっくりと遠ざかり、ドアから出ていき、やがて聞こえなくなった。

銃は言われたとおりの場所に隠されていた。アグネスはいっときも時間を無駄にしなかった。自分にも聞こえないくらい静かにトイレの大きなタンクの蓋をもとに戻した。ウェルロッド——急に一メートルくらいの長さがあるように思われた——に巻かれていたビニールを急いで剥がし、ゴミ箱に捨て、その上にトイレットペーパーをかぶせた。さらに、ペーパータオルをくしゃくしゃに丸め、さらに覆った。

その不思議な鉄の筒をしばらく見つめた。ちゃんと動きますように、弾丸《たま》がちゃんと装塡されていますように。心の中で神に祈った。バッグを開けた。カイ・ホルトが言ったとおり、銃はぴたりとバッグの中に収まった。

彼女は胸のまえで十字を切り、トイレから出た。

五十三章

二〇〇三年六月十九日　木曜日
テーゲル空港
ベルリン　ドイツ

テーゲル空港は小さくて見るからに老朽化した空港だったが、トミー・バーグマンは別に気にならなかった。そんなことより別なことを考えるのに忙しかった。吸い殻のあふれた出発ロビーの外の灰皿に煙草の吸い殻を指で弾いて捨てた。

彼の頭の中ではペーター・ヴァルトホルストの最後のことばがまだこだましていた。

〝私は彼女を愛していた〟

ヴァルトホルストはどうしてわざわざそんなことを言ったのだろう?

空港ターミナル内に何歩かはいったところで立ち止まり、スーツケースを置いた。二日酔いのイギリス人の団体客と、泣きながらきつい抱擁を交わしている若いカップルにはさまれていた。

彼は振り向いた。一度。さらにもう一度。視線の先にある電光掲示板にはまもなく出発する便が黄色い文字で表示されていた。ふたりの警察官が出発ロビーを歩いてやってきた。バーグマンはそのうちのひとりのホルスターに眼をやり、次に鼻先に口輪をくりつけられて悲しそうな眼をしたジャーマン・シェパードに視線を移した。

パーター・ヴァルトホルストに煙幕のようなヴェールを掛けられ、そのせいで物事をはっきり見ることができなくなっている。わけもなくそんな気がした。刑事の勘？〝私は彼女を愛していた〟。バーグマンは心の中で繰り返した。〝私は彼女を愛していた〟？

もしクローグがほんとうにアグネス・ガーナーを殺したのなら、ヴァルトホルストは……。

オスロという目的地を告げ、彼の名を呼ぶアナウンスが聞こえた。時間だ。腕時計をちらっと見ながら彼は思った。実際のところ、さっきのレストランにはどれくらいいたのだろう？　レストランにいるときにハジャから電話がかかってきたが、彼は出なかった。そのあと気をまぎらわそうとして、ビールを三、四杯も飲んだ。そのせいで膀胱《ぼうこう》が満杯になっているのに今頃になって気づいた。搭乗ゲートに着くと、冷たい眼に迎えられた。カウンターの中の女性はこれ見よがしに時計を見ていた。

「すみません」バーグマンはそう言うと、左のほうにあるトイレに向かった。

「バーグマンさま」と彼女は大声で呼んだ。

　バーグマンは止まらなかった。この便に乗り遅れてもいい気がしてきた。ひょっとすると、どっちみちこうなっていたかもしれない。〝私は彼女を愛していた〟。小便器にベルリン・ビールを放出しながらバーグマンは思った。

　鏡に映った自分の顔をとくと見た。携帯電話が鳴った。眼の下のたるみが幾分めだたなくなり、肌にも健康的な艶が出てきているような気がした。もう一度――おそらくこれで最後だろう――場内アナウンスで彼の名前が呼ばれた。

「なんです？」とバーグマンは電話の相手に言いながら、怒っている客室乗務員のまえを通り過ぎ、まだ彼のことを待ってくれている〈ノルウェー・エアシャトル〉の搭乗ゲートに向かった。

「ヴェラ・ホルトの家の家宅捜索令状が出た」

「よかった」バーグマンはそのときにはもう飛行機の中にいた。もうあと戻りはできない。

「明日の朝、決行だ」とロイターは言った。

　バーグマンは中央通路を歩きながら、自分が馬鹿者どもの羨望と好奇の対象になっているのをいっとき愉しんだ。

「いや、今夜行きます」と彼は言った。「そっちに着いたらすぐ」

　ロイターは何も言わなかった。

「あなたも急いでいるものと思ってたけれど」とバーグマンは言った。自分の座席を見つけ、手荷物は中央通路に置いた。収納棚にしまう手間はもはや苛立ちを隠そうともしない客室乗務員に任せることにした。

「搭乗終了」頭上のスピーカーから英語のアナウンスが流れた。

「わかった。着いたら連絡してくれ」とロイターは言った。

「ハルゲールも連れてきてください」とバーグマンは言った。

オスロ側からうなり声が聞こえた。ハルゲール・ソルヴォーグは嫌われ者だが、施錠されたドアの開錠と、探しものを見つけ出すことに関しては彼の右に出る者はいない。

「ヴァルトホルストには会えたのか?」とロイターは訊いてきた。

飛行機はすでに搭乗ゲートを離れ、滑走路に向かって動きだしていた。客室乗務員が通路を大股で歩いてきて、電話をすぐ切れと言わんばかりに鋭い視線を向けてきた。

「そっちに着いてから話します。もう切らないと」

「わかった。だけど……」とロイターは言った。

「なんです?」そう言って、バーグマンはため息をついた。

「奇妙なことになった。大したことじゃないかもしれないが……」

「この事件で奇妙じゃないことなんてひとつでもありますか?」

「今日、科研から検死の最終報告があがってきたんだが」

「クローグの？」

「いや、ノールマルカの白骨死体のほうだ」

バーグマンは背を立てて坐り直し、声を落として言った。「で？」

「森に埋められていたのはメイドじゃなかった」

バーグマンは剝き出しの腕に鳥肌が立ったのがわかった。

「メイドじゃなかった？　ヨハンネ・カスパセンじゃなかったんですか？」

「ひょっとすると」とロイターは言った。「ヨハンネ・カスパセンはまだ生きてるのかもしれない」

一瞬、間《ま》ができた。ともにことばをなくしたかのように。

バーグマンは携帯電話の電源を切ると、ポケットに入れた。飛行機が滑走路へとゆっくり誘導滑走するあいだぐったりと座席の背にもたれた。ひとつのイメージが浮かび上がってきた。ノールマルカで発見されたのは少女と大人の男女、とロイターは言った。ということはメイドは逃げたということか？　でも、どうやって？　バーグマンは反射的に、ポケットの中の写真を取り出した。一九四二年の夏至祭の前夜、テーブルで向かい合って坐っているヴァルトホルストとアグネス・ガーナーの写真。アグネスの隣りには彼女より十歳以上年上の黒髪の男がいる。グスタフ・ランデだ。

グスタフ・ランデ！　雷に打たれたような衝撃が走った。

ヴァルトホルストの家にあった写真の男はランデだ。岩の上に坐っていた。隣りに写っていた臨月の女が彼の最初の妻だろう。彼女の腹の中にいるのがのちに殺される少女だ。

でも、なぜだ？　飛行機が離陸する中、バーグマンは思った。どうしてペーター・ヴァルトホルストがそんな写真——グスタフ・ランデと妊娠中のランデの最初の妻の写真——を持ってるんだ？

五十四章

一九四二年九月二十五日　金曜日
〈クナーベン・モリブデン鉱山〉
ローゼンクランツ通り
オスロ　ノルウェー

アグネスの眼は机の上に置かれているふたつの写真立てに釘づけになった。裏側しか見えないが、このようなオフィスを持っている男が机に写真を置いているとすれば、妻と子供の写真に決まっている。

そんなことを考えた自分を呪いながら、机のまえに斜めに置かれた椅子に坐ると、姿勢を正した。硬いトイレットペーパーが下着の中でまるで金属のように感じられた。顔が思わず歪んだ。なんとか笑顔でごまかした。

隣りにはロルボルグの個人秘書が同じような椅子に坐っていた。アグネスは視線を写真立てからそらすと、バッグを膝の上できつく握りしめ、右側の秘書を見やった。

「どうやら一緒に仕事をすることになりそうね。わたしがあなたに直接仕事を教えることになるかも――」個人秘書もいくらか緊張しているようで、語尾を濁すように言って、ロルボルグ調査部長を見やった。ロルボルグはアグネスの応募書類を読んでおり、顔を上げることはなかった。読みながら、ひとりごとをつぶやいていた。頬骨の上の青白い皮膚がぴんと張っており、まるでデスマスクのような顔だった。

人のことは言えない。自分もまたデスマスクのような青白い顔色をしているのがアグネスにはわかった。青白いだけでなく冷たい顔をしているのが。この面接は自分にとって死を意味することも。ここから生きて出られる？　ありえない。自分はどれほど能天気だったのか。出る方法はひとつだ。はいってきたのと同じ道を逆にたどるしかない。

そんなことを思うと、気が遠くなりかけた。ロルボルグに子供が――それも三人か四人も――いるのではないかと思うとなおさら。

「あらあら。そんなに緊張しなくてもいいのよ」と秘書が言った。たった数分まえに紹介されたばかりなのに、アグネスには秘書の名前がどうしても思い出せなかった。秘書は立ち上がると、アグネスの肩に手を置いた。「コートを脱がなくてもほんとうにいいの？　この部屋は暑すぎるくらいだけど」

アグネスは全身の機能が失われたような、心臓から血液が送り出されなくなり、底なし沼にどんどん沈んでいくような気がした。

「お水を持ってきましょうか？」と秘書が言うのが聞こえた。その秘書はアグネスが想像していた秘書とはまるでちがっていた。やさしい眼をして、かすかにノルウェー南部の訛りのあるおだやかな声をしていた。たぶん結婚していて、子供もいるのだろう。

アグネスは黙ってうなずいた。もはや何も理性的には考えられない。感情の大波に呑み込まれ、そもそもの目的がどんどん不明確になっている。自分に課せられた任務など初めから不可能なものだったのではないか。秘書がオフィスに隣接する洗面所でガラスのコップに水を注いでいる音が聞こえた。ロルボルグ調査部長のほうをちらっと見た。彼はさきに面接を終えた応募者の書類にもう一度眼を通していた。

電流のような一定のリズムの雑音がたえまなくアグネスの頭の中で聞こえていた。開け放たれた窓から聞こえてくる音も、洗面所から秘書が話しかけてくる声も、その雑音に呑み込まれて、聞こえなかった。

秘書が洗面所からまた戻ってきた。弾丸《たま》はすぐに撃てる状態にある。寄せ木張りの床に響く秘書のヒールの音がアグネスの頭の中を満たす雑音の中にはいり込んできた。

彼女はすばやくバッグを開けた。ウェルロッドが正常に発射しなかった場合のことなど考えもしなかった。ロルボルグは彼女の正面に坐ったまま、書類を見ながらひとりごとを言っていた。

通りのほうから鋭い高音が聞こえた。ストーティングス通りを通る市街電車の音だ。神からの贈りものか。秘書が倒れても彼女のしなやかな体が床を打つ音を市街電車のその音が掻き消してくれるはずだ。

今や秘書との距離は二メートルもなかった。

自分に何かが向けられていることに気づいた秘書は反射的に口を開けた。が、彼女の悲鳴は声にはならなかった。

ガラスのコップが床に落ちた音も窓の下を通る市街電車のガタゴトという音に掻き消された。アグネスは両手で銃を持ち、脚を広げて立ち上がった。彼女がそのときの秘書の眼を忘れることはないだろう。一生涯。

ゆっくりと――この世のすべての時間を独占しているかのように――アグネスはトールフィン・ロルボルグ調査部長のほうを向いた。窓からの光が逆光になり、彼の顔ははっきりとは見えなかった。彼女は窓の外を見た。が、窓ガラスの半分に灰色のフィルムが貼られており、窓ガラス越しにオフィスの中は見えにくいはずだった。ここで何が起きているか誰かに見られる心配はなさそうだ。ショックのあまり、ロルボルグは口さえまともに開けられないようだった。背もたれの高い椅子に糊づけされたかのように坐ったまま動けず、押し殺したような声――まるで傷ついた動物の鳴き声のような声――を口から洩らしていた。アグネスはウェルロッドのボルトを引きながら、すばやく四歩、ロルボルグに近づいた。そこでようやく彼も椅子から立ち上がりかけた。ロルボルグの口から人間の声らしき音が洩れたときには、彼女は互いに五十センチと離れていないところまで距離を縮めていた。何が起きているのかさえ彼にはわかっていないようだった。

　ウェルロッドが発した鈍い発射音は今度もまた遠ざかっていく市街電車の最後の音に呑み込まれた。押し殺したようなうめき声を発して、ロルボルグは椅子の上にくずおれ、上着に開いた穴を見下ろし、またたくまにピンストライプのスーツを染めていく血を手で押さえた。そして、ボルトをさらに引いて弾丸《たま》を薬室に送り出すアグネスを見上げた。

「スヴェン」と彼は言った。「助けてくれ、スヴェン」

　アグネスは彼の胸に狙いを定め、引き金を引いた。どうしても頭を撃つことはできなかった。それでもかまわない。彼の命は今にも尽きようとしていた。胸の左側に二発も撃てば充分だ。アグネスは窓ぎわまで行き、窓ガラスに映る自分を確かめた。大丈夫、返り血は浴びていない。ウェルロッドをコートの左袖の中に隠したとたん、全身が震えだした。数歩しか離れていないところにロルボルグの死体があった。今にも机に突っ伏しそうな恰好で椅子に坐っていた。彼女はおもむろに視線を右に向けた。床に倒れた秘書のまわりで血だまりが音もなく広がっていた。

　机の上から血に染まった偽の身分証を取り上げ、しゃがみ込んで足元に落ちている空《から》の薬莢をふたつ回収した。三つ目の薬莢はついさっきまで坐っていた椅子のすぐそばに落ちていた。

　椅子までゆっくりと歩き、まるで何事もなかったかのように腰をおろした。バッグを開け、三つの薬莢を紙にくるんで底のほうに押し込んだ。まるまる五分、じっと椅子に坐って待った。まだ階下《した》には行けない。オフィスにはいってからまだ数分しか経っていない。それとももっと長い時間が経ったのだろうか。機を見てここから立ち去らなくては。それはいつのこと？　そういうことはどうして誰も教えてくれなかったのか。どうかしてる。誰もがどうかしてる。わたしも含めて。

部屋の外から時々足音が聞こえた。秘書のまわりの床は今や一面、赤黒くなっていた。彼女はただ眠っているだけだ。アグネスは自分にそう思い込ませようとした。わたしがやらなければ、どのみち誰かがやっていたことだ。

ここから出なければ。

奇跡的に廊下では誰ともすれちがわなかった。開け放たれたドアのまえを通り過ぎたあと、そのドアの中から女性の笑い声が聞こえてきただけだった。一階に降りる階段までやってくると、階段が切り立った断崖のように思えた。二本の脚で立っているのがやっとだった。ロビーの真ん中まで来ると、受付の女性が怪訝な顔をして訊いてきた。

「もう終わったんですか？」

アグネスはうなずき、受付カウンターに数歩近寄った。自分が青白い顔をしているのはわかっていたが、これればかりはどうすることもできない。

「ええ」と彼女は低い声で言った。

受付係はアグネスと同年代の若い女性に合図した。次に面接を受ける応募者だろう。

「ロルボルグ部長はしばらく邪魔をしないでほしいとおっしゃっていました」とアグネスは言った。「準備ができたら、秘書の方が呼びにくるそうです」

受付係は不満げにうなずいた。

「では、失礼します」受付係が何か言いだすまえにアグネスは言った。カウンターの下の電話が鳴りだした。受付係は一瞬ためらった。アグネスの今のことばにまちがいはないか念のためにすぐに問い質すべきか、それとも電話に出るべきか。

アグネスは受付係に背を向けると、まえをまっすぐに見すえ、玄関のドアに向かって歩きはじめた。来たときに彼女のことを見つめていた警備員が左のほうから近づいてくるのが視野の隅にとらえられた。警備員はふたりのドイツ軍兵士が立っている臨時の検問所を通り過ぎると、彼女のためにドアを開けてくれた。アグネスはどうにか精一杯の笑顔をつくった。警備員はなにやら彼女に話しかけてきた。何を言われたのかさえ彼女にはわからなかった。無言のまま伍長と兵士のすぐまえを通り、建物の外に出た。

霧雨が舗道を濡らしていた。ほとんど交通量のないローゼンクランツ通りをできるかぎりゆっくりと歩いた。四、五十メートル先にある角のパン屋を一心に見つめ、一歩ずつ足をまえに出すことに神経を集中させた。男がまえから歩いてきた。が、彼女の眼のまえで溶けて消えた。うしろからは姿の見えない追っ手が迫ってきていた。だから歩けなくなるずか数歩のところで。

のはもはや時間の問題だ。あと数秒もしないうちに伍長と兵士がクナーベン社の建物から飛び出してくるだろう。そして、兵士はシュマイザー短機関銃を構えて撃つだろう。自分は穴だらけになり、地面に転がるだろう。パン屋のまえに停められた黒いタクシーまでわずか数歩のところで。

「あと三十歩」と彼女は自分に言い聞かせた。ピルグリムに似た男――ああ、わたしの愛しい人――がパン屋から出てきた。サイズの合わないタクシー運転手の制服を着ていた。アグネスのほうを見もせず、タクシーが停まっているところまで歩いていった。通りを渡りながら、アグネスは頭の中で想像した。受付係がロルボルグのオフィスのドアを叩き、その直後ここまで聞こえてきそうなほど大きな悲鳴をあげる。そんなことを考えていると、危うく人とぶつかりそうになった。振り返りたい衝動と必死に戦った。駄目！　自分に言い聞かせた。駄目！　絶対に駄目！　わたしはどうしてこんな青いスーツを着ているのか。これでは五十メートル離れたところからでもすぐに見つかってしまう。エンジンをかけて！　彼女は心の中で叫んだ。お願いだから早く！　車を早く動かして！　タクシーのエンジンがかかった音がした。最後の二、三メートルはもう小走りになっていた。走ってはいけないことはわかっていたが、自分を抑えられなかった。タクシーは彼女が乗り込んでドアを閉めると同時に走りだした。

後部座席から振り返り、アグネスは最後にもう一度ローゼンクランツ通りを見た。何も起きてはいなかった。彼女の眼に映ったのはまとまりのない人混みだけだった。さっきより人がいるように見えた。車は一台、いや、二台見えた。が、道路を走ってくる兵士も国家警察のパトカーもそれを追って走っている警察官もいなかった。

「そのコート」とピルグリムが運転席から言った。「早く脱いで」そう言って、バックミラー越しに彼女をちらっと見た。死んだような険しい眼をしていた。それでも、その冷淡なうわべの下にあるものがアグネスには見えた。魂の奥底でくすぶっている生々しい恐怖が見えた。青いコートを脱ぎながらアグネスは思った――そんな恐怖など見たくもない。助手席の下に置かれていた紙袋から、ベージュのコートを取り出し、かわりに青いコートを助手席の下に押し込んでいると、指先にウェルロッドのシャフトが触れた。秘書の顔が網膜にちらちらと点滅して消えた。彼女はとても親切に接してくれたやさしい女性だった。ガラスのコップを持ったままショックに凍りついた彼女の顔が見えた。彼女のまわりに広がる赤黒い血の海も。

「うまくいったんだね？」ピルグリムが車のギアを換えながらやけにやさしい声音で訊いてきた。ローデュース通りにはいったところでタクシーはスピードを上げた。

「ええ」アグネスはバックミラーに映る彼と眼を合わせないようにしてぼそっと答え、眼鏡をはずしてバッグの中にしまった。次に青い帽子を後部座席の下に押し込み、まえ屈みになって鬘をはずすと、運転席の下からつばの広い薄茶色の帽子を取り出してかぶり、背すじを伸ばした。そのときには眼が焼けるほど痛くなっていたが、コンタクトレンズをはずしても涙はこぼれなかった。

ローデュース通りをしばらく走ってから、ピルグリムは狭い入口を抜け、ある建物の中にタクシーを乗り入れた。中にはいったとたん、入口の扉が閉まった。そこで彼はタクシーを急停止させた。アグネスはいささか驚いてあたりを見まわした。そこは整備工場の作業場のようなところで、通りのほうからなにやら音がしていた。鉄の扉越しにもそれが市街電車の音であることがわかった。ロルボルグのオフィスの窓ガラス越しにも聞こえたように。そう思うなり、思い出した。スヴェンって誰？　息子にちがいない。きっと息子の名を口にしたのだ。

ピルグリムが後部座席のドアを開けると、タクシーの車内にエンジンオイルやペンキのにおいがはいり込んできた。アグネスはまた吐き気に襲われた。ピルグリムは何も言わず、座席の下に隠したものを取り出した。そのときウェルロッドが彼女のふくらはぎに軽く触れた。

「書類」とピルグリムは言った。「あとは薬莢だ。回収できたのなら……」

アグネスはバッグを開け、紙にくるんだ薬莢を彼に手渡した。

ピルグリムはウェルロッドの中から弾丸《たま》を取り出し、汚れたつなぎを着た男に渡した。が、そこで急に気が変わったのか、銃も弾丸《たま》も男から取り戻した。

「ああ」アグネスの咽喉からうめき声が洩れた。「ああ、もう耐えられない」そう言って、彼女は両手の中に顔を埋めた。もうこれ以上耐えられない。

ピルグリムはタクシーに乗り込むと、彼女の隣りに坐った。

「抱きしめて」と彼女は言った。

彼はタクシーの窓の外を見た。緑色の壁の小さな作業場に見る価値のあるものなどあるわけもないのに。

「そんなことはできないことぐらいきみにもわかってるだろ？」と声を落として彼は言った。「それよりこれは持っていてくれ。ここには置いておけない」

そう言って、ウェルロッドと弾丸《たま》を彼女に差し出した。

「わたしが？　こんなもの、持っていられない」

「きみが持ってるのが一番いい」そう言いながら、ピルグリムはグリップを兼ねた弾倉を外すと、慎重に弾丸《たま》を戻した。

「部屋の中を捜索されたらどうすればいいの？　帰る途中で呼び止められたら？」

「やつらが捜しているのはブロンドの女だ。きみじゃない。これはグスタフ・ランデの家に隠しておくんだ。あそこなら誰も捜したりしない。それに万一見つかったとしてもみんなランデのものだと思うだろう。きみのじゃなくて」彼は声を落としたままそう言い、銃を彼女のコートの袖の中にすべり込ませた。「ここの事務所にベージュのスカートと白いブラウスがある。それに新しい靴も」そう言って、うしろの部屋を示した。

アグネスは振り返って見た。その作業場は外の世界と隔絶されているように思えた。つなぎの男は汚い床の真ん中でピルグリムから渡された紙袋の中をのぞいていた。

「もう大丈夫か？」とアグネスのほうを見ることもなく、ピルグリムは言った。彼女など何者でもないかのように。取るに足りない世間話をしているかのように。今のピルグリムはどこまでもよそよそしかった。

「〝もう大丈夫か〟？」と彼女は皮肉を込めておうむ返しに言った。

ピルグリムは口を開きかけ、何か言おうとしたが、結局、何も言わなかった。

アグネスは車から降りると、ドアを思いきり閉めた。高い天井に金属的な音がこだました。エンジンオイルのにおいに吐き気がまた甦った。

「お手洗いはどこ？」アグネスはつなぎを着た男に尋ねた。そのときには男は部屋の奥にあるドア付近にいた。彼女を見ると、黙って右手にある中二階を指差した。アグネスは頭を傾げて指差されたほうを見た。二階の窓から差し込む光に眼がくらんだ。金属製の手すりにすがりつくようにして階段をのぼった。ピルグリムも彼女のあとからついてきた。

「放っておいて」と彼女は声を押し殺して言った。

中二階のオフィスの奥にあるトイレは狭くて汚かった。中にはいりきるまえに彼女は敷居のところで嘔吐した。足を広げてその場に突っ立ち、自分の吐物を見下ろした。

ピルグリムはそんな彼女のうしろで立ち止まり、おもむろに言った。「髪を拭いてワセリンを落とさないと」

アグネスはしゃがみ込んで床に落ちた帽子を拾い上げると、顔を歪め、両手を眼にあてて泣きはじめた。

「大丈夫だ」とうしろからピルグリムが言い、腕を彼女にまわした。そこでようやく彼女を抱きしめた。「大丈夫だ」

「わたし、毎朝吐いてる」と彼女は囁くように言った。「それがどういう意味か、わかるわよね？」

彼は何も言わなかった。ただ抱いた腕を離しただけだった。

「わたしのこと、愛してるの？」とアグネスは立ち上がり、また囁き声で言った。

ピルグリムは彼女ではなく、その先の暗く汚いトイレに眼をやり、ただ眼をしばたたいた。

「カール・オスカー？　わたしを愛してるって言って」彼女はそう言い、彼の顔を両手で包んだ。この数週間のあいだにすっかり老け込んでしまったように見えた。眼のまわりにも眉間にも深いしわが刻まれていた。

彼はアグネスの手を顔から剝がすと、彼女に背を向け、オフィスを出ていった。金属製の階段を降りる彼の足音が聞こえた。

アグネスは何度も口をゆすいだ。床の吐物はそのままにした。

オフィスの戸口から、小さな裏庭を見下ろすことができた。火が噴き出ているドラム缶のそばにつなぎの男が立っていた。彼女が着ていた服を入れた紙袋や鬘や書類をドラム缶の中に放り込んでいた。ピルグリムは作業場の中に停めたタクシーのボンネットの上に覆いかぶさるようにしていた。

アグネスの勘ちがいかもしれない。が、その姿は泣いているように見えた。

五十五章

二〇〇三年六月十九日　木曜日
オスロ空港
ガルデモーエン
オスロ　ノルウェー

自動ドアがゆっくりと開き、トミー・バーグマンが姿を現わすと、到着ロビーで待っていた一団が一斉に彼に眼を向けた。が、すぐさまがっかりした顔をして、バーグマンから視線をそらし、彼のあとから出てくる乗客たちのほうに駆けていった。

人々の笑い声や愉しそうに挨拶を交わす声がなおさらバーグマンを落ち込ませた。きっとハジャも彼の帰りを心待ちにしてくれていたことだろう。しかし、これ以上関係が進展するまえに終わらせなくてはいけない。携帯電話は荷物が出てくるのを待っているときにチェックしていた。〝電話して。会いたい。ハジャ〟。話さなければならない。今夜のうちにも。

ロイターが手を振っていた。彼にしてもこの数日はかなりきつかったのだろう。無精ひげを生やし、いつもならボーイスカウトのように櫛できれいに整えられている髪も、汚れてだらしなく額にかかっていた。

「花束を買う時間がなくてすまんな」とロイターは言うと、うしろに隠していた書類を差し出した。ジョークをバーグマンに受け流されても、悪びれもせずさらに畳みかけた。

「免税店で買物はしなかったのか？」

バーグマンにはもうロイターのことばそのものが耳にはいっていなかった。

法医学研究所からの報告書を読みながらゆっくりと——まるで気が進まないかのようにゆっくりと——出口に向かった。

〝修正後の分析結果：八歳か九歳の子供、二十歳から二十五歳くらいの女性、二十歳から二十五歳くらいの男性〟

「妙だ」とバーグマンは車に乗り込みながらぽつりと言った。

ロイターは左車線に車を進めた。上空を飛行機が一機飛び過ぎた。バーグマンはその飛行機の着陸灯と濃い青へと移りゆく空を見上げた。夕陽が常緑樹で覆われた西側の山々を赤いヴェールのように包みはじめていた。

「メイドは」とロイターは言った。「どうにかして逃げたんだろう」

バーグマンは何も言わなかった。

「失踪届けはそのメイドのも出されていた。いなくなったことには何か理由があったんだろう。一九四二年以来、彼女は行方不明のままだ」

「出てこられなかったのかもしれない」とバーグマンは言った。「彼女も殺されたのかもしれない」

ロイターは顔をしかめ、ただ首を振った。

「もしかすると彼女は別の場所で殺されたのかもしれない」とバーグマンは言った。

ロイターは今度は軽くうなずいて言った。

「いずれにしろ、アグネスと少女と一緒に埋められてた男は誰なんだ?」

「見当もつかない」とバーグマンは言った。「でも、クローグならメイドをどこか別の場所で殺すのも簡単にできたはずです」

「おまえはクローグが全員を殺したと思ってるんだな?」

バーグマンはうなずき、うなった。自分に何か言い聞かせるように。

そこであることがふと頭に浮かんだ。突拍子もない考えだった。バーグマンは上着の内ポケットから手帳を取り出して、最後のページを開いた。

気を利かせて、ロイターは天井のライトをつけた。

「グレッチェン」とバーグマンはつぶやいた。

「グレッチェン?」とロイターはおうむ返しに訊き返した。

バーグマンは頭を上げ、前方の車のテールライトを見つめながら言った。

「メイドの名前はなんでしたっけ？」

「ヨハンネ・カスパセン」

「ミドルネームはなし？」

「ない」とロイターは言った。「いったい何を――？」

「ただの推測です」座席の背にもたれながらバーグマンは言うと、手帳を膝の上に置いて眼を閉じた。ペーター・ヴァルトホルストに騙されたような気がしてならなかった。〝私は彼女を愛していた〟という彼のことばが改めて思い出された。おれは何かあたりまえのことを見落としてる――そのことばを思い出すたび、そんな気がしてならない……

「おれの考えを言えば、ヴェラ・ホルトが容疑者としてぴたりとはまる」とロイターは言った。「彼女は明らかに精神に異常をきたしている。さらに明確な動機もある。すでに拘禁されているのもこっちには好都合だ」

「確かに彼女が第一容疑者です」とバーグマンは言った。「ただ、ペーター・ヴァルトホルストにはどこかおかしなところがあった」

ロイターはため息をつきながら車のスピードを上げた。速度計が時速百四十キロを示し、バーグマンは座席の背もたれに背中を押しつけられた。

「そりゃおかしなところがあって当然だよ。ヴァルトホルストはゲシュタポだったんだから。そのまえは〈アプヴェーア〉に所属していた。要するに究極の自己中心主義者だ。だけど、そんなことは会いにいくまえからわかっていたことだろうが」

「そういう意味じゃなくて」とバーグマンは言った。「何か企んでるような気がしてならない」

「捜査の鉄則はなんだ？」とロイターは言い、右側を走るＢＭＷに罵声を浴びせながら追い越した。

「必要以上に事件をむずかしくするな、ですか？」とバーグマンは言った。

「そのとおり。今度のことにヴァルトホルストを巻き込むな」

「彼は何か隠してる」

「あの男のことはもう忘れろ」とロイターは言った。「ヴァルトホルストはおれもおまえも耳にしたくもないようなこの世の悪を知り尽くしてるような男だ。そりゃ隠したいこともあるだろうよ」

「ベルリン＝オスロ間の交通機関の乗客リストを調べる必要があります。飛行機だけじゃなくて、レンタカーも列車もフェリーも全部。彼の今の名前はピーター・ウォードですが、元ＣＩＡだったことを考えると、いくつか別名のパスポートを今も持っているかもしれない。昔の名前を使った可能性もある。そうだとしてもおれは驚きませんね」

　ロイターは舌の先まで出かかっていたことばを呑み込んで言った。

「どうしてそこまでする必要がある？」

「彼女を愛していた——彼はそう言ったんです」

「なんだって？」ロイターは速度を落とし、スケズモ・インターチェンジのそばのシェルのガソリンスタンドにはいった。「誰を愛していたって？」

「アグネス・ガーナーを」とバーグマンは言った。「別れぎわにそう言ったんです。アグネスを一目見たときからずっと愛していた、と」

「彼女を殺したのはやつじゃない。そうなんだろ？」とロイターは訊いた。

バーグマンはうなずいて言った。

「ええ、殺してはいないと思います」

「と思う？　殺していないと断言はできないのか？」

「殺してはいないでしょう」とバーグマンは言った。「でも、何かあった……」

「そりゃ何かあってもおれは驚かんよ」とロイターは言った。

「何かがあって、ヴァルトホルストは誰がアグネスを殺したか知った」

「つまり、ヴァルトホルストがクローグを殺したとでも言いたいのか？」

バーグマンはまたうなずいて言った。

「ありえないことじゃない。それは実質的に本人が認めてることです。もしクローグがアグネスを殺したんだと知っていたとすれば、彼も容疑者のひとりになりうる」

「実質的に本人が認めてる？　それはどういう意味だ？」

「認めたんですよ。偶然とは運命のことであり、運命も偶然だなんて言ったときに」

ロイターはどこまでも低い声で悪態をついた。

「まるでわからなくなった。明日の夜まで時間をやるから、そのあとはもうヴァルトホルストの話は聞きたくない。二度と聞きたくない。明日の朝、ナイフにヴェラ・ホルトの指紋さえ見つかれば、今年いっぱい休んでいい——おまえのためじゃない。おれのためだ。わかったか？　ただでさえ警察本部は無駄な捜査で手一杯なんでな」

ロイターはドアを開けて車から降りると、ハルゲール・ソルヴォーグを探した。

「ヴァルトホルストは小柄です」とバーグマンは言った。

ロイターは首を振った。「それがどうした？」

「サイズ41の靴でも楽に履ける」

バーグマンはそれを確かめるのを忘れていた。今になってやっと思い出した。

五十六章

二〇〇三年六月十九日　木曜日
コルスター通り
オスロ　ノルウェー

「つまり、オスロ＝ベルリン間の全便の乗客リストが要るんだな？」とフレデリク・ロイターは言った。ガソリンスタンドからヴェラ・ホルトのアパートメントまでの短い道行きのあいだに気が変わったのだろう。ペーター・ヴァルトホルストの線をもう少し追うのも悪くない。そう思いはじめたようだった。

ロイターが車をコルスター通りの歩道に乗り上げ、ハンドブレーキをかけるのを待ってバーグマンは言った。

「ペーター・ヴァルトホルストまたはピーター・ウォードの名前の予約がないかどうか、全部のホテルも調べる必要があります」そこで少し間《ま》を置いた。ヴァルトホルストのことばにはバーグマンがこれまでに得たなけなしの情報を根底から覆す力があった。〝私は彼女を愛していた〟――ヴァルトホルストはどうしてそんなことを言ったのか。そのことばは何を意味しているのか。そのことばのせいで、今のバーグマンは自分が大変な見当ちがいをしてきたような気分にさえなっていた。

「もしなんの関係もなかったら？」ハルゲール・ソルヴォーグが後部座席から言って、まえに身を乗り出してきた。ひどい口臭が漂い、バーグマンはさりげなく窓の開閉ボタンを押した。「あるいは、真相はその真逆だったら？　三人を殺した犯人をヴァルトホルストに教えたのがカイ・ホルトだとしたら？　それも考えられないことじゃない。そうなると、振り出しに戻ることになる」

「やめろ」とロイターが言った。「混乱させるな、ハルゲール。これ以上、想像を暴走させるな。いいな？　それよりここがわれらがレディの家だ」

ラジオのコマーシャルが終わり、ニュースに戻った。

「全然問題ないです」とソルヴォーグは自分に言い聞かせるように言い、もったいぶって両手を組んでから指を広げ、まるで誇示するように指の関節をひとつ残らず鳴らした。

「クローグを切り刻んだ犯人はおれたちが絶対に見つける。絶対」彼の膝の上のブリーフケースには、鍵とピッキング用具――痕跡を残さずにノルウェーじゅうのドアを開けることのできる道具――が詰まっていた。事件現場にソルヴォーグがいれば、錠前師を呼ぶ必要がなくなる。バーグマンはラジオのニュースに聞き入っているロイターを見た。

カール・オスカー・クローグが殺害されてから十日も経つのに、警察はまだなんの手がかりもつかめていない、などとキャスターが力を込めて言っていた。ロイターは低く悪態をついて言った。

「馬鹿どもが。今からヴェラ・ホルトを差し出してやる。必ず。指紋を採ったらサイズ41の靴も見つけてやる。得られた指紋も靴もどっちもホルメンコーレンの血みどろの現場痕と一致する。必ずな」ロイターはそう言うと、期待を込めた笑みをバーグマンに向けた。

「アーメン」車のドアを開けながらソルヴォーグがかわりに応えて言った。

バーグマンはしばらくのあいだそのまま車に残り、開いている窓に腕をかけて坐っていた。結果的にクローグ殺しの犯人はやっぱりヴェラ・ホルトだった、ということになるのかもしれない。が、そういうことになってもバーグマンは気が晴れそうになかった。これまで殺人犯を逮捕して心から嬉しいと思ったことは一度もない。それどころか、いつもこの世はすじの通らないことばかりだという空しさに襲われる。しかし、今回の事件は……クローグがカイ・ホルトを死に追いやり、その後何十年も経って、今度はクローグがホルトの娘に殺された……。

いや、おれはただヴェラ・ホルトが殺人犯じゃなければいいと思っているだけなのだろう。ロイターが車の天井を叩いた。きっとそうだ。一九五九年の冬、虐待を受けて人生を台無しにされたヴェラが寝間着姿でカンペン教会の階段に坐っている姿が脳裏に浮かんだ。クローグは単なる将来的な予防策として彼女の父親を殺しただけなのかもしれない。

それにしても、高級住宅地のビグドイで女王のような生活を送っているクローグの娘と、スラムのような公営住宅に行き着いたヴェラ。どうしてここまでちがってしまったのか。それでも、このふたりは同じ運命で結びついている。そして、その同じ運命のもとでクローグは生き残り、ホルトは死んだ。

バーグマンは首を振りながら車から降りた。子供たちがどこからか集まってきて、ロイターとソルヴォーグを取り囲んでいた。バーグマンは腕時計を見て、子供はとっくに寝ている時間だろうにと思った。が、そう思ったそばから自分は子供のことなど何も知らないくせにと思い直した。

正面の出入口にはバーグマンが先日来たときと同じゴミ袋がそのまま置かれていた。ソルヴォーグはなんとか取り巻きを追い払うことに成功したようで、子供たちは四方八方に散っていった。鍵のピッキングをしてるところを背中越しにガキの集団にのぞき込まれるほど気まずいこともない、とソルヴォーグが真面目な顔をして言った。確かに、とバーグマンは思ったものの、現実問題としてどれくらいの頻度でそんなことになるのか、とも思った。

ロイターはゴミをまたいで階段をのぼったが、ソルヴォーグはゴミなどまるで気にならないらしく、ロイターとバーグマンのふたりをあとに残してさっさと駆けのぼった。

そして、六階まであがると、ブリーフケースから鍵の束を取り出して、点滅している天井の蛍光灯にかざし、ひとつの鍵を選んだ。「これだな」

廊下をはさんで向かい側のドアが開いた。

「また来たのかい?」バーグマンに気づいて、その隣人の女が言った。

ロイターは彼女のほうを向いて捜索令状を見せた。

「あたしにゃ関係ないこったよ」と彼女は言った。

「彼女は聖霊降臨日に家にいました?」とロイターが尋ねた。「ヴェラ・ホルトのことですけど」

その女はその意味をあまり理解したくないといった顔をロイターに向けただけで、何も答えなかった。

ロイターはさらに何か言おうと口を開いたものの、そこで思いとどまったようだった。隣人の女性は彼の眼のまえで乱暴にドアを閉めた。ロイターはノックしようと手を持ち上げた。が、ソルヴォーグがヴェラ・ホルトのアパートメントの鍵が開いたと声をあげ、持ち上げられた手はそのまま下げられた。

三人は部屋の中に一歩はいるなり、鼻を突くアンモニア臭に襲われた。その悪臭の源が小便だけではないことはすぐにわかった。居間に積まれた無数のゴミ袋から腐敗臭が洩れていた。服があちこちに散乱し、ノミの市でよく見かけるようなコーヒーテーブルの上は、汚れたグラスや食べもののこびりついた皿で埋め尽くされていた。広告チラシが床一面を覆い、すり切れた革製ソファに置かれたウールの古い毛布は、すり切れて今にも穴があきそうな代物だった。キッチンのカウンターの上には、二十個以上の開封済みキャットフードの缶が置かれていた。

「チキンか」二本の指で缶をつまみ上げながらロイターが言った。「多少黴《かび》が生えてるが、まだいけそうだ」

「たぶんそれが彼女の主食だったんでしょう」とバーグマンは言った。

キッチンの引き出しにはいっていたフォークやスプーンなどの食器は、さまざまな色のプラスティック製で、どう見ても子供向けのものだった。

「まあ、少なくともちゃんと食べてはいたということか」ロイターはそう言って、キッチンの中にもう一歩足を踏み入れた。「これも参考情報のひとつだな」

バーグマンはこのままでは感覚が麻痺するほどのひどい悪臭に吐きそうになると思い、ロイターのあとに続いて居間に戻った。薄いカーテンは閉まっていた。壁のスウィッチを手探りで見つけて明かりをつけた。部屋を横切り、カーテンを開けてから窓も開けようとした。窓は最後にはなんとか開けられた。一瞬、窓枠ごとはずれて下の遊び場に落下するのではないかとひやりとしたが。眼のまえに広がる街並みを眺めた。ホルメンコーレンの山々の尾根に夕焼けの色が広がっていた。グロンランド地区のほうからパトカーのサイレンが聞こえ、大音声のバングラが階下《した》のアパートメントの窓ガラスを震わせていた。

「ヴァルトホルストのクソ野郎のことはもう忘れるんだな」とソルヴォーグが言った。玄関ホールに立って、笑みを浮かべていた。「ヴェラ・ホルトの靴のサイズは41だ」そう言って、運動靴の片方を天井の明かりにかざした。

「それはそれは」とロイターが言った。「これでもう決定的だな」

バーグマンはただうなずいただけだった。窓から身を乗り出し、ホルメンコーレンの山頂を見やり、ここからだとクローグの家も見えそうだと思った。

「聞こえてるか、トミー？」とロイターは言った。「ほぼまちがいない。ヴェラ・ホルトが犯人だ。動機、精神異常、それに靴のサイズ」

「一足の靴だけじゃ充分とは言えません。それに靴の種類がちがう」

「パーティを台無しにしたいのか？」とロイターは不満げに言って、寝室のドアを開けた。「うわ。汚れた服が欲しいやつはいないか？」腕で口を覆いながら中にはいった。

バーグマンはロイターのことばに応じることなく、寝室のドアの横に置かれたパイン材のイケアのオープンラック本棚のまえに立った。寝室からはことばでは言い表わせない悪臭が漂っていた。まぎれもない彼女の糞尿のにおいだ。それとも猫か？　彼女と猫の両方か。病院に収容しては毎回彼女をここに戻す？　どうしてそんなことができる？　本の背表紙を順に見た。古い百科事典、ほんの数冊の革表紙の古典、それに第二次世界大戦に関する本が数冊。その本のあいだに牛乳の古いプラスティック容器がはさまれ、その容器の中では黴が緑色の模様のように点々と浮いていた。

　ロイターが子猫を両手にのせて寝室から出てきた。アパートメントの中にある唯一の食料がキャットフードというのに、子猫は飢え死に寸前に見えた。ロイターの手を引っ掻こうともせず、バーグマンをただぼんやりと見つめ、床の上におろされるとキッチンのほうへと逃げていった。

　ロイターは何か言いたげだった。それでも、バーグマンが本棚の一番上の棚から本をどけるのを黙ってしばらく見ていた。棚の上に埃だけが残った。

　バーグマンは二段目の本にも同じことをした。

「ちょっと待て」とロイターはそんなバーグマンに声をかけた。「せめてページぐらいめくったらどうだ?」

　三段目の棚に移ったところで、バーグマンがぼそっと言った。「ビンゴ」三段目のすべての本――ぼろぼろになった心理学の本がほとんどだった――と手書きのメモのはいった袋をどけると、棚の奥に古い靴箱が見つかった。

「〈メフィスト〉の靴か」黒い箱の上蓋に書かれているブランド名を見て、ロイターは言った。埃をまったくかぶっていないところを見ると、頻繁に出し入れがされているようだった。

　バーグマンは慎重に箱を開けた。

「おいおいおい、なんてこった」とロイターが思わず声をあげた。中には新聞紙が折りたたんで収められていた。その一番上の新聞紙をバーグマンが開いたのが見えたのだ。「家宅捜索はこれ以上必要ないな。それが決め手だ」

バーグマンが広げたのは、ノルウェー最大の新聞〈ダーグブラーデ〉の四ページ分の記事で、すべてカール・オスカー・クローグ殺害事件に関するものだった。

バーグマンがすべてのページに眼を通していると、ロイターがまた驚きの声をあげた。ロイターが何に驚いたのかわかると、バーグマンもぎょっとした。

ソルヴォーグもやってきてふたりに加わった。

新聞の一枚のページには戦争の頃に撮られたクローグの写真が載っていた。彫りの深い顔。彼にまちがいなかった。豊かなブロンドの髪をして、笑っていた。

が、写真の眼の部分が何度も突き刺されており、前髪と鼻のあいだもずたずたに切り裂かれ、穴しか残っていなかった。

「クローグは眼を抉り取られていた」とソルヴォーグがぼそっと言った。

そこでバーグマンもやっと安堵の波に浸された。ヴェラ・ホルト、やっぱり、あんただったのか。

五十七章

一九四二年九月二十五日　金曜日
ハンメルシュタードゥ通り
オスロ　ノルウェー

アグネスは自宅のアパートメントの薄暗い居間のソファに横になっていた。バスローブのまえを開いて、ゆっくりと腹を撫でていると、窓からの光が彼女のふくらはぎをそっと刷《は》いた。すぐ近くの中庭で遊んでいる子供たちの叫び声がはるか遠くからの声のように聞こえた。

彼女は眼を大きく見開いていた。汚れた窓ガラス越しに雲ひとつない青空が見えた。どうして今日は空がこんなに青いのか。無意味な青さを見上げながら、どれくらいこうやって横になっていたのか。わからなかった。ただひとつわかっているのはシャワーを浴びるときのように眼を閉じてはいけないということだ。

家に帰ってきてシャワーを浴び、髪を洗おうと眼を閉じて石鹸を持った手を上げたときのこと、背中に秘書の手を感じたのだ。さらに耳元に彼女のやさしい声が聞こえた。そのすぐあとに声にならない悲鳴が聞こえ、床の上に落ちる水のはいったグラスと、命を失い、硬直した眼差しが見えたのだった。

聞き慣れた音がした。それでも不意を突かれ、アグネスは飛び起きた。最後に鳴りやんだところからそのまま再開したかのように、サイレンは音の途中からまた鳴りだした。空襲警報だ。でも、ほんとうに？　まちがいない。気づくと、市《まち》じゅうにけたたましいサイレンが鳴り響き、次から次とその音がこだましていた。ただ、これは訓練だ。まだ外は明るいのだから。暗くなるのにはまだ時間がある。

もしこれがほんとうの空襲なら――アグネスは思った――こうしてソファに寝たままこの家に残り、天国でも地獄でも連れていかれるのを待とう。建物がこの体の上に崩れてきたら、むしろ安堵できるかもしれない。

次の瞬間、不思議なことが起きた。まるで夢の中にいるかのようだった。青空を見上げていると、サイレンの音が変わり、市《まち》の上空のどこからか飛行機の音が聞こえたのだ、アグネスは膝をついて窓ガラスに顔を押しつけた。

階下《した》から鋭い破裂音が聞こえ、それが十数回続いた。そのあとには耳をつんざくような高射砲の砲声が響いた。ヴィクトリア・テラスのほうからだった。彼女は腕時計を見た。午後四時十五分。ありえない。

一号が暗殺計画を強引に進めたのはこのせいだったのだ。彼はこの爆撃を知っていたにちがいない。

イギリスの戦闘爆撃機モスキートに似た三機がドイツ軍の飛行機の群れに追われているのが左の上空に見えた。次いでフログネル公園の上空にひとすじの黒い線が浮かび上がった。一機のイギリス軍爆撃機が尾翼に被弾し、ゆっくりと落ちていった。その飛行機を見ながら、彼女は無意識に手を組んでいた。祈るように。そのあと泣きだした。一機のイギリス軍戦闘機のうしろにドイツ軍機がぴたりとつき、銃弾を雨あられと浴びせていた。操縦士はもうとっくに撃たれているにちがいない。アグネスはそう思った。いや、急降下したあとは高度が保たれているところを見ると、まだ生きているのかもしれない。そのうちそのイギリス軍機は大きく右に旋回し、屋根の向こうに姿を消した。数分後、遠くから黒煙が立ち昇った。その頃には、市《まち》はもう救急車とパトカーと空襲警報のサイレンの甲高い不協和音であふれ返っていた。

それも三十分後には静かになった。

アグネスはソファに仰向けに横たわった。自分はもう二度とここから出られないのではないか。そんな気がした。さらに三十分経つと、空爆などそもそも現実には起きなかったのではないか。そんなふうに思えてきた。現実はただひとつ――自分がすでにしてしまったということだ。

夜の帳が降りるまでソファに横たわっていた。

時々手を上げて肩に触れた。ピルグリムが最後に手を置いたところに。その部分に触れるたび、肌が焼けるような感覚を覚えた。まるでまたふたりで一緒にいるかのように。

そのこと以外は何も思いたくなかった。彼が眼をそらしたことも、彼女から離れていったことも、タクシーに寄りかかって泣いていたことも。

アグネスがそのあと中二階から作業場に降りて、彼のそばに行くと、ピルグリムは黙ってドライ・シャンプーを渡して、足早に鉄の門のほうに向かい、無言のまま門を出ていった。そのときアグネスはこれが彼の見納めになるのではないかという不思議な感覚に襲われた。

ソファに仰向けに寝そべり、自分の息づかいに耳を傾けていると、やがて眠りに落ち、深い夢の中に沈んでいった。その夢に秘書が現われたと思ったら、その顔が愛犬ベスの顔に変わった。ベスの顔からも血がとめどなく流れていた。そのあと場面は作業場のトイレに変わり、そこに立ち尽くしている自分自身も血を流していた、とめどなく……

そこでいきなり眼が覚めた。

スウェーデンの民話に出てくる、予兆を知らせる精霊ヴァルドルゲルのように——実際の音が聞こえるまえに——きわめてかすかな音が耳の中で鳴りはじめた。その直後、アパートメントの階上《うえ》で騒ぐ子供たちの声に混じって、アスファルトをこする車のタイヤの音が聞こえた。

バッグはどこ？　とっさにアグネスの頭に浮かんだのはそのことだった。ウェルロッドと電信暗号帳はキッチンの幅木の裏に隠してある。だからゲシュタポもすぐには見つけ出せないはずだ。

彼女はソファから飛び起きると、走って部屋を横切った。最初に居間の中を捜した。が、バッグはそこにはなかった。次に祈るような思いでキッチンのテーブルとカウンターの上を捜した。玄関ホールも捜した。が、そこにもなかった。いったいどこに置いたのか。アグネスは半狂乱になって捜しまわり、寝室にはいったときには脚が震えていた。裸足なのにハイヒールを履いてシャンパンを飲みすぎたみたいにふらついた。まるであのロンドンの夜、大使館員に家までついてこられたときのようだった。あのちょっとした偶然の出来事。一時的にのぼせあがっていたこと。まだ何も始まっていなかったあのとき。すべてはあのときのせいだ。あのときが——と彼女は思った——今この瞬間までわたしを導いたのだ。わたしをこうしてパイン材の床の上に立たせているのだ。自分で自分の命を終わらせることのできるカプセルを求め、必死にバッグを捜させているのだ。

道路から車のドアが閉まる音が聞こえた。夜間外出禁止令が出ているこんな遅い時間なのに。

足音が建物に近づいてくるのが聞こえた。アグネスはドアに鍵をかけていなかったことを思い出した。帰宅したときにかけようとしたのだが、鍵の調子が悪かったのだ。

バッグはどこ？　もはやパニック状態になっていた。どこなの？　声にならない叫び声をあげた。寝室に戻りかけたところで、視界の隅に何かが見えた。バッグはシーツに半ば隠れて、床の上に落ちていた。ベッドの上に置いたのにベッドカヴァーを剥がすときに落ちてしまったのだ。よくは覚えていないが。覚えているのは秘書の顔と黒い穴のあいたロルボルグのピンストライプのスーツだけだ。それと、親切な秘書が眼を見開いたまま永遠の眠りにつき、彼女の頭のまわりに赤黒い血の池が広がったことだけだ。

階段室のドアが開いた。踏み板の先端を慎重に踏んでいるのか、階段をのぼる足音はほとんど聞こえなかった。アグネスは慌ててバッグを開けた。バッグの底にいくすじかの血の跡が見えた。身分証に付着したロルボルグの血がこすれてついてしまったのだ。震える手で固いトイレットペーパーの塊を取り出した。ガラスのカプセルはその中にちゃんとはいっていた。彼女は心底ほっとした。青黒い毒は救い主そのもののように輝いていた。

アグネスはカプセルを口にふくんだ。冷たく不思議な感触で、なんの味もしなかった。ただ、また吐きそうになった。厚さ一ミリもないきわめて薄いガラスの膜が彼女を死から隔てていた。バッグを抱え、玄関ホールに向かった。外から聞こえる足音が階段の最後の段までたどり着いたのがわかった。

とりあえずひとりだ。外にいるのはひとりだけだ。

が、そこで思い直した——ゲシュタポは単独行動をしない。

五十八章

二〇〇三年六月十九日　木曜日
コルサッド通り
オスロ　ノルウェー

「クローグの眼が抉り取られていたことを知っているのは?」とハルゲール・ソルヴォーグが尋ねた。

「警察の中でも担当者以外は誰も知らないはずだ」とトミー・バーグマンは言い、新聞をソルヴォーグに渡した。クローグの家の居間に立っていた自分自身の姿が一瞬脳裏に浮かんだ。クローグは解体された家畜のような凄惨な姿で横たわっていた、胸の左側をなくして。

跡形もなく。

「いやはやまったく」とフレデリク・ロイターが言った。「本部長に電話して、シャンパンを用意しておいてもらおう」

馬鹿らしい、とバーグマンは思った。

「どこかにパソコンはないかな?」とソルヴォーグが言った。「まずまちがいなくナイフはインターネットで買ったはずだ」

「寝室にあった」とロイターが答えた。

バーグマンはふたりが寝室にはいるのを見た。すぐに悪臭に向けてのロイターの悪態が聞こえてきた。ややあって、ソルヴォーグの叫び声も聞こえた——まるで宝くじにあたったかのような。おそらくパソコンがモデムにつながっていたのだろう。

バーグマンは心の中のヴェラ・ホルトに改めて語りかけた——ほんとうにあんただったのか、ヴェラ? 汚れたソファに腰をおろして靴箱の中をさらに漁った。クローグのインタヴュー記事と彼に関する新聞記事の切り抜きが十四、五枚ほど収められていた。

記事の中のクローグの写真はすべてボールペンで黒く塗りつぶされているか、ナイフで切り裂かれていた。靴箱の中には新聞の切り抜き以外のものもあった。さまざまなメモ帳から切り取った五十枚近い紙切れ。旧式の大型クリップでまとめられていた。それらは走り書きやいたずら書きのようなものばかりで、日付が書かれているものもあれば、ないものもあった。紙の束のちょうど真ん中あたりに、ほかのものとは明らかにちがう紙がはさまっていた。厚紙が四つ折りにされていた。

紙の束から慎重にその厚紙を引き抜くと、バーグマンはコーヒーテーブルの上に広げた。ヴェラがテーブルに放置した干からびた食べもののにおいももう気にならなかった。

無地の厚紙の中にさらに紙質の異なる紙切れがはいっていた。
その紙切れにはこんなことばが書かれていた。

〝すまない。カイ〟

バーグマンはこれまで実物を見ることができなかったカイ・ホルトの遺書をじっと見つめた。筆跡鑑定については素人だが、靴箱の中のほかの筆跡とは明らかに異なることだけは言えた。急いで書かれながら、いかにもしっかりしたきれいな筆記体だった。ほかの紙の走り書きやいたずら書きは神経質でまとまりがなく、追いつめられた人間――渦巻きつづける考えに支配された人間――によって書かれたものだ。
遺書がはさまれていた厚紙を見て、バーグマンは何度か深く息をついた。殺害された警部が書いたものだった。ストックホルムの警察本部内の噂はほんとうだったのだ。

ストックホルム
一九四五年五月三十一日
親愛なるミセス・ホルト

心からお悔み申し上げます。ほんとうに残念です。

敬具
G・パーション

カイ・ホルトの妻は遺書の筆跡が夫のものでないことに気づいたはずだ。もう一度バーグマンは遺書を見た。すべてがはっきりしたような気がした。どう考えてもこれしかない。遺書と推定されていたメモをパーション警部がホルトの妻に送ったのは、それが夫の書いたものではないことを彼女に知らせるためだ。ホルトの妻は受け取ったあと何か行動を起こしたのだろうか。クローグに見せた？　それでクローグはスウェーデン警察に圧力をかけたのか？　それとも逆に、遺書を見せられ、それでパーション警部を殺させたのか？　シチューと思しい食べ残しに生えはじめている緑色の黴を横眼で見ながら、バーグマンは遺書と厚紙をコーヒーテーブルに置いた。

もしそれが真相だとしたら？　ホルトの妻は遺書の筆跡が夫のものではないとクローグに話した。クローグは彼女に礼を言った。その翌日、パーション警部はストックホルムの街中で白昼に射殺された。その結果、カール・オスカー・クローグがノールマルカで三人を殺害したことも闇に葬られた。

そもそも根拠のない話だ。だからクローグは疑われることもなかった。で、逃げおおせた。それが真相とは誰も思わなかった。

バーグマンはソファの上に置かれた靴箱を見た。紙切れの束を拾い上げてクリップを取り、ぱらぱらとめくった。特にこれといった順番があるようには見えなかった。いたずらがきの絵のほか、思いつくまま書いたような文章や地名、つくりかけの詩の断片のようなものもあった。「もう二度と夏はやってこないように思える、こんな日」彼は声に出して読んでみた。「一九四一年一月。神があきらめたとしても、私は天に向かって手を伸ばす」おそらくカイ・ホルトのものらしい――興奮して書いたように見える――字をバーグマンはとくと見た。コードネームと思われる名前や数字の組み合わせが次々に出てきた。いくつかの名前の横には×印が書かれ、涙マークが書かれているものもあった。が、アグネスとクローグとピルグリムの名前はどこにもなかった。ただ、一枚の紙の端にこんなメモがあった。

〝ヴェラ。名前はヴェラにしよう〟

最後の一枚を残すだけとなったところで、寝室から悪態をつく声が聞こえてきた。ソルヴォーグが机の角に頭を思いきりぶつけたらしい。バーグマンは笑いながら靴箱に残っていた最後の一枚を取り上げた。ほかのほとんどの紙と同じメモ帳から切り取ったもののようだったが、一度くしゃくしゃにした形跡があり、そのしわだらけの紙には〝われわれのバスケットの中には腐ったリンゴが交ざっている〟と書かれていた。

「バスケットの中？」とバーグマンはつぶやいた。

この文章のすぐ横に誰かが鉛筆で何かを書き込んだようだが、紙がすり切れるほど強く消してあった。バーグマンは立ち上がり、天井からぶら下がっている紙製のランプシェードの明かりに紙をかざした。鉛筆に筆圧がかかっていたらしく、書かれた文字が紙の裏側から判読できた。ホルトのものとはちがう筆跡——まるで子供が書いたような——の大きな文字で名前が書かれていた。

クローグ。

バーグマンはソファにほとんど倒れ込みそうになった。

イーヴァル・フォールンは正しかったのだ。〝腐ったリンゴ〟とはクローグのことだったのだ。しかし、誰がこの古い紙にクローグの名前を書き、そのあと消したのか？　ヴェラ・ホルトか？　バーグマンはため息をついた。もしこれが事実だとしても、クローグが裏切り者だと主張しているのは、ウッデヴァラのアルコール中毒の老人と、殺人の前科のある精神異常の女、このふたりだけだ。ふたりとも理想的な証人とは言いがたい。それでもこれがこの事件の真相だったのか。

「これで決まりだな」ロイターがバーグマンの眼のまえに立って言った。ソルヴォーグが別の時代の戦利品のようにハードディスクを高く掲げていた。

ここにある走り書きがすべてを変える、とバーグマンは思った。

同時に、何も変わらないとも思った。

ペーター・ヴァルトホルストはもちろんずっと知っていたのだろう。リレハンメルでカイ・ホルトに何かを明かしたとすれば、一九四二年の秋、レジスタンスの仲間を裏切ったのがクローグだという事実以外に何がある？

それをヴェラが探りあてたのだ。

実際、バーグマンはごくあたりまえのことを見落としていた。神に見放されたウッデヴァラの酔っぱらいとコルスター通りの頭のいかれた女だけが真実を知っていたという事実だ。ホルト殺害はクローグの指示によるものだったという事実。

「これで決まりかもしれないけれど」とバーグマンは言った。「ただ、本部長に連絡するのはまだ待ったほうがいい」

バーグマンは紙をロイターに差し出した。

ロイターは怪訝な顔をして、バーグマンと眼を合わせようとした。が、バーグマンはただうなずき、紙をロイターに押しつけると立ち上がった。

そこでロイターと眼を合わせた。ふたりは立ったまま長いこと互いの眼を見合った。ロイターはやがてしわくちゃの紙を伸ばすと、胸ポケットから老眼鏡を取り出した。

「リンゴの喩えはおそらくカイ・ホルトが書いたものでしょう」とバーグマンは言った。

「ヴェラという名前のことを書いた紙もある」

「〝われわれのバスケットの中には腐ったリンゴが交ざっている〟か」とロイターは何故かほとんど囁くような声で言った。そのあと声には出さずにもう一度読んで一歩あとずさった。

「その横に一度書かれてそのあと消された跡が残ってますよね?」とバーグマンは言った。

ロイターは紙切れを天井灯にかざし、二度裏返した。

「おまえが言いたいのは……」

「ヴェラ・ホルトはノルウェーじゅうの人間が誰ひとり知らないことを知っていた」とバーグマンは言った。

「ナイフ」とロイターは言った。

バーグマンはうなずいた。

「そうか、そういうことか」とロイターは言った。「だから彼女は二重スパイだったクローグをヒトラーユーゲントのナイフで殺したのか」

「クローグはアグネス・ガーナーを殺さなければならなかった」とバーグマンは言った。

「粛清というのはまちがいではなかった」とロイターは自分に言い聞かせるように言っ

た。「ウッデヴァラの老人が言ってたことはまちがってなかった」

「カイ・ホルトはリレハンメルでふたつの事実を知った」とバーグマンは言った。「ヴァルトホルストから、誰がほんとうの裏切り者なのか聞いて、おのずとアグネスとほかのふたりを殺した犯人が誰なのかもわかったんでしょう。さらに一九四二年の秋に〈ミーロルグ〉とイギリスの諜報機関を裏切ったのが誰だったのかも。どちらの裏切りも同じ男の仕業だった。カール・オスカー・クローグの」

ロイターはバーグマンを見た。どこか悲しげな眼になっていた。

「だからクローグはスウェーデンに逃げた」とバーグマンは言った。「彼が騙したのは自分の同志だけじゃなかった。あるいは、ドイツが彼をノルウェーから連れ出して、自分たちの側に戻したのか。一九四三年の三月にはクローグは別の男――グットブラン・スヴェンストゥエン――に濡れ衣を着せ、クローグ自身が国境を越えてその男を殺した。それ以降はストックホルムに身を隠して、戦争が終わるのをひたすら待った」

「信じられないことだが、おまえのその説を買うよ」とロイターは言った。

五十九章

一九四二年九月二十五日　金曜日
ハンメルシュタードゥ通り
オスロ　ノルウェー

アグネス・ガーナーは玄関のドアに顔を押しあて、階段をのぼってくる足音に耳をそばだてた。ああ、神さま、どうかご慈悲を。

不意に、ロンドンのキングス・クロス駅で嗅いだクリストファー・ブラチャードのアフターシェーヴローションのにおいが鼻腔いっぱいに広がった。そのときの彼のことばを思い出した。まるでこうなることがわかっていたかのようなことばだった。きみの両肩には耐えがたいほどの責任がのしかかる——彼はそう言った——そのせいで命を落とすかもしれないとも。

「〝きみの魂に神のご加護がありますように〟」彼から言われたそのことばをアグネスは囁いた。

それでも足音は止まらなかった。

あと九歩。彼女は歩数を数えた。残されているのはあと九歩。

わたしの命に残されているのはあとたったの九歩。

カプセルはもう口にふくんでいた。今だ、と彼女は思った。今、噛み砕くのだ。

八歩、七歩、六歩、五歩、四歩。ただ、階段をのぼってくる足音はひとつだった。それが彼女には不可解だった。

静かに数字を逆に数えた。残りの歩数が少なくなるにつれて鼓動が速くなり、しまいには心臓の拍動がひとつにつながり、体の中のひとつの大きなうなりとなった。

こんな終わり方をするとは。

「どうして？」とつぶやいたのと同時に呼鈴が鳴った。

アグネスはドアマットの上にくずおれ、組んだ両手に顔をあずけて祈った。子供の頃によく唱えた祈りを口にした。父がまだ生きていた頃に、このオスロに住んでいた頃に。

「アグネス？」ドアの向こうから声が聞こえた。

誰かに頭を殴られたような衝撃が走った。

アグネスの手は涙で濡れていた。

カプセルはまだ砕かれていない。彼女は二本の指を口に入れ、カプセルを動かし、歯と歯のあいだにはさんだ。

カプセルを噛み砕こうとしたその瞬間、もう一度声がした。

「アグネス?」

そこでようやく声の主がわかった。彼女は左手にはめた指輪を見た。

〝永遠にきみのもの　グスタフ〟

カプセルをバッグの中に吐き出し、バッグの口を閉めた。それから立ち上がると、玄関のドアを開けた。

グスタフ・ランデが立っていた。ベージュのコートと同じような顔色をして。ネクタイはだらしなくゆるみ、帽子は曲がり、髪の毛もしどけなく額に垂れていた。酒のにおいを漂わせていた。

アグネスが泣いていたことにさえ気づかない様子だった。

「私の会社の重役が殺された事件はもう聞いたか?」とグスタフは言った。

彼はそこに突っ立ち、じっと彼女を見つめていた。親を亡くしたばかりの子供のように。まるでロルボルグ自身の子供のように。

彼女はグスタフをアパートメントの中に引き入れた。

「ええ」と彼女は小声で言い、神に感謝した。

「きみを失いたくない」と彼は言った。「どこにも行かないと約束してくれ」

ドアを開け放した玄関の中で、ふたりはしばらく向かい合った。

「約束するわ」とアグネスは答えた。

六十章

二〇〇三年六月二十日　金曜日
警察本部
オスロ　ノルウェー

ヴェラ・ホルトの家宅捜索を終え、押収物を警察本部の証拠課に持っていくと、トミー・バーグマンは自分のオフィスに戻った。そして、明かりをつけもせず、椅子に坐って机の上に足をのせ、開け放した窓のブラインドが風に揺れるのを眺めた。この時期の夜の暖かい風に気持ちがほぐれてもいいはずだった。さらに今度こそ夏が永遠に続くかもしれないという魅惑的な幻想を抱かせてくれても。なのにこの予想外の暖かさは彼の気持ちを逆に沈ませた。

これ以上先延ばしにはできない。

数分後、携帯電話を取り出すと、ハジャからのメールを表示して自分につぶやいた。

「おれもきみに会いたい」

そのあとあきらめのため息をついた。返事をなんと書くかかなり長く悩んでから、結局、〝今、家？〟とだけ書いて送信した。腕時計を見ると、午前一時近かった。気づいたのが遅かった。今さらどうすることもできない。

煙草に火をつけ、窓辺の椅子に腰をおろしたところで携帯電話が鳴った。一陣の風が彼の腕をやさしく撫でた。まるでハジャの声のように。

「すまない。起こすつもりはなかったんだ」と彼は言った。

「今日は夜勤なの。だから起きてた」やっと連絡してくれて安心した——そんなことを思わせる声音だった。

彼のほうはことばが何も思い浮かばなかった。

「また出張だったの？」

「ベルリンに行ってた」

「そんなことじゃないかと思ったわ。刺激的な仕事よね」

彼は笑って言った。

「かもしれない」

「あなたのこと、ずっと考えてた」と彼女は言った。

「ああ」とだけ答えた。それが答えになっているかのように。

しばらくふたりとも何も言わなかった。

「どうかしたの？」とハジャが訊いた。

「いや」と彼は言った。「と言うか……そっちに行ってきみに会いたい。もしよければ」

彼女は少し間《ま》を置いてから言った。

「ええ……いいわ、もちろん」と言った彼女の声には彼にもはっきりとわかるほどの不安が混じっていた。

バーグマンはハジャが夜勤をしている病院までパトカーに送ってもらった。ふたりのパトロール警察官はかつてバーグマンもそうだったように若くて屈託がなく、短い時間だったが、世間話をして気をまぎらわせることができた。ひとりがバーグマンの名前を知っていたこともあり、会話はむしろ弾んだ。その昔、同僚のベントと一緒に犯人を逮捕した事件がいまだに制服警官たちのあいだで語り継がれているらしい。バーグマンはその神話にさらに命を吹き込んだ。昔の別の逸話を披露して、若い警官の期待に応えもした。

マーリダール通りでパトカーを降り、赤いテールライトが見えなくなるまでパトカーを見送った。ハジャと一緒に過ごしたあの夜、寝室からタクシーのテールライトを見つめたように。ただ、あのときのような高揚感は今はもうなかった。

病院の正面入口に立っている彼女の姿が見えるなり、彼は深い絶望感に襲われた。まぶしいロビーの光の中、ハジャは手を振っていた。バーグマンはひとつ大きく息を吸ってから正面入口に向かった。白い制服を着た彼女はヘーゲを思い出させた。ふたりはまるでちがうのに。

立ったままふたりは無言で見つめ合った。

「わたし、少し急ぎすぎてる？　そんなつもりじゃないのよ、トミー。気持ちを隠しておくのが苦手なだけなの。わたし、すぐに夢中になってしまうのよ」

彼は顔をしかめ、煙草のパックを探した。

「そこがわたしの駄目なところね」彼女はそう言って手を伸ばし、彼の頬に触れた。

バーグマンは体を前後に揺らしながら立っていた。今の関係を続けたい、彼女のためならなんでもする――今彼女にそう言うこともできなくはなかった。でも、きっといずれうまくいかなくなる。今回も。

「ただ、おれは……」

彼は煙草に火をつけ、彼女にも一本勧めた。ハジャは首を振り、彼と眼を合わせようとした。彼はまたひとつ大きく息を吸ってから言った。

「まえの彼女とまだ終わっていないのね」とハジャは低い声で彼のことばをさえぎった。

どう答えればいいのか、バーグマンにはわからなかった。

「ハジャ……」ほとんど聞こえないような声で彼は言った。

「ヘーゲのことが……」

「いや、解決しないといけないことがまだいっぱい残ってるだけだ、ハジャ」

彼女はうなずき、まばたきをした。彼女の眼はすでに涙でいっぱいになっていた。もう一度まばたきをすると、ひとすじ涙が頬を伝った。

「すまない」と彼は言い、彼女の頬に手をゆっくりと伸ばした。

「行って」と彼女は眼を閉じて言った。「お願いだから、もう行って」

六十一章

二〇〇三年六月二十日　金曜日
ウッレヴォル病院
オスロ　ノルウェー

トミー・バーグマンはウッレヴォル病院の三十二号棟に向かってゆっくりと歩いた。フレデリク・ロイターと鑑識課のゲオルグ・アーブラハムセンも一緒だった。精神科の患者が入院している煉瓦造りのその古い建物は、見るたびバーグマンを陰鬱《いんうつ》な気持ちにさせた。過去の何かを思い出させるのだが、それがなんなのかどうしてもわからない。そんな気分になるのだ。それは抑圧された過去の記憶なのか、それともあまりにも古い記憶のためにただ思い出すことができないだけなのか。目覚めたときに夢の断片がまだ頭に残っているようなことがあるが、そんなときの夢がたいていこの病棟に似た建物の中での夢なのだ。自分はまだ幼く、濃い緑色のリノリウムの床の上をひたすら走っている……

その病棟は外観からして、朝の四時——五時近かったかもしれない——まで眠れなかった彼の気分をよけい落ち込ませた。これ以上ハジャとの関係を進展させるわけにはいかない。これ以上まえに踏み出すのを自分に許すわけにはいかない。そんなことを繰り返し考えてしまい、ゆうべは眠れない長い夜になったのだった。

ヴェラ・ホルトは病衣を着て、三階の来客室の椅子に坐っていた。ふたりの看護師とスーツ姿の男も一緒だった。生気のない虚ろな眼をしており、いついきなり叫びだしてもおかしくないような、引き攣った笑みを浮かべていた。いや、それはただのおれの妄想か、とバーグマンは彼女の手を取って思った。彼女の手はじとっと湿っていて冷たかった。

「ヴェラ・ホルト」と彼女はまるで自分に言い聞かせるように自分の名を言った。光源がうしろにあれば透き通って見えるのではないかと思えるほど彼女の肌は青白かった。髪は洗ったばかりのようでシャンプーの香りがしたが、くたっとしていかにも張りがなかった。キャットフードだけでは充分な栄養を摂ることはできないのだろう。爪がかなり短く切られていることにバーグマンは気づいた。たぶん自傷行為を予防するためだ。実際、彼女の手にはいくつもの十字模様の傷跡が薄く残っていた。

ヴェラの隣りに坐っていた若い男——スーツ姿で頭がいささか禿げかかっている男——が立ち上がり、ヴェラ・ホルトの弁護士のエーリク・ビルッケモーと名乗った。そのあとビルッケモーとロイターは、ヴェラの家の家宅捜索の件と、事件の容疑者としての彼女の状況について少しことばを交わした。

「バルトゥスはいた?」とヴェラはテーブルに視線を向けたまま言った。

「バルトゥス?」とロイターが怪訝な顔で訊き返した。

ヴェラはそれには答えず、ただぼんやりと宙を見つめただけだった。

「猫のことです」とバーグマンは小声で言った。

「ああ」とロイターは言った。「少し餌をやったよ。あと……」それだけ言って、ことばを切った。ヴェラは魂のこもらない笑みを浮かべた。彼女の心だけでなく、そもそも彼女自身がここにもどこにもいないように思えた。

「われわれは前夜、ヴェラ・ホルトの自宅の家宅捜索をおこないました」全員が席についたところで、ロイターがやけに形式ばった口調で言った。尋問の口火を切ったのが猫に関するヴェラの質問ということで、失った権威を取り戻そうとするかのように。

バーグマンは改めてヴェラの手を見た。両手の親指をくるくるとまわしていた。といっても、忙しげに神経質そうにではなく、ゆっくりと落ち着いて。手首に包帯が巻かれているのが袖口から見えた。どうしてなのか、バーグマンは知りたいとも思わなかった。

ロイターはブリーフケースを膝の上に置くと、ファスナー付きの中型のビニール袋を取り出した。中央の白い部分に事件番号と証拠品番号がフェルトペンで書かれていた。ヴェラの部屋で見つけたクローグに関する新聞の切り抜きがはいっていた。無残に切り刻まれた写真の眼はバーグマンに実際のクローグの死体を思い出させた。

「これはあなたがしたことですか？」とロイターはヴェラのほうを向いて尋ねた。彼女は相変わらず両の親指をまわしながら、口を開いて何かつぶやいた。歌を口ずさんでいるようでもあった。何を言っているのかバーグマンは聞き取ろうとしたが、空調設備のシューという低い音に埋もれて聞こえなかった。ロイターはバーグマンをちらっと見てから、ヴェラの左側に坐っている男性看護師に視線を向けた。

看護師はロイターの膝の上から新聞の切り抜きのはいったビニール袋を取り上げた。ロイターはそれを止めようと一瞬動きかけたものの、思い直したのか、椅子に深く坐り直した。バーグマンのうしろで閉まっているドア越しに何かがどすんとぶつかるような鈍い音が聞こえ、誰かが叫び声をあげた。しかし、またすぐに静かになり、聞こえるのは空調の音だけになった。

「刑事さんが言ったこと、聞こえましたか？」と看護師がヴェラに訊いた。

やはり反応はなかった。親指をまわしながら、ヴェラはただ自分の手を見つめていた。

「これをほかの人に見せましたか？」とロイターは訊いた。

「見せてない」とヴェラは顔を上げることなく即座に答えた。そのあとややあって顔を起こすと、笑みを浮かべ、笑いだした。聞いていてぞっとするような笑い声だった。

彼女は笑いだしたときと同じように唐突に笑うのをやめた。若い弁護士が落ち着かなげに坐り直した。こんな事件を担当したことを本気で後悔しはじめているのだろう。

「あたしが怖い？」初めてロイターを真正面に見すえて、ヴェラが訊いた。

「いや」とロイターは答えた。「どうして怖がる必要があるんです？」

「みんなあたしを怖がるから」と彼女は言った。「そんなの変じゃない？」彼女の声はか細くて無垢でまるで子供の声のようだった。

「私は怖いとは思いませんよ」とロイターはおだやかな口調で言った。

「ママの新しい連れ合い……初めてのとき、あたしはまだ四歳だった。だけど、最後には殺してやった。わかる？　殺してやったの」と彼女は今にも消え入りそうな声で言った。

テーブルのまわりに坐っている誰も何も言わなかった。ヴェラは傷だらけの手の親指をまたまわしはじめた。

ロイターはクローグの写真のはいったビニール袋を改めて取り上げて尋ねた。

「これは誰かからもらったものですか？」

ヴェラは首を振った。

ロイターはその袋をテーブルの上にいったん置くと、ブリーフケースから別の袋を取り出した。その中には彼女の部屋で見つかった紙切れの一枚がはいっていた。メモ帳から破り取られたページだ。

ロイターはその紙をビルッケモーに渡した。弁護士はそれを明かりにかざし、声に出して読んだ。

「〝われわれのバスケットの中には腐ったリンゴが交ざっている〟」

「その横に書かれている名前を見てください」とロイターは言い、バーグマンのほうを見やった。これで一件落着だと言わんばかりの得意げな顔で。

ロイターにはことの重大さがわかっていない、とバーグマンは思った。レジスタンスの闘士であった彼女の父親をストックホルムで殺したのは――あるいは誰かに指示を出して殺させたのは――クローグだった。ホルトの娘はそのためクローグを殺した。それがこの事件の真相だったのだとしたら、ノルウェーの社会にどれほどの衝撃を及ぼすか。

「これを書いたのはあなたのお父さんですか？」とロイターは訊いた。

ヴェラ・ホルトはうなずいて言った。

「死ぬまえに全部もらったのよ」

「誰から？」

「ママから」

「今日はこれぐらいにしてください。依頼人と少し協議させてください」とビルッケモーが横から言った。そう言って、眼鏡をはずし、鼻梁《びりょう》を指で揉んだ。バーグマンより八歳から十歳は若そうだった。マスコミの注目を浴びることを見越して、率先してヴェラ・ホルトの弁護を引き受けることにした法律事務所の経営者から送り込まれてきたのだろう。

ロイターはうなずいて言った。

「ただ、最後にひとつだけ確認させてほしい。あなたの依頼人には聖霊降臨日のアリバイがないことは弁護側も認めてるんだね？」

ビルッケモーは眼鏡をかけながら黙ってうなずいた。

「すでに知っているとは思うけれど、ノールマルカで発見された三人の死体に関する新聞記事がいくつかホルトさんの自宅から見つかった」とロイターは続けた。ビルッケモーはやはり何も言わなかった。ただ、うなり声のような声をあげた。ロイターが同じことを繰り返すことに対する異議のようなうなり声だった。

「六月八日の日曜日、あなたはカール・オスカー・クローグの家にいませんでしたか？」

ヴェラには質問が聞こえていないように見えた。顎を引きしめ、ひたすら親指をまわしつづけ、その手に眼を落とし、ほとんど聞き取れない歌のようなものを口ずさんでいるだけだった。

「彼女の逮捕は時間の問題だ」とロイターはビルッケモーに言った。「あと指紋さえ手にはいればね……」

バーグマンはテーブルの上に身を乗り出して、静かに尋ねた。

「ペーターというドイツ人と話したことはありませんか？」

ヴェラがテーブルから眼を上げることはなかった。が、一瞬動きが止まった。

「ペーター・ヴァルトホルスト。あるいは、ピーター・ウォードという人と」

沈黙が流れた。ヴェラは顎を引きしめ、親指をまわしはじめた。

ビルッケモーはまた眼鏡をはずして、鼻梁をマッサージすると、しばらく眼を閉じ、そのあと眼鏡をかけ直してドアのほうを手振りで示した。

ロイターはため息をついてバーグマンの背中を軽く叩いた。

「お巡りの夢のような容疑者とはいかなそうだな」とロイターは廊下に出ると言った。すぐ近くの椅子に坐って新聞を読んでいたアーブラハムセンがふたりを見上げて言った。

「どうだった？」

バーグマンは外の新鮮な空気が吸いたくてならなかった。きれいに掃除されたばかりのリノリウムの床を眼で追うと、鉄格子のはいった窓のある壁が見えた。彼は階段のほうへ向かい、一段飛ばしで駆け降りた。

外に出ると、正面入口の突き出し屋根の下に立った。大型の暴風雨が近づいており、地面はすでに水浸しになっていた。道路も駐車場も庭も百年に一度の大洪水に見舞われたかのようなありさまだった。

何分か経ち、うしろのドアが開いた。ロイターが出てきて、すさまじい雨に顔をしかめたのが見えた。自分の足元を見下ろすと、靴がずぶ濡れになっていた。

「片づいたね」とロイターのあとから出てきたアーブラハムセンが言った。痩せこけた顔にほとんど識別できないような笑みを浮かべていた。「これで完璧な指紋が手にはいった。どう思う、トミー、あの若い弁護士に望めるのは捜査協力に見合った寛大な判決。そんなところじゃないか？」

「コーヒーでもどうだ。奢るよ」そう言って、ロイターがバーグマンの背中を軽く叩いた。

いや、おれにはまだ信じられない。バーグマンは反射的に心の中でそうつぶやいた。

ふたりはそこに立って、アーブラハムセンが駐車場を駆けていくのを見送った。アーブラハムセンはまるで生まれたての赤ん坊を抱くかのようにフライトケースを大事そうに抱えていた。

「これからが面倒です」とバーグマンは言い、樋からあふれ出た水の流れの中に煙草の吸い殻を放った。

「そう先走るな」とロイターは言って真新しい〈ポロ〉の上着の襟を立てた。まずまちがいなく、彼の妻が夫の見栄えを少しでもよくしようと思って買ったものだろう。「今日のところは勝利を祝おうじゃないか、トミー。嫌な仕事は本部長に任せればいい」

彼らは一番近い建物に向かって走った。が、全身ずぶ濡れになるのに数秒とかからなかった。建物にはいったとき、ロイターは少年のように笑っていた。

そんなロイターを見て、バーグマンは不思議な気持ちになった。ロイターの笑顔も今日という日が終わらないうちに消える。わけもなくそんな気がしたのだ。クローグがバスケットの中の腐ったリンゴだということをヴェラ・ホルトが理解したのはまちがいない。頭がはっきりしたほんの一瞬にしろ、きっと誰かに教えられたのだろう。

それでもだ。

ナイフはどうやって手に入れたのか。それにそもそも誰にも気づかれず、どうやってクローグの家から逃げ出せた？　彼女には自分の頭の中で何が起きているのかさえほとんどわかっていない。自分で自分の世話もできないような人間にどうしてそんな芸当ができる？

六十二章

一九四二年九月二十七日　日曜日
ランデ邸
トゥーエンゲン通り
オスロ　ノルウェー

彼女はドアのまえに立っていた。うしろにはほとんど明かりのない廊下が延びていた。壁から突き出している燭台式電灯の明かりは、ついていないのではないか思うほど薄暗かった。彼女はもう何時間も、ひょっとしたら何日も、どこかのペンションかホテルのこの廊下を走りつづけていた。最後にもう一度振り向いてうしろを見ると、顔のない男ふたりの輪郭が影の中から現われるのが見えた。ふたりは彼女には理解できないことばを話していた。男のひとりが彼女のほうに屈み込み、死人のような腐った息を吹きかけてきた。男の口から吐き出されることばはあべこべことばになっていた。アグネスは悲鳴をあげた。が、声にはならなかった。鉛枠の小窓のある木のドアのほうに向き直った。小窓越しに見えるドアの向こうはまぶしく光っていた。男のひとりが彼女の肩に手を置いた。彼女はドアノブに手を伸ばし、思いきり引っぱって開けた。まばゆい不思議な光に一瞬眼がくらんだ。それでも遠くのほうに、光のもっと先のほうに、自分と同じくらいの年恰好の女性が手を広げて歩いてくるのが見えた。同時に、足首のあたりまでねばねばした液体が迫りあがってくるのが感じられた。あの光、と彼女は思った。あの光。

そこでいきなり眼が覚めた。

一瞬、ただの夢だと思った。が、そう思うまもなく彼女のまわりですべてが崩れ落ちた。

夢じゃない。これは夢じゃない！

寝室の窓は開け放たれており、半分しか引かれていなかった遮光カーテンが揺れていた。汗でびっしょり濡れた首のうしろが凍りついた。窓から吹き込んでくる風に体が震えた。急いでキルトの上掛けを体に巻いて部屋を横切り、窓を閉め、留め金を掛けた。窓の下に広がる庭の木々も揺れていた。それらがまとう葉も全部今にも散ってしまいそうに見えた。テニスコートの審判席の土台がねじれていた。太陽が出て晴れてはいたが、冬がすぐそこまで迫っているのは明らかだった。

死がすぐそこまで迫っている。彼女はそう思った。

今日は何曜日？　日曜日。ランデの家に来てからどれくらい経つ？　あの日から。あの金曜日の夜から。

いったいどうして……

昨日ここはドイツ人だらけだった。保安警察〈ジポ〉の将校たちが一日じゅうテーブルの上に新聞やら書類を広げていた。アグネスも彼らと一緒に坐らされた。「なんて恐ろしいの」と彼女はゼーホルツ少将に言った。それはもう信じられないほどだ、と。残忍きわまりない女だ、この暗殺者は絶対に見つける、とゼーホルツは請け合った。その時点で十数名の容疑者がすでにゲシュタポ本部に連行されていた。アグネスは隙を見て、広間の来客用トイレに逃げ込んだ。薬棚の中に剃刀の刃の箱を見つけると、その一枚を手首に押しあてたいという衝動に駆られた。どういうわけか、そのほうが青酸カリのカプセルを飲むよりずっと楽なような気がしたのだ。洗面台の流しを湯で満たすところまでいった。そこで、抜け出せる道はきっとある、と思いとどまったのだった。

その日は夜中の一時半まで寝室には行かなかった。自分に注目が集まらないよう、ランデがとっくに就寝してからも、飲みつづけるゼーホルツと彼の副官と保安警察〈ジポ〉の将校につきあった。

庭から突然、物音がした。

セシリアの姿が見えた。メイドのあとを追って芝生の上を走っていた。誰にもわかるはずがない。アグネスは自分に言い聞かせるように胸につぶやいた。こんなにいい天気にもかかわらず、セシリアはオイルスキンのレインコートを羽織り、長靴を履いて足を引きずりながら走っていた。何が起きたのか。誰にもわかるはずがない。たぶんあなた以外には。そう思い、アグネスはメイドを見つめた。

ヨハンネは明らかにどこか変だった。それほど賢そうには見えないが、見た目よりほんとうはずっと頭が切れるのかもしれない。なんて皮肉な、とアグネスは思った。昨夜、前後不覚になるほど酔っぱらったゼーホルツは、アグネスの両頬にキスをすると、靴の踵を鳴らして「ハイル・ヒトラー」と唱え、敬礼した。もちろん、アグネスもそれに応じた。そのとき親衛隊少将がいるその場所と、調査部長と秘書の殺害に使用されたウェルロッドが隠されているところとは、たったひとつの階しか離れていなかった。あまつさえ、少将は自分たちが必死に捜している女暗殺者とわずか数センチしか離れていなかった。

ピルグリムに言われたとおり、アグネスはウェルロッドをグスタフ・ランデ邸に隠した。古いタオルを巻いてセシリアの部屋の使われていない箪笥の一番上の棚に隠した。ほんとうのところ、この家に隠すことがどれほど名案なのか、あるいは狂気の沙汰なのか、彼女には判断がつかなかった。そもそもどうして彼女がいつまでも持っていなければならないのか。いっそ自分のアパートメントに持って帰ろうかと昨日は思ったのだが、ここを離れることが怖かった。ヴァルトホルストに尾行されたら、すべてが終わる。今はハンメルシュタードゥ通りの自宅には絶対に戻れない。ここにじっとして、狩人のすぐ近くで堂々としていれば、誰も彼女が獲物だとは思わない。

物音がして、彼女の思考は中断した。

バスルームから聞こえていたシャワーの音がちょうど止まった音だった。でも、どうしてそんなことで驚いたのだろう?

バスルームのドアは閉じていた。ドアの下から聞こえてくる音からすると、ランデはひげ剃りを始めたようだ。

彼の飛行機がベルリンに発つのは何時? 思い出せず、彼女はベッドに戻り、ベッドカヴァーにくるまった。不思議と気持ちが落ち着き、自分が安全になったような気がした。台風の目の中にいるかぎり、誰もわたしに触れることはできない。どこの誰も。少なくとも、ランデとゼーホルツがベルリンに発つ今日は。彼らがいなくなれば、丸一日じっくり考える時間ができる。

彼女はベッドのランデ側に寝転がり、小さな額にはいった彼の最初の妻の写真を見つめた。あなたのためにも、セシリアのことはしっかりと面倒をみるから——心の中でそう話しかけた——どうすればそんなことができるのか、自分でもわからないけど、でも、必ずそうする。約束する。

ややあって、バスローブのまえをはだけさせたままのグスタフ・ランデがバスルームから出てきた。彼が屈み込んでキスしてきたとき、アフターシェーヴローションのにおいに一瞬圧倒され、眼を閉じた。あの秘書がまたじっと彼女を見つめていた。声にならない悲鳴をあげていた。オーク材の寄せ木張りの床に赤黒い血が広がるのが見えた。ガラスのコップが床の上を転がり、命をなくした秘書の眼が彼女を見ていた……。

「さあ」アグネスの手を握ってランデが言った。「ベルリンに発つまえに一緒に朝食をとろう」

あなたに会うのはこれが最後――彼女は心の中で祈った。

これがほんとうの最後と。

六十三章

二〇〇三年六月二十日　金曜日
ウッレヴォル病院
オスロ　ノルウェー

自分たちの席がそのカフェテリアの中でも人目につく場所にあることがバーグマンには気になった。が、受付に一番近いそのテーブルを選んだのはロイターで、バーグマンとしては従うしかなかった。ヘーゲにばったり出くわしたりしたくなかったので、もっとめだたないテーブルがよかったのだが。彼女がまだ働いているのか、それともすでに産児休暇にはいっているのかわからなかったが、いずれにしろ、今、彼女に会うことだけはなんとしても避けたかった。

誰かがテーブルに置いていった〈ダーグブラーデ〉紙を読みかけ、すぐに読む気がしなくなった。

ロイターは買ってきたコーン・アイスクリームの包み紙を剝がしながら、新聞のスポーツ欄を探していた。こんなにずぶ濡れになってもアイスクリームを食べようとするロイターがバーグマンには理解できなかった。靴の中で指を動かすと、浸み込んだ水が嫌な音をたてた。ロイターは上着のポケットから老眼鏡を取り出し、慎重にアイスクリームを一口食べた。バーグマンはテーブルの向かい側に坐っている上司をとくと観察した。彼の太鼓腹を考えると、アイスクリームなどは絶対避けたほうがいい食べものだが、それはバーグマンが心配することではない。ただ、ロイターがこのあとコーンをまわしながらアイスクリームを舐めるところを――老婆のように舌でぺろぺろと舐めるところを――想像すると、わけもなく不快になった。

「何をそんなにじろじろ見てる?」と眼を上げることもなくロイターが言った。

「いや、食べ方がなんとも男らしいというか」とバーグマンは言い、火をつけられそうな濡れていない煙草を探した。

ロイターは笑い、新聞をぱらぱらとめくった。

まだ火のついていない煙草を唇から垂らしたまま、バーグマンが立ち上がったところで、テーブルの上に置かれていたロイターの携帯電話が振動しはじめた。

ずいぶん早い。バーグマンはそう思い、深く息を吸い込んだ。ゲオルグはもう指紋を調べおえたのだろうか。

電話に出たロイターは考える顔つきでしばらく相手のことばを聞いてから言った。

「あとでまたかける」

「何か問題でも?」とバーグマンは言った。

ロイターは首を振るだけで何も答えなかった。

「ヴェラ・ホルトが犯人なら、大変な騒ぎになります」とバーグマンは言った。

「彼女の自白と重度な精神異常に基づく有罪判決が出れば、世間は大いなる悲劇と見なすだろうよ」とロイターはまたアイスクリームを舐めながら言った。

バーグマンは煙草を吸いに外に出て、正面入口のすぐそばに立った。黄味がかった肌の色をした老人が歩行器に寄りかかりながら、手巻き煙草を口にくわえようとしていた。

バーグマンはあえて老人に眼を向けないようにした。ロイターの言ったことには一理ある。ヴェラ・ホルトが犯人ならそれは大いなる悲劇にちがいない。

「ゲオルグから電話はまだですか?」店の中に戻って、バーグマンは尋ねた。

ロイターは首を振った。まるでそれを合図にしたかのように、テーブルの上の携帯電話が振動しだした。びくっとしてから、ロイターはクリスマスイヴの五歳児のような顔をして、バーグマンを見て言った。

「噂をすれば、だ」そのあと電話に出て言った。「結果は?」

アーブラハムセンの声は、指紋の検査結果についてはバーグマンにも聞こえるほど大きかったが、ロイターの顔の表情を見るだけでバーグマンには充分だった。彼女のDNAは調べるまでもないということか、と彼は思った。ヒトラーユーゲントのナイフに残された指紋はヴェラ・ホルトのものではなかった。

「一致しない？」とロイターは訊き返した。「それは確かか？」

バーグマンは煙草のパックを胸ポケットにしまい、無言のままドアに向かうと、建物に沿って小走りに精神科病棟の駐車場に向かった。

さきほどまでの土砂降りは小雨になっていたが、外は凍えそうなほど寒かった。いや、こんなに寒いのは頭の中が混乱しているせいかもしれない。どうしようもないこの混乱を整理できるのは、あとはもうペーター・ヴァルトホルストだけだ。バーグマンはそう思った。

あの男に整理する気があればの話だが。

「どこへ行く？」うしろからロイターの声がした。

すれちがった女性がバーグマンとロイターに不安そうな眼を向けた。

「どこだと思います？」バーグマンは立ち止まって言った。すぐ近くまで迫っていたロイターは顔を真っ赤にし、眼を血走らせてバーグマンを睨んだ。

が、睨むだけでバーグマンの質問には答えられなかった。しばらくその場にただ突っ立っていた。そのあとわかりきったことを口にした。

「彼女じゃなかった。トミー、ヴェラ・ホルトは犯人じゃない」

「リンダに言って、ホテルの部屋を予約してもらってください。お願いします」とバーグマンはまた駐車場のほうに向かいながら言った。「申しわけないけれど、タクシーで帰ってくれますか?」そう言って、手を差し出した。「キーをください」

「キー?」とロイターは言った。

「車のキーです」バーグマンはそう言いながら、あちこちポケットを叩いて内ポケットからパスポートを取り出した。ベルリンから戻ってきたときのままになっていた。

そこでロイターにもようやくバーグマンがまたベルリンに戻るつもりでいることがわかった。さらには時間の余裕がないことも。

「飛行機の乗客リストにヴァルトホルストの名前はなかったんだぞ!」追いかけながらロイターは叫んだ。「それにどこのホテルにもチェックインしてなかった……」

バーグマンは彼を無視して走りつづけた。

「ペーター・ヴァルトホルストの名前も、ピーター・ウォードの名前もなかった」とロイターはたたみかけた。ふたりとも車のすぐ近くまで来ていた。バーグマンはのけぞるようにして精神科病棟の煉瓦造りの建物を見上げた。『出エジプト記』に則せば、ヴェラ・ホルトには父の仇を討つ権利がある。だからと言って、彼女に殺人の容疑をかけたこと自体は少しもまちがっていなかった。それでも、だ。彼女は一生ここから出られないだろう。しかし、それが彼女にとってもほかの者にとっても最善の道なのだろう。

バーグマンは車のキーをロイターから受け取った。ロイターは無言で首を振るだけだった。

「ケネディがベルリンに行ったのはいつですか？」とバーグマンはリモコンキーのボタンを押しながら訊いた。ビーという音とともにシルヴァーのフォード・モンデオのドアロックが解除された。

ロイターは首を傾げ、おまえもこの病院の世話になったほうがいいんじゃないかとでも言いたげな眼でバーグマンを見やった。

「『私はベルリン市民である《イッヒ・ビン・アイン・ベルリーナー》』――ケネディがそう言ったのはいつのことです？」

ロイターは依然として無言だった。が、その表情を見るかぎり、真面目に思い出そうとしているようだった。

「いつのことです？」

「待ってくれ。今、考えてる」

バーグマンは湿った煙草をくわえてなんとか火をつけた。

「一九六三年」とロイターはバーグマンをじっと見つめて言った。「一九六三年の六月だ」

バーグマンは手帳を開いた。半分くらいのページが雨で濡れてしまっていたが、インクはそれほど滲んでおらず、書きとめたことはなんとか読むことができた。彼は指で文字をたどりながら、何枚かまえのページに戻ると、ひとりごとのようにつぶやいた。

「一九六三年」カール・オスカーの娘、ベンテ・ブル＝クローグが高校三年生の夏だ。その数ヵ月後、夫に女から電話がかかってきた。クローグの妻はそう思った。実際には無言電話だったので、相手が女だったのかどうかはなんとも言えない。

バーグマンは顔をしかめているロイターを見た。

「なんだ？」とロイターは尋ねた。

バーグマンは答えなかった。

「トミー？」

やはり返事はなかった。

「どうしてそんなことを訊いたんだ？　『私はベルリン市民である《イッヒ・ビン・アイン・ベルリーナー》』がどうしたんだ？」

「ヴァルトホルストが言ったんです」

「一九六三年？」とロイターは言った。

「一九六三年」とバーグマンは同じことばを繰り返して車に乗り込んだ。

「そのこととまたベルリンに戻ることになんの関係があるんだ？」

バーグマンはまえ屈みになり、エンジンをかけた。眼を閉じると、ペーター・ヴァルトホルストと一緒にいたときのことが一瞬頭をよぎった。ふたりは病院のまえでタクシーの脇に立っていた……。

〝偶然とは運命にほかならず、また運命も偶然にほかならない〟

バーグマンは車をバックさせた。ロイターはちゃんと説明してくれとばかりに手を広げて立っていた。そんなロイターの足を誤って轢いてしまったのではないかとバーグマンは一瞬ひやりとした。窓を開けて煙草の煙を吐き出すと、ダッシュボードの中央にあるサイレンのボタンを押した。

その三十分後にはオスロ空港のＳＡＳのチケット・カウンターにいた。空港のバーでビールを二杯一気に飲み干すと、ようやく心拍数が下がり、人心地がついた。それからアルネ・ドラーブロスからのメールを読んで笑った。アルネはバーグマンがヘッドコーチを辞めるのではないかと本気で心配していた。思いもしなかったことだが、それもありかと思った。ハジャとのことを考えると、ヨーテボリの大会が終わったらコーチは辞めるべきなのかもしれない。とりあえず今はハジャのことは頭から締め出し、胸の奥深くにしまい込んでおくことにした。

わけもなくバーのナプキンに走り書きした。

〝私は彼女を愛していた〟

書いてすぐにナプキンをたたんだ。

バーの中から〈ノルウェー・エアシャトル〉の搭乗客の列をしばらく眺めた。気づくと、これまたわけもなく笑みを浮かべていた。

振り出しに戻らなければならない。この事件の点と点を別の角度から結び直さなければならない。

一九六三年の秋、クローグのもとに謎の電話がかかってきた。

その同じ年の六月、ヴァルトホルストはテンペルホーフ空港で現在の妻と出会った。

メイドは殺されてはいなかった。

ヴァルトホルストはアグネス・ガーナーを愛していた。

カール・オスカー・クローグは戦時中おそらくドイツの二重スパイだった。

アグネス・ガーナーはクローグの正体に気づいて殺された可能性がある。

バーグマンは空《から》になったビールのグラスの底をのぞき込んだ。そこに答えが見つかることを期待するかのように。すべてが絶望的に思えてきて、顔を両手でこすった。何がなんだかさっぱりわからない。一九六三年、ヴァルトホルストはアグネスを思い起こさせるような相手とテンペルホーフ空港で出会ったのだろうか。彼女が一九四二年にクローグに殺されたことを思い出させる誰かと。

搭乗のための列に並んでいると、突拍子もない考えが浮かんだ。

まさか。いや、ヨハンネ・カスパセンがヴァルトホルストの妻なのだろうか？　彼がグレッチェンと呼んでいた病床の女が？

六十四章

一九四二年九月二十七日　日曜日
ランデ邸
トゥーエンゲン通り
オスロ　ノルウェー

キッチンに足を踏み入れるなり、アグネスははっきりと悟った。ヨハンネ・カスパセンはアグネスのほうに背を向けて、暖炉の残り火に薪をくべていた。が、アグネスがキッチンにはいるなり、凍りついたように体を固まらせた。まるで背中にも眼があるかのように。この女は感づいている。アグネスは確信した。おそらくどこかで自分はへまを犯したのだろう。不注意にも。それをこの醜いメイドは見逃さなかったのだろう。ただ、それはどんなへまだったのか。それがわからない。自分はメイドに尻尾をつかまれるような、どんな失敗をしたのだろう？

閉まっているドア越しに居間の電話が鳴っているのが聞こえた。

ああ、これでもう終わった。わたしの正体を誰かがグスタフに伝えようとしているのだ。それでもアグネスは平静を保った。少なくともうわべだけは。

「私が出よう」とランデが言った。彼の声には不思議とアグネスを安心させる響きがあった。

セシリアはテーブルについて、自分の世界に没頭していた。スケッチブックを開き、夢中になって色鉛筆を紙の上で動かしていた。アグネスはそんなセシリアをじっと見つめた。セシリアのほうはアグネスがそこにいることにも気づいていない様子だった。

紙。突然アグネスは思った。

紙を輸出していた男。

ヴァルトホルスト。

ペーター・ヴァルトホルスト。

吐き気が咽喉元まで込み上げてきた。ついにあの男に逃げ場のない隅まで追いつめられてしまったのだ。そう思うと、彼女の心はどこまでも沈んだ。しばらくヴァルトホルストから音沙汰がないことに油断していた。その彼の沈黙こそ不吉の兆しだったのに。人の背後に不意に姿を現わし、親切そうな偽りの仮面を剝ぎ取り、魔物の本性を剝き出しにするのがペーター・ヴァルトホルストという男なのに。

「朝食はどうなさいますか？」

アグネスの正面に鳥のような顔があった。アグネスは鳥に似た奇妙なその眼をまっすぐに見すえた。メイドの表情の中の何かがアグネスのうわべの平静と自制心を一瞬にして奪い去った。ヨハンネはまるで自分がこの家の女主人でもあるかのように、アグネスを見すえていた。まるでアグネスなどもう死んでしまっているかのように。

「ごめんなさい」セシリアに聞こえないようアグネスは小声で言った。「あんなこと……」そこでわれに返った。いったいわたしは今何を言おうとしたのか。以前顔を叩いたことを謝ろうとでもしたのか。

ヨハンネはそのときにはもう調理台のところまで行き、鋳鉄製のフライパンを一番大きなコンロの上に音をたてて置いていた。居間とのあいだのドアが開いた。グスタフ・ランデがはいってきて、キッチンの真ん中に立った。要人と会うときにだけ着る一番上等なスーツを着ていた。ただ、ネクタイはゆるめられていたが。今回のベルリン行きには、ゼーホルツのほかに誰が一緒に行くのだろう。もしかしたら、ノルウェーの国家弁務官クリスティアン・テアボーフェンその人かもしれない。それを確かめようとは思わなかったが。その類いの情報を探ることはもう金輪際しないと決めていた。今はもうふたつの選択肢しかない。スウェーデンに逃げるか――そんなことが可能だろうか？――あるいは、できるだけめだたないよう注意を怠らず、よりよい選択肢が見つかるのを――彼女をこれ以上ノルウェーに残していてはいけないと上層部の誰かが気づいてくれるのを――待って、それまでここに隠れているか。

セシリアが父親のもとに駆け寄った。ランデは身を屈めて娘を抱きしめ、テーブルのほうに戻るように言った。そのあいだもずっとアグネスから眼をそらさず、悲しそうな表情を浮かべていた。これまで築き上げてきたものが、ことごとく崩れ去ってしまったかのような悲しい眼だった。

「頼みがある」と彼はだしぬけにアグネスに言った。

アグネスは思わず眼を閉じた。ある光景が脳裏をかすめた。イギリスのどこか。場所はわからない。彼女はまだ幼く、回転木馬に乗っている。両親が並んで立ち、彼女に手を振っている。

「きみを失いたくない」耳元でランデは囁いた。そのことばに彼女の鼓動はいくらか正常に戻った。ああ、神さま、感謝します。そう思いながら、彼のアフターシェーヴローションの香りを嗅いだ。

ランデは彼女の肩に腕をまわして居間に連れていくと、うしろ手にドアを閉めた。部屋は寒かった。あまりに寒かった。ランデに促されるまま、震えながら彼女はソファに腰をおろした。冷たい一陣の風に腕を交差させ、自分の体を抱いた。そんな彼女の肩にランデは毛布を掛けた。アグネスは部屋の中を見まわした。ダイニングテーブルのまわりに置かれた椅子、色の濃いオーク材の寄せ木張りの床、冷たい白壁とそこに掛かっている場ちがいなほど陰気な油彩画。どうすればこの場を切り抜けられるか。そんなことを思っていると、ランデが彼女に煙草を差し出しながら言った。「電話はエルンスト・ゼーホルツからだった」

　彼女が首を振って断わると、自分でくわえて火をつけた。アグネスはテラスに降りしきる雨を見やった。あの夏の夜のテラスでのことが思い出された。あのとき彼女はずんぐりとした小柄なドイツ人、ヴァルトホルストと一緒に坐っていた。

「昨夜、レジスタンスのメンバーが十数名逮捕されたそうだ」

　アグネスは一瞬眼を閉じた。

「そう言えば」とランデは続けた。「きみの行っているあの美容院」

　ああ、ピルグリム。彼も逮捕されたのにちがいない。アグネスにはもうそのことしか考えられなかった。

「ヘルゲ・K・モーエンの店ね」心とは正反対の静かな声で彼女は言った。

「その男も逮捕されたらしい。愚かな愛国者だ」彼の声には怒りというよりあきらめが混じっていた。

　アグネスはひそかに祈った――どうか腕の鳥肌に気づかれませんように。

「エルンストによれば、レジスタンスのメンバーは今週じゅうに絞首刑になるらしい。ロルボルグを暗殺した女とその仲間が見つかるのも時間の問題だろう」そう言って、ランデは宙を見つめた。持っている煙草が燃え尽きようとしているのにも気づいていないようだった。

　アグネスはうなずき、まえ屈みになって彼の手から煙草を取った。

　ランデはまるで眼を覚ましたかのようにはっとして、彼女を見た。

「恐ろしい話ね」と彼女は彼の眼を避けて言った。

　そのときセシリアがいきなり部屋にはいってきて、アグネスの膝の上に坐った。アグネスはセシリアの髪を撫でた。セシリアはアグネスの手を取ると、持ってきた本を開いた。すり切れた古い絵本だった。

「頼みたいことだけど……今日、ルータンゲンまで行って、サマーハウスの冬じまいをしてきてくれないだろうか？」ランデはそう言ってアグネスを見つめた。「先週末に行く予定だったんだが……けっこう大変な作業だ。もちろんヨハンネも連れていってくれ。冬じまいの段取りは彼女のほうが私よりよく知っている」

　アグネスは何も答えず、ただ窓ガラスに映る自分を見ていた。セシリアは絵本をぱらぱらとめくっていた。小さな体から伝わってくるぬくもりと心臓の鼓動に、アグネスは胸が張り裂けそうになった。

「彼にはお子さんはいたの？」と彼女はいきなり尋ねた。「調査部長のロルボルグさんには？」

　ランデは振り向き、ネクタイを結んでいた手を止めてうなずいた。

「ああ、息子がね」

そう言うと、テラスのほうを向き、ネクタイをまた結びはじめた。

アグネスの頰を涙が伝った。

「誰に子供がいたの？」とセシリアが訊いてきた。

「誰でもないわ」とアグネスは答えた。

「ルータンゲンのことを話してたんだ」とランデは言った。「セシリア、今日おまえが行くところのね」

「ルータンゲン！」とセシリアは嬉しそうな声をあげた。「今日、ルータンゲンに行くの⁈」

「ええ」少女の髪を撫でながらアグネスは囁いた。「今日、あなたとわたしはルータンゲンに行くの」

六十五章

二〇〇三年六月二十日　金曜日
ホテル・ベルリン
リュッツォフプラッツ
ベルリン　ドイツ

テーゲル空港の到着ロビーのドアが開いたとたん、トミー・バーグマンはうだるような暑さに呑み込まれた。湿気を含んだ空気のせいで長袖のシャツが体に貼りついた。買ったばかりの下着や靴下を入れた袋をタクシーの中に放り込み、座席に深く体を沈ませた。

「ホテル・ベルリンまで」と彼はタクシーの運転手に言った。あまりにもありきたりのホテル名だったので、実在するのか半信半疑で。

「リュッツォフプラッツ地区ですね」運転手の口調はいかにも話し好きを思わせた。バーグマンのほうは、とても世間話をするような気分ではなかったので、眼を閉じて窓ガラスに頭をもたせかけた。

ホテルは改築されたばかりのようで、そのモダンな雰囲気はバーグマンの好みには合わなかった。ただ、ホテルからのティーアガルテン（動物園も含む広大な公園）の眺めは、このためだけにも訪れるだけの価値がありそうに思えた。午後の光を浴びる木々の濃い緑と金色に光る戦勝記念塔をとくと眺めた。そのあと道路に面した窓を開け、下の道路の往来の喧騒にしばらく浸った。

机の上に置いてあった携帯電話が鳴った。

「ドイツ警察に連絡するまでは何もするな。わかったな？　デリックかほかの刑事が同行しないかぎり、ヴァルトホルストのところに行くんじゃないぞ」おまえからは一切の異議を受けつけない。そんなロイターの思いがバーグマンにも充分に伝わる口調だった。

腕時計に眼をやり、長い週末になりそうだと覚悟した。金曜日の午後、しかもこんなに遅い時間にオスロ警察からベルリン警察に正式な要請を出す者などまずいない。嬉しい誤算でオスロ側の手続きが迅速に取られても、耳にたこができるほど聞かされているドイツの官僚主義を思うと、今日じゅうになんらかの進展を望むほうがまちがっている。

バーグマンは未来を思わせるホテルの部屋でミニバーを探した。が、数分探してないことがわかると、ホテルのバーに行ってウィスキーのダブルとビールを注文した。

やはりペーター・ヴァルトホルストの家に行ってみよう、そう決めたときにはすでに夜の九時をまわっていた。タクシーで夜の市《まち》を走ることにどんな違法性がある？　ヴァルトホルスト邸に近づくにつれて見覚えのある街並みになり、瀟洒な家々がそのうち大邸宅や公園に変わった。

ヴァルトホルスト邸のある通りにはいった頃には、革製の座席にもたれているバーグマンの背中は汗でびっしょり濡れていた。タクシーから降りると、心地よい涼風が歩道を吹き抜けた。しばらくその場に佇み、大きなメルセデスの赤いテールライトがベルリンの中心街に戻っていくのを見送った。

そのあと改めてヴァルトホルスト邸を見た。黄昏の薄明かりの中、まるで空き家のように森閑としていた。どの窓にも明かりはともっておらず、センサーで点灯すると思われる屋外照明もついていなかった。

最初に来たときと同じことを思った。何かがおかしい。携帯電話をポケットから取り出して、ヴァルトホルストの電話番号を探した。

呼び出し音が鳴りはじめ、バーグマンは邸の様子をうかがった。

しばらく待っても窓に明かりがともることはなかった。そもそも家の中に人のいる気配がない。呼び出し音が留守番電話に切り替わった。が、応答メッセージも何もない。聞こえてきたのはザーという音に続いて、伝言が残せることを示すビーという音だけだった。

バーグマンは電話を切った。

ヴァルトホルストはこの家には二度と戻ってはこないのではないか。なぜかそんな気がした。遅すぎたか？

六十六章

一九四二年九月二十七日　日曜日
ランデ邸
トゥーエンゲン通り
オスロ　ノルウェー

ドイツ国防軍の随行員が迎えにきてグスタフ・ランデが出かけたあと、アグネス・ガーナーは三階にあがり、バスルームに閉じこもった。物事がはっきりと考えられないまま、床の上に横たわり、薄茶色のタイルをじっと見つめ、数分そのままでいた。眼を閉じれば、また悪夢の続きが始まる。眼を開けていれば、真っ白な天井が見える。その白さはきっと——とアグネスは思った——ヴァルトホルストがついに彼女を逮捕し、ヴィクトリア・テラスの地下室の天井から吊るされて最期を迎えるときに見える壁の白さと同じだろう。彼女は眼を閉じることを選んだ。頭を傾げているベスの顔がロルボルグの秘書の顔に変わり、ロルボルグの血がアグネスの口の中にはいり込み、腹に流れ込む。そんな彼女の腹をヴァルトホルストが骨盤から胸骨までナイフで切り裂く……

寝室のドアを叩く音がした。が、寝室とバスルームのドアが二枚とも閉じられているせいで、ヨハンネの声はほとんど聞き取れなかった。

アグネスはバスルームのドアまで這っていくと、弱々しい声で訊き返した。

「何?」

「ドイツ軍の方がお見えです」とヨハンネは言った。

六十七章

二〇〇三年六月二十三日　月曜日
ティーアガルテン
ベルリン　ドイツ

バーグマンは動物園のクロクマの囲いの手すりに身を乗り出して寄りかかった。ほんとうなら土曜日にはもう家に帰るべきだったのかもしれない。が、彼はベルリンに残り、あちこち歩きまわった。ここ十年のあいだに歩いた総距離より長く歩いたかもしれない。新しいジョギング・シューズと地図を買い、高校時代にドイツ語の授業で覚えた言いまわしもいくつか試してみた。少し食べすぎもした。週末はずっと雨だった。その雨のおかげでなぜか気分はよかった。

じゃれ合って遊んでいる二匹の子グマにあまりに気を取られ、ズボンのポケットの中で携帯電話が振動したときには、危うく持っていたアイスクリームを手すりの向こうに落としそうになった。

「ベルリン警察の人間が今から二時間後におまえに会いにホテルに行く」とロイターは

言った。「どこにいるんだ？　トミー、サーカスでも見てるのか？」

　バーグマンはたった今転げ落ちた子グマから眼が離せなかった。もう一匹の子グマが心配して様子を見にいった。

「動物園でくつろいでます」

「動物園がわが家のように思えるほど退化しちまったのか？」

「課長、刑事よりコメディアンのほうが向いてるんじゃないんですか？」

「ああ、かもな。二時間後にはホテルにいろ」

「見事なお手並み、敬服します」

「おれの手柄じゃない。金曜日、おまえが出発した直後に要請を出したんだ。ドイツというのは意外なことに法と秩序の国で、なんと警察官もいるんだよ」

「まさか」とバーグマンは言った。

「警察官の名前はウード・フリッツだ」とロイターは言った。

「ええ？　冗談でしょ？　ドイツ人を絵に描いたみたいな名前の人がほんとうにいるなんて」とバーグマンは言った。食べかけのコーン・アイスクリームをクロクマの囲いの中に放ると、アイスクリームは音もなく地面に散らばった。二匹の子グマは兄弟喧嘩の最中でも何かが放り込まれたことには気づいたようだった。バーグマンは劣勢の子グマを応援していたのだが、ご馳走にありついたのはもう一匹のほうだった。負けた子グマはうなだれ、すごすごとアイスクリームから離れていった。

「嘘でも冗談でもないよ」とロイターは言った。

「ウード・フリッツ」ひとりごとを言うようにバーグマンはつぶやいた。

ホテルで簡単に夕食をすませると、ロビーのソファに坐って悪名高きウード・フリッツを待った。

しばらくのあいだペーター・ヴァルトホルストになんと言おうか思案した。彼の虚を突くようなこと、鉄壁の守りを崩すようなことが言いたかった。たとえば、カール・オスカー・クローグがドイツのスパイだということは百も承知だ、とか。ただ、バーグマンがそれを知っていたところで、ヴァルトホルストにとってはさほど驚くことでもないだろう。ヴァルトホルストというのは、ゲームの中の数手先というより、ゲームそのものを何ゲームも先まで読むような男だ。バーグマンは今になってやっと、これまで心に引っかかっていたものの正体がわかったような気がした。つまるところ彼自身、心のどこかで気づいていたのだ。警察学校で捜査関連のふたつの専門分野を習得しただけの自分対ドイツ軍諜報機関〈アプヴェーア〉とゲシュタポの両方に所属していた海千山千のヴァルトホルスト。勝負は初めからついている。

ヴァルトホルスト本人がクローグ殺しの犯人ということは考えられるだろうか。彼の指紋が欲しいが、彼にどこかに指紋を残させるというのはさしてむずかしいことではない。

不正に入手した証拠は裁判では役に立たないが、それでも彼の指紋が殺人現場の指紋と一致すれば、ロイターを説得することはできる。

ウード・フリッツ刑事はすぐに見分けがついた。バーグマンのことをフロントで尋ねている声がバーにも筒抜けだった。

フロント係が部屋番号を調べるよりさきにバーグマンは立ち上がり、バー・カウンターの端に立って声をかけた。

「お尋ねの相手は私だと思います」

ウード・フリッツは振り向いた。即座に警察官だとわかる風体だった。が、そういうことを言えばお互いさまだ、とフリッツの顔が物語っていた。

グルーネヴァルトまでまた車で向かうあいだ、ふたりは雑談をした。フリッツはバーグマンがベルリンでしようとしている捜査にはまるで関心がないようだった。バーグマンとしてはむしろそのほうがありがたかった。座席に深く坐り、何気なく警察無線のやりとりを聞いていると、いくつか聞き取れる単語があり、ふと思った。ドイツ語の使用が強要されていた頃のオスロでは人々はどんな暮らしを送っていたのだろう？　ペーター・ヴァルトホルストがアグネス・ガーナーに恋をした頃には。

そして殺した頃には？　その考えが何度も頭をよぎった。もしかしたらあたっているのかもしれない。しかし、だとしたらどうしても動機がわからない。

六十八章

一九四二年九月二十七日　日曜日
バルコウィッツ・アパートメント
オスロ　ノルウェー

後部座席のアグネスは若い親衛隊軍曹がバックミラー越しに見やる視線から、眼をそらした。そして、口の中に残っているのが吐物ではなく、歯磨き粉の味だと思うことにした。玄関にドイツ兵が迎えにきているとヨハンネに言われたあと、アグネスはできるかぎり音をたてないようにして胃の中のものをすべてトイレに吐いた。そのあとすぐ二階に降りると、ヨハンネは奇妙な顔をしていた。まるで「言ったとおりになったでしょうが！」と言わんばかりの。一階に降りるなり、黒いズボンを穿いたドイツ兵の脚が見えた。ドイツ国防軍の普通の兵士でないことは一目瞭然だった。アグネスはいっとき階段の手すりにつかまり、体を支えなければならなかった。

家を出たときには気が動転しており、バッグから青酸カリを取り出しそこねた。車の中でバッグを開けようとは思わなかった。軍曹に不審に思われ、バッグの中身を点検されかねない。

マヨルストゥアの交差点に差しかかると、アグネスはヘルゲ・K・モーエン美容室をじっと見つめた。誰がわたしを密告したのか。軍曹がこのまま直進せず、シルケ通りのほうに右折することを祈った。まっすぐボッグスター通りを進むということは、ただひとつのことを意味する。母親と連れだった少女がけんけんをしながら通りを渡っていた。少女が通り過ぎると、軍曹はアクセルを踏み込んだ。彼女はセシリアのことを思い、もう二度と会えないことを覚悟した。

ヴィクトリア・テラス。ピルグリムの隣りの部屋に監禁され、彼に対する拷問のすべてを聞かせるつもりなのだろうか。もしかしたらゼーホルツ少将が自ら拷問するのかもしれない。わたしが命懸けでピルグリムを愛していることなどもうとっくに知られてしまっているのかもしれない。ゼーホルツはわたしになんて言った？　〝ランデさんとのことは真剣に考えてほしい〟――そんなことを言われたこともあったのに。ひとりではなくわたしはふたりも殺したのだ。それも愚かなイギリス軍が無謀にもヴィクトリア・テラスを爆撃しようとし、それに失敗した同じ日に。

交差点を曲がり、フレデリクス通りにはいったときにはアグネスはもう少しですべてを自供しそうになっていた。眼を閉じる直前に見えたのは、宮殿の上を覆っている真っ黒な雲と、今にも雨粒が落ちてきそうな空の下で力なく垂れている鉤十字の旗だった。眼を閉じたあと、脳裏をよぎると予想していたものは浮かんでこなかった。子供の頃の思い出も、両親の思い出も、この世のあらゆる悪の記憶も、声にならない悲鳴をあげる秘書の顔さえ。

車はドランメン通りを右折した。

次の交差点を左に曲がる。すぐに。彼女はそう思った。

車全体が大きく震え、小さな坂をのぼりつめると、軍曹はサードギアに変速した。

アグネスはもう自分を抑えられなくなった。

眼を開け、うしろを振り返った。要塞のような白いヴィクトリア・テラスが無疵のまま建っていた。ただ隣接する建物のひとつは崩壊して、黒煙を立ち昇らせていた。

またまえを向くと、バックミラー越しに若い親衛隊軍曹と眼が合い、彼女は頰が赤くなった。交差点を曲がり、ビグドイ通りにはいると、もう疑いの余地はなくなった。軍曹に話しかけるべきだったと後悔した。イギリス軍がヴィクトリア・テラスを爆撃したのはなんてひどいことだとか、イギリスは必ず戦争に負けるとか。

「到着しました」と軍曹が言った。見ると、ペーター・ヴァルトホルストが住んでいる白いアパートメントのまえに来ていた。まわりには人っ子ひとりいなかった。通りの反対側にはフログネル教会が建っていた。それを見て、彼女は思った——わたしが死んでもわたしの葬式など誰もやらないだろう。わたしが死んでも母は気にもとめないだろう。

うしろから舗道を歩く親衛隊軍曹の鉄張りの踵の音が聞こえた。

軍曹はアパートメントハウスの呼鈴を押した。彼女は思った。ピルグリムはどうなったのだろう？　どうしてわざわざヴィクトリア・テラスのまえを通ったのだろう？　わたしの正体はばれている。そのことをわたしに思い知らせるため？

「親衛隊大尉閣下、フロイライン・ガーナーをお連れしました」インターコムに向かって軍曹が言っていた。

ドアが低い音とともに開いた。

吹き抜け階段は石鹼のにおいがした。これがこの世で覚えている最後のにおいになるのだろうか。どうやって五階分の階段をのぼったのか、その記憶もないまま気づくと、アグネスは六階まで来ていた。ドアに取り付けられた真鍮製の表札には〝バルコウィッツ〟と書かれていた。もとの居住者の名前のままにしていることに、きっとヴァルトホルストは屈折した喜びを感じているのだろう。

重厚なドアの錠前が開錠する音がした。彼女はずっとドアノブを見つめていた。一歩うしろに下がり、そのまま六階から一番下の花崗岩の床に転がり落ちる自分の姿を思い描きながら。ヴァルトホルストがドアを開けると、親衛隊軍曹が踵を打ち鳴らす音が聞こえた。グレーのスーツを着たヴァルトホルストは顔色が悪かった。まるで昨夜は一睡もしていないかのような顔色だった。ドイツ語でなにやら言って、軍曹を帰らせた。が、何を言ったのかアグネスには聞き取れなかった。ヴァルトホルストは〈アフテンポステン〉紙を手に持っていた。なんの記事なのかは明白だった。軍曹が去る直前〝ブロンドの女〟という見出しが見えた。

　彼女の肩に軽く手を置いて、ヴァルトホルストが言った。

「不思議なものだ。新聞を読んでいたら、あなたが来た……」声がしわがれていた。覚えのあるいつもの声とはちがっていた。歯磨き粉のにおいも頬のアフターシェーヴ・ローションも酒のにおいを隠すことはできていなかった。

アグネスは気力を振り絞って中にはいった。

うしろでドアが音をたてて閉まった。

はいってすぐ左側に机があり、その上にこれまで見たことのないヒトラーユーゲントのナイフが置いてあった。アグネスはそのナイフから眼をそらすことができなかった。刃が見事にきらめいていた。一度も使われたことがないのかもしれない。ここに最後に来たときにもあったかどうか。思い出せなかった。どうしてこのナイフから眼が離せないのか、自分で自分がわからなかった。あるいは、ただその場で体が固まってしまっただけなのかもしれないが。彼女は意識的に踵を横にずらして右足をまえに出そうとした。

「それは私の弟のものです」とヴァルトホルストは言った。「たったひとりの兄弟の」

　アグネスは何も言わなかった。

「弟がどこに埋められているのかさえわからない。ただ、ナイフが送られてきただけだった。このままここに来たときその話はしましたっけ？」

「ええ……お気の毒に」とアグネスはおだやかな声で言った。奇妙なことに、ヴァルトホルストの話を聞くうち、だんだん気持ちが落ち着いてきた。

「コートを預かりましょうか？」とヴァルトホルストは言った。

アグネスは首を振り、バッグの持ち手をきつく握り直すと、声を落として言った。

「お手洗いを……」

「今は遠慮していただきたい」とだけヴァルトホルストは言うと、居間を抜け、アグネスを書斎に連れていった。

二脚のチェスターフィールド・ソファのあいだにコーヒーテーブルが置かれ、その上の銀のトレーに銀製のティーポットと磁器製のカップがふたつ用意されていた。ティーカップに描かれているロイヤルアスコットの紋章には見覚えがあった。今朝、脳裏をかすめた光景がまた浮かんだ――イギリスでは珍しい暑い夏の日、ゆっくりと動く回転木馬、上下する馬にまたがる幼い彼女、そのそばで手を振る両親。

「あなたは半分はイギリス人だから」とヴァルトホルストは言って銀製のクリーム入れを持ち上げた。

彼女はただうなずいた。

「どうしてそんなにきつくバッグを握りしめてるんです、ガーナーさん？」そう言って、ヴァルトホルストはいきなり立ち上がり、バッグをアグネスからつかみ取った。

そのとき彼女は理解した——心配しなければならないのは耐えがたい苦痛だけであることを。それ以外に心配すべきことなど何もないことを。

「昨夜、あなたの友人たちの何人かと話をしました」と彼は新聞をコーヒーテーブルに置き、彼女のバッグを開けながら言った。ビグドイ通りを行く葬列の車の音が窓ガラス越しに聞こえてきた。

コーヒーテーブルの上に置かれた新聞の大見出しが逆さから読めた。〝イギリスの大失態〟という見出しの下に無疵のヴィクトリア・テラスの写真が載っていた。一面の右側の記事には〝暗殺事件。ブロンドの女が逃走〟という見出しがあった。

彼女は眼を閉じた。ヴァルトホルストがバッグの中身をひとつずつ取り出し、ふたりのあいだのコーヒーテーブルの上に並べていく音だけが聞こえた。

かなり経ってからアグネスはようやく思い出した。眼を開けると、取り出したものはすべてテーブルの上に並べられ、ヴァルトホルストは空《から》になったバッグの中をのぞいていた。彼女は込み上げてくる笑いを必死にこらえた。あのときはまだ頭がはっきりしており、とっさに青酸カリのカプセルをトイレットペーパーにくるんで下着の中に押し込んだのだった。なのに親衛隊軍曹を見たことで気が動転し、そのことをすっかり忘れていた。

硬いトイレットペーパーで下腹部がこすれるのが今さらながら感じられ、アグネスは落ち着きを取り戻した。ここ数年感じたことのないような喜びに満たされさえした。バッグの中にあった取るに足らないものと、それを見つめるヴァルトホルストを眼のまえにして、彼女は心の中で叫んだ。こっちの勝ちね！

彼は無言のまま、バッグに中身を戻した――化粧道具、マッチ、ランデ邸とルータンゲンのサマーハウスの鍵、身分証明書、煙草、姉からの手紙。ヴァルトホルストは何事もなかったかのようにバッグを彼女の膝の上に置くと、紅茶をスプーンで掻き混ぜた。「わたしはグスタフ・ランデの婚約者よ」とアグネスは怒ったふりをして言った。「それに――」

ヴァルトホルストはいきなり彼女の口を手で覆うと、彼女を真っすぐに見すえたままもう一方の手で新聞を取り上げた。

耐えがたい沈黙が続いた。彼は彼女の口から手を離すと、新聞をめくった。イギリス軍によるヴィクトリア・テラス襲撃の記事は何ページにもわたって取り上げられていたが、それには眼もくれなかった。彼の手が止まったのはトールフィン・ロルボルグ調査部長とその個人秘書が暗殺された事件について、国家警察が取材に応じた記事が載ったページだった。

アグネスの心の平静は訪れたときと同じくらい唐突に消えた。

「明日、われわれは二万五千クローネの報奨金を出すことを発表する」とヴァルトホルストは言った。「密告者をその気にさせるには充分すぎる大金だ」

幼い自分の姿が白昼夢のようにアグネスの眼のまえに現われた。回転木馬に乗って何度も手を振っているのに、母も父も手を振り返してくれなかった。両親はもうそこにいなかった。そこにはもう誰もいなかった。

「そのことがわたしになんの関係があるんです?」落ち着いた声で彼女は言った。

ヴァルトホルストは答えなかった。そのかわり、きれいに磨かれた寄せ木張りの床、ペルシャ絨毯、フィヨルドの見事な風景が描かれた油彩画、重厚な本棚に並ぶ本——バルコウィッツ家の人々がもう二度と読むことのない本——に彼は視線を漂わせた。

「さて」そう言って、いきなり立ち上がった。「これから私は……」そこでことばにつまった。窓辺に敷かれたペルシャ絨毯の上を少し歩いて立ち止まると、窓敷居にもたれて言った。

「奇術というのは信じてくれる観客がいるから成り立つものだ。ほんとうに信じたいと思っている観客がいるからこそね。そうは思わないかね?」

彼女は何も答えなかった。

「総統も考えは同じだ。しかし、その考えがわれわれを一直線に地獄に導いている……」

「おっしゃっている意味がわかりません」

「きみは彼のことを信じたかった。ちがうかね？」

彼女は首を振りながら小声で訊き返した。

「総統のことを？」

「ちがう、総統のことじゃない。私が誰のことを言っているのかほんとうにわからないのか？」とヴァルトホルストはさらに問い質した。今にも笑いだしそうな声音で。

「申しわけないけれど、わたしにはこんな話をしている時間は――」

「ピルグリムのことだ」とヴァルトホルストは静かに言った。両手で顔をこすり、そのあとその手で髪を掻き上げた。「まだ知らないふりをするつもりかな？　きみの腹の中の子の父親のことだ！」

アグネスはただ首を振るしかなかった。狂気じみたこんな家からはすぐに逃げ出さないと――今すぐ！

ヴァルトホルストは机のそばまで行くと言った。

「いいだろう。いいものを見せてあげよう」

「あの人に何をしたの？」気づいたときにはアグネスはもう口走っていた。チェスターフィールド・ソファの肘掛けをきつく握りしめていた。立ち上がると、膝が崩れそうになった。それでも歩を進め、大きな机に近づいた。ヴァルトホルストは彼女に背を向けたままマホガニーの机の上に屈み込み、開いたファイルの中の書類を見ていた。

聞こえなかったんだ、と彼女は思った。わたしが今言ったことはきっと聞こえなかったんだ。

あの銃さえ持ってきていれば、この狂った男を今この場で撃ち殺すことができるのに。

「これを見てきみはどう思う？」とヴァルトホルストは振り向くことなく低い声で言った。

アグネスは部屋の真ん中で立ち止まった。カーテンが半分閉じられており、部屋は暗かった。机の上に置かれた電気スタンドだけが光を放ち、暗い色の壁紙と壁に掛かっている絵を照らしていた。アグネスにはヴァルトホルストの意図がまるで読めなかった。

彼女がもう一歩まえに進むと、彼は振り向いた。その手には紙の束が握られていた。

「自分の眼で見てくれ」そう言って、彼は手に持っていた紙を全部床に落とした。「自分の眼で見るんだ！」

床の上に散らばった紙をあいだにはさみ、ふたりは立ったまま睨み合った。足をすくませながらも、アグネスは反射的にあとずさった。

ヴァルトホルストは膝をついて、一枚の紙を拾い上げると立ち上がり、何も言わずにそれをアグネスに渡した。彼女は彼をさらに見つづけた。ヴァルトホルストは彼女の頬に手を触れ、やさしく撫でた。アグネスは顔をそむけ、初めて紙に視線を落とした。文字が眼のまえを泳ぎ、何が書いてあるのか読めなかった。数字や文字がページの上で躍っているようにしか見えなかった。

「どうしてこんなものをわたしに見せるの？」

「これは支払い書だ」とヴァルトホルストは言った。「領収証だ。しかも大金の。見たこともないような大金の。スイス・フラン。スウェーデン・クローナ。ライヒスマルク」

「だから？」

「サンティアゴに支払われた金だ」とヴァルトホルストは言い、もう一度彼女の頬に触れた。彼女はその手を払いのけた。

「サンティアゴ？」

「そう、スペインのサンティアゴ」とヴァルトホルストは言い、机に戻ると腰をおろし、ポケットからシガレットケースを取り出した。

アグネスは首を振った。

彼は暗い表情で机の上のライターを取り、煙草に火をつけた。

そのあとしばらく無言で煙草をふかしてから、椅子の上で坐り直した。アグネスはまたしても笑いが込み上げてくるのを感じた。わたしは狂ってしまったのだろうか。それにしてもヴァルトホルストの狙いはなんなのか、まださっぱり……

ヴァルトホルストは突然立ち上がると、窓まで行って厚手のカーテンを開けた。机の上に置かれた写真立ての中の少年がアグネスにしかめ面を向けていた。ヴァルトホルストの弟だ。まだほんの少年だった。

　彼は長いこと窓辺に佇み、黙って煙草を吸いつづけた。軽い霧雨を降らす雨雲が市《まち》の上空に移動してきたらしく、窓ガラスを伝う雨粒が優雅な模様を描いていた。

「サンティアゴ・デ・コンポステーラに旅をするのはどういう人間か？」ひとりごとのようにヴァルトホルストは言い、窓ガラスに額を押しつけた。

　ヴァルトホルストは何を言おうとしているのか。アグネスにはまだわからなかった。そのすぐそばまで行くと、彼は眼を閉じていた。

　サンティアゴ・デ・コンポステーラ。使徒ヤコブの墓が見つかった地……ああ、神さま。まさかそんな……

「サンティアゴに旅をするのは巡礼者《ピルグリム》だ。近いうちにあの男はきみの名前を明かすだろう。早ければ明日にでも」とヴァルトホルストは彼女の耳元で囁き、もう一度彼女の頰をやさしく撫でた。一瞬、彼女は不思議な心の平穏を覚え、ほんの一瞬にしろ、支離滅裂なことを願った――その手を離さないで、わたしを救って、と。

「わたしは彼を愛してます」そう言って、アグネスはヴァルトホルストの手を払いのけた。「いったいあなたは何を言ってるの？　あなた、頭がおかしいんじゃないの！」と彼女は叫んだ。「馬鹿も休み休み言ってちょうだい！」

　ヴァルトホルストは彼女の腕を強くつかんだ。

「わたしはグスタフ・ランデと婚約してるのよ。まさか、あなた、知らないの？」

「どうしてきみはそんなにピルグリムの子供が欲しいんだ？」

破壊的なまでの沈黙が部屋を満たした。アグネスは思った――わたしはいったいどこでどんなへまを犯したのだろう？

ヴァルトホルストは無表情のまま彼女の腕から手を離すと言った。

「明日、われわれは二万五千クローネの報奨賞金について発表することになっている。その同じ明日、ピルグリムはドイツ側の人間との定期的な会合を持つ」

彼はポケットから取り出したハンカチで顔を拭いた。

「どうしてそんなことがわかるの？」そう言ったアグネスの声はほとんど聞こえないくらいか細かった。いつのまにか涙が頬を伝っていた。

「それは私がそのドイツ側の人間だからだ」とヴァルトホルストは声を落として言った。

そう言って、アグネスの手を取った。彼女はその手を振りほどき、あとずさった。

ヴァルトホルストは彼女を引き止めようとはしなかった。床の上にはピルグリムに支払われた金の領収証が散らばったままになっていた。彼はそれを踏みつけながら、両手をだらりと垂らし、力なくそこに立ち尽くした。アグネスがもうひとつの部屋のドアに向かってあとずさっても動こうとはしなかった。

アグネスはそんなヴァルトホルストに背を向けると、急ぎ足で玄関ホールに向かった。

ドアの鍵を開けたところで、机の上のヒトラーユーゲントのナイフが眼にはいった。束の間の狂気に駆られ、彼女は手を伸ばした。が、すぐに思い直し、ナイフには触れることなく手を引っ込めた。

彼女の靴の踵の音が階段じゅうに鳴り響き、彼が追ってきているかどうかもわからなかった。外は激しい雨がまだ降っていた。頭をのけぞらせると帽子が脱げ、雨粒が彼女の顔を濡らした。

スーリ・プラスの方向に歩きはじめた。ゆっくりと、何もなかったかのように。

一度だけ振り向いた。

そして自分に言い聞かせた、なんでもないと。あれはただの影？　それとも誰かが追ってきているの？

「なんでもない」と彼女は降りしきる雨に向かって囁いた。

六十九章

二〇〇三年六月二十三日　月曜日
グスタフ＝フライターク通り
ベルリン　ドイツ

インターコム越しにトミー・バーグマンが名乗ると、ペーター・ヴァルトホルストは深々とため息をついた。

「ヴェラ・ホルトじゃありませんでした」バーグマンは施錠された錬鉄製の門に体を押しつけ、家の中に少しでも動きがないか見ようとした。

「それは残念だったね」とヴァルトホルストは言った。「申しわけないが、私にはこれ以上話すことはないよ」

バーグマンはことばに窮し、横に立っているウード・フリッツと眼を合わせた。フリッツは腕組みをし、まるでノルウェー語を聞き取ろうとしているかのように眉をひそめていた。

「あなたは自分で運転をしてオスロに行ったのですか？」とバーグマンはインターコムに

向かって言った。

返ってきたのはカサカサというかすかな音だけだった。

バーグマンはまたフリッツを見た。この界隈に住む人々への敬意からだろう、フリッツはこれ以上協力はできないと言わんばかりに肩をすくめ、渋面をつくった。

「私は一九四五年以降、オスロには戻ってはないよ」遠くから聞こえてくるような声だった。

バーグマンは顔を起こした。ヴァルトホルストが玄関のドアの外に立っていた。そのあと手すりにつかまって階段を降りはじめた。最後まで降りると、ゆっくりと時々立ち止まりながら石畳の小径を歩いてきた。艶やかに磨かれた堅木の杖に寄りかかりながら歩くその姿は、つい先日訪ねてきたときよりはるかに年老いて見えた。ゆったりとしたワインレッドのニット・ジャケットを羽織り、いささか短すぎる明るい色のズボンを穿いていた。季節には合わないその厚手のズボンはしわだらけだった。

「杖をついているからといって、勘ちがいしないでくれ」とヴァルトホルストは言った。

「昨日テニスコートで転んで足をちょっと痛めただけだ」

バーグマンに連れがいることに気づき、彼は首を振った。顔色が悪かった。庭をゆっくりと染めはじめた夕陽をもってしても、彼の青白い顔に命の息吹を与えることはできなかった。これがつい数日まえに会った同じ男だとは、バーグマンにはどうしても信じられず、思わず尋ねた。

「何かあったんですか?」

「この歳になると大したことは何も起こらんよ。起きたとしても、そう、なんの予告もなくこうしてきみたちが事情聴取に来ることぐらいだ」

バーグマンが口を開こうとすると、彼は身振りで制した。「私としても警察を呼ぶような真似はしたくない。言うまでもないが、きみはノルウェーの警察官であって、ここはノルウェーじゃない。ドイツだ」

バーグマンはウード・フリッツを指差した。フリッツは門の鉄格子のあいだから手を出して身分証を見せ、自己紹介した。そのあとドイツ語でヴァルトホルストとなにやらやりとりをした。フリッツが引退した高級官僚に過度に気を使っていることはバーグマンのドイツ語の読解レヴェルでもわかった。

「奥さんのお加減は……?」とバーグマンは言いかけ、途中でやめた。

「いいや」首を振りながらヴァルトホルストはおだやかに言った。「グレッチェンの具合はよくない」

「教えてください。あなたの奥さんのグレッチェンは……ヨハンネ・カスパセンなんですか?」バーグマンは反応を待った。ついに尻尾をつかんだ、と思った。気づくと、体が前後に揺れていた。興奮を隠せない子供さながら。

　ヴァルトホルストは顔をしかめながら首を振った。バーグマンが何を言っているのか、ほんとうに理解できないようだった。

「なんの話だ？　ヨハンネ・カスパセン？　誰だ、それは？」

　バーグマンは、もうすべてわかってるんですと言わんばかりの笑みを浮かべようとしたが、頬が焼けるように熱くなっているのに気づいた。この新事実を突きつけて、ヴァルトホルストの不意を突くつもりだった。ところが、眼のまえの老人は心底不思議そうな顔をしている。

「明日また出直しましょうか？」とフリッツが横からヴァルトホルストに言った。「もうこんな時間ですから」

「ああ、そうしてくれ」とヴァルトホルストは言った。「今は客人を招き入れる気分でもないのでね」そう言って、バーグマンたちに背を向けた。「では、失礼」

「クローグを殺したのはヴェラ・ホルトではありませんでした」とバーグマンは繰り返した。「だからまた戻ってきたんです。あなたの助けがどうしても要るから」

「だから？」とヴァルトホルストは言ったものの、立ち止まっただけで振り向こうとはしなかった。

「どうしてあなたはアグネス・ガーナーを愛していた、なんて言ったんです？」

「私としたことが馬鹿なことを口走ってしまったものだ」とヴァルトホルストは言った。

「ただの老人のたわごとだ」

「では、嘘だったんですか？」

ヴァルトホルストは振り返り、彼らの近くまで戻ってきて、門に手を置いた。

「一度口に出して言ったことだ。撤回はしないよ」その刹那、苦笑いのような笑みがその顔に浮かんだ。が、すぐにまた暗い顔に戻った。

「彼女を愛していたのなら」とバーグマンは言った。「一九四二年、カール・オスカー・クローグが彼女を殺したのなら……いや、ノールマルカで白骨死体が見つかったという新聞記事を読んでも何も感じなかったというのは、嘘だったんじゃないんですか？」

ヴァルトホルストはニット・ジャケットのポケットから鍵を取り出そうとした。手が震えていた。鍵をどうするつもりだったのか途中でわからなくなり、混乱しているように見えた。認知症の老人のように。

「聖霊降臨日にはオスロにいたんじゃないんですか、ヴァルトホルストさん？」とバーグマンは食い下がった。

「さっきも言ったが、一九四五年以降、オスロには一度も行ってない。最後に行った外国はオーストリアだ。申しわけないが、これで失礼する……いや、明日ならいい。昼すぎならかまわない。できるだけ手を貸そう」

「いえ、帰りません」とバーグマンは言った。

「中に入れるつもりはない」

「あなたはオスロまで運転していったはずだ」とバーグマンは言った。

ヴァルトホルストは向きを変え、家のほうに歩きだした。

バーグマンはウード・フリッツのほうを向いたが、彼は両手を広げて肩をすくめただけだった。自分にできることはそれしかないと訴えるかのように。見るからに今すぐ家に帰りたがっていた。

「あなたはクローグがドイツのスパイだったことをリレハンメルでカイ・ホルトに明かした」バーグマンはヴァルトホルストに言った。そのあと一瞬、デジャヴュに襲われた。厄介きわまりない人間を相手にするのはもう懲り懲りだ。そう思った。

「クローグはドイツのスパイだった。あなたはそう言ったんですね？」ヴァルトホルストはもう玄関の階段のところまで行っており、バーグマンは声を張り上げなければならなかった。「クローグがホルトを殺したんですか？」

ヴァルトホルストはそのときにはもう階段をのぼりきっていた。鍵を鍵穴に差し込んだところで、首を振った。鍵などかかっていなかった。もちろん。そのことを忘れていたのだ。

「いいや」ドア枠につかまりながら、そう答えたヴァルトホルストはさらに一気に年老いたように見えた。「あの頃、クローグはむずかしい立場にいた……破産寸前まで追いつめられていた父親を資金面でなんとか助けようとしていたんだ。いずれにしろ、カイ・ホルトを殺したのはクローグじゃない」

そのあとしばらく誰もひとことも発しなかった。

「スウェーデンだ」とヴァルトホルストが最後に言った。彼は手で髪を掻き上げながら繰り返した。「カイ・ホルトを殺したのはスウェーデン人だ」

「彼が殺されたのは彼の知りたがっていた情報をあなたが明かしたからですね？」とバーグマンは言った。

「無駄なことをべらべらしゃべるのは愚か者のすることだ」とヴァルトホルストは言った。十メートルの距離から話すのがそれほど辛いのか、苦しそうに喘いでいた。「ホルトがクローグの対処をスウェーデンに任せていたら、ホルトはまだ生きていたかもしれない」

「クローグは裏切り者だった。裏切者の彼がスウェーデンにホルトの始末を許した。そういうことだったんですね？」とバーグマンは言った。

「私はもっとおぞましいものを見てきた。もっともっとおぞましいものをね。いずれにしろ、ホルトの身に起きたことについてはクローグを非難はできない。ただ、ホルトは彼の上司であると同時に友でもあった。つまり、クローグは友を裏切ったわけだ。それはまぎれもない事実だ」

「だからクローグはホルトの死の捜査にあれほど固執したんですか?」とバーグマンは言った。「このことは、ホルトの死が自殺だったことを裏づけるために彼が将来の妻をわざわざ現場に送り込んだことと大いに矛盾する」

悲しいことをふと思い出したのか、ヴァルトホルストは力なく笑うと、また階段を降り、手を振りながら門のほうに戻ってきた。そばまでやってきた彼の顔はさっきより青ざめ、額には玉の汗が浮かんでいた。

「クローグの妻——カーレン・エリーネ・フレデリクセンは、スウェーデン人のホーカン・ノルデンスタムの愛人だった。ノルデンスタムはC局と呼ばれたスウェーデン軍の諜報機関の人間で、カイ・ホルトが密に連絡を取り合っていた相手だ」自分は今真実を話していると言わんばかりに、ヴァルトホルストはバーグマンの眼をしっかりと見ていた。

「そのノルデンスタムという男がホルトを殺した?」とバーグマンは訊いた。

ヴァルトホルストはそれには答えずただ首を振った。

「もうこの辺で勘弁してくれ。体を休めないと」とヴァルトホルストは言い、そのあと鋳鉄製の門にもたれてドイツ語でフリッツになにやら言った。バーグマンには二、三の単語しか聞き取れず、意味を理解するのはあきらめた。

「誰がカイ・ホルトを殺したのか、それだけ教えてください」

「なぜ?」とヴァルトホルストは訊き返した。顔色がさらに悪くなっていた。質問攻めにしているバーグマンさえ心配になるほど。

「もしかしたら私は根本からまちがってるかもしれないからです」とバーグマンは正直に答えた。

「ホルトを殺した男はもうとっくに死んでいる。今さら追及しても詮《せん》ないことだ。なんの意味もないことだよ、バーグマンさん。クローグにしても、彼はキャッチ・アンド・リリースの魚のようなものだった。戦争とはそういうものだ。すべてが売りに出される——命も死も、忠誠心も真実も、何もかも。金で買えないものはない、とはよく言ったものだ。戦争ではそれが顕著になる。ただひとつ買えないものがあるとすれば、そう、それは運命の愛か」

ヴァルトホルストはバーグマンにまた背を向けると、家のほうに歩いていった。怒りを抑えているのはその背中からもわかった。やがて重厚なドアの向こうに姿を消した。

「アグネス・ガーナーを殺したのは誰なんです？」通りの先まで聞こえるような大声でバーグマンは叫んだ。フリッツはそのそばで足踏みをするみたいに落ち着かなげに足を動かしていた。「誰がアグネスを殺したんです？」バーグマンはさっきよりもっと大きな声で叫んだ。「あなただったんですか、ヴァルトホルストさん？」

七十章

一九四二年九月二十七日　日曜日
ランデ邸
トゥーエンゲン通り
オスロ　ノルウェー

アグネス・ガーナーはドアの把手に手をかけた。が、ドアは開けなかった。悪寒が背すじを走った。彼女はそれに抗するように自らを鼓舞した。震えているのは服がずぶ濡れだからだ。ただそれだけのことだ。そう言い聞かせるそばから、同じ思いがまた頭をよぎった。どうしてまたランデの屋敷に戻ってきてしまったのか。そのままどこかに行けばよかったのに。ただ消えてしまえばよかったのに。

だったら、どこに行けばいいのか。

うしろから音がして彼女は振り向いた。タクシーはかなりまえに走り去っており、道路は閑散としていた。

なんでもない、ただの気のせいだ。木陰に身を隠す人影もなければ、道端に停まっている不審な車もなかった。見えるのは降りしきる雨だけだ。なぜかヴァルトホルストはわたしを拘束することもなく、あとを追ってもこなかった。

「どこへ?」アグネスはひとりごとのようにつぶやいた。「いったいどこに行けばいいの?」

一号はどうなったのか。彼もヴィクトリア・テラスに連行されたのかもしれない。シルケ通りのあのアパートメントに行けば、あそこに住んでいる老夫婦に匿ってもらえるだろうか。あのとき老人は、すべてが終わる日が必ず来ると励ましてくれた。

胃がねじれるような感覚を覚えた。その瞬間、ピルグリムが彼女をスウェーデンへ脱出する手筈を整えてくれるという希望がなんの脈絡もなく心に湧いた。数週間後、ふたりはストックホルムで再会を果たすのだ。もしかしたらクリスマスを一緒に祝うこともできるかもしれない。ふたりだけで。ふたりだけでここから逃げ出すのだ……この戦争から……ヴァルトホルストはなんらかの魂胆があってあんな嘘をついたのだ。ほんとうであるわけがない……あんなのは全部嘘だ。ヴァルトホルストは大嘘つきだ！　あの領収証だって彼が偽造したにちがいない。あの男は心理戦に持ち込み、わたしの首に掛けた縄を少しずつ狭めようとしているのだ。そんなことは許さない。

ドアの把手を押すまえにドアが開いた。巣立つまえの小鳥のようにうろたえて震えるアグネスの眼のまえに、ヨハンネ・カスパセンがエプロンの端を握りしめて立っていた。ことばはなかった。

　アグネスは彼女の脇を通り過ぎ、脱いだコートを床に落として居間にはいった。ヨハンネは濡れたコートをまたぎ、すぐうしろをついてきた。アグネスはそのまま書斎に向かい、部屋にはいると思いきりドアを閉めた。

　テーブルの上にゼーホルツ少将が置いていったトルコ煙草があった。残り少なくなったパックから、彼女は一本振り出した。手が震え、テーブルの上に落ちた一本をなかなかつまみ上げられなかった。バッグの中を漁ってライターを見つけると、腰をおろしてまっすぐまえを見すえ、改めて思った。ヴァルトホルストが言っていたピルグリムの話は嘘だ。そんなわけがない。わたしがそんな目にあうわけがない。わたしは簡単には騙されない女だ。これまで貧乏くじを引かされたこともない。今までそんなことは一度だってなかった。わたしはそんなことを許す女ではない。決して。アグネスは強くそう思うと、窓辺まで行き、強い煙草を深々と吸い込んだ。昨夜はこの部屋にいた者誰ひとり、彼女がイギリスのスパイだなどとは夢にも思っていなかった。だから、このあとも騙しつづけなければならない。あの背の低い親衛隊大尉も含めて誰もみな。強い煙草に感覚が麻痺したせいだろうか、今のこの悪夢もすぐに過ぎ去ってくれるような気がした。最後の最後には逃げおおせられるような。急にそんな気がした。グスタフがベルリンから帰ってきたら話そう。そうすれば、ヴァルトホルストは〝ピルグリム〟のことを口にするまえに東部戦線に送り込まれるだろう。

ドアが開いた。アグネスはヨハンネを無視した。

「今日はルータンゲンにいらっしゃるのではなかったのですか、ガーナーさま?」とヨハンネは言った。

「わたしひとりだけで行くと思う?」

アグネスはそう言って居間を抜け、キッチンに向かった。ヨハンネもそのあとについてきた。アグネスはキッチンテーブルについて坐り、窓越しに正面の門を見つめた。ヴァルトホルストが今にも姿を現わすのではないか、そんな気がしてならなかった。

「そう」と彼女はヨハンネに言った。「今日行くのはやめたわ」

「それでは旦那さまはお喜びにならないと思います。来週はもう十月です。ルータンゲンは十月まえに冬じまいをするのが毎年の慣例です」

アグネスはしばらくヨハンネを見つめた。何分も経ったように感じられた。

「わたしはグスタフの妻になるのよ」気づいたときにはそんなことばが口を突いて出ていた。「だから彼が何を喜び、何を喜ばないか、決められるのはこのわたしだけなの。それにたとえこのことについては喜ばなくても、彼を喜ばせる方法はほかにいくらもあるし」

そこまで言うと、彼女はグスタフからもらった指輪を指につけたままましわした。そうすれば邪悪なもの――冷静さを取り戻したらきっとやってくる。ペーター・ヴァルトホルスト

――から身を守られるような気がした。そこでふと思い出した。わたしがピルグリムの子を宿していることをどうしてヴァルトホルストは知っていたのだろう？　逮捕した誰かを拷問してコードネームを聞き出したのだろうか。それでピルグリムの本名ぐらいは探り出せたかもしれないけれど、わたしが妊娠していることまで誰が知っているというのか。

アグネスはそれ以上考えるのはやめて、自分に言い聞かせるようにつぶやいた。

「わたしはグスタフ・ランデの妻になるの」同じことを五回繰り返した。ことばに出せばそのことがすぐに実現するかのように。

ヨハンネは家の中にまぎれ込んだ野生動物でも見るような眼でアグネスを見て言った。「わたしはグスタフ・ランデの妻になるの」

「セシリアさまは森に行くのを愉しみにしておられました」

森、とアグネスは思った。森に行けば頭がすっきりするかもしれない。

「そうね。じゃあ、ルータンゲンではなくてノールマルカまでドライヴしましょう。きっと森の中の散歩は気持ちがいいわ」

彼女は玄関ホールに行くと、脱ぎ捨てたままになっていた濡れたコートを床から拾い上げた。そこでまた途中で考えるのをやめた疑念がぶり返した。ヴァルトホルストはどうして知ったのか？　心が乱れ、しばらく玄関ホールに立ち尽くした。ここ数ヵ月のあいだにすっかり険しくなってしまったピルグリムの顔が心に浮かんだ。ヨハンネが彼女に何か言っていた。が、なんと言われたのか、すぐにはわからなかった。振り向いてヨハンネを見た。今、ヨハンネはヴァルトホルストがどうしたとか言わなかった？　ちがう？　音が聞こえない。自分で悲鳴をあげてもその自分の声が聞こえないような気がした。

ふたりは立ったまま長いこと睨み合った。ヨハンネの唇は動いていた。が、アグネスには何も聞こえなかった。それでもその唇の動きから、あの男の名前が読み取れた。

ヴァルトホルスト――、そのあと文章が続いた。

〝ヴァルトホルストさまからあなたを見張るように言われてたんです〟

まさか、とアグネスは思った。そんなことをヨハンネが自分から言うはずがない。

ヨハンネに背を向けると、寝室に寄って乾いているコートを羽織った。次にセシリアの部屋に行った。セシリアは窓辺に坐り、母親の写真が収められたアルバムをぱらぱらと眺めていた。

アグネスの耳はまた聞こえるようになり、薄いアルバムのページがめくられる音もはっきりと聞こえた。セシリアのそばまで行って髪を撫でながら、これからノールマルカまで車で行って森を散歩することを少女に伝えた。ルータンゲンにはまた今度行こうと。

「でも、雨が降ってるわ」とセシリアは言った。彼女がそのとき見ていたのは、グスタフが亡くなった妻と一緒に坐っている写真だった。三〇年代前半に撮られたもののようだった。

「雨もいいものよ」とアグネスは言った。そこで写真の中のランデの妻が臨月であることに気づいた。彼女は夫と一緒に大きな岩の上に坐り、カメラに笑顔を向けていた。セシリアは写真の中の母親の大きな腹の上に指を這わせ、そのあと母親の顔に触れた。

アグネスも写真に見入った。しばらくして顔を起こすと、セシリアはもう部屋にはいなかった。階下《した》に行ったのだろう。アグネスは部屋を見まわした――白い壁、本棚、ふたつの化粧箪笥の上に飾られている無数の磁器人形、天蓋付きの小さなベッド、部屋の隅の籐椅子に坐らされているクマの古いぬいぐるみ。

ほとんど無意識のうちに、彼女は机のまえにあった踏み台を取り上げ、大箪笥まで持っていき、踏み台に乗って真ん中の扉を開けた。

ウェルロッドは彼女が置いたときのまま、古いおもちゃに隠れて一番上の棚にあった。巻かれたタオルを急いでほどき、コートの左袖の中に銃を隠した。

部屋から出るまえ、最後に一度部屋の中を見まわした。そして、大股で部屋を横切り、セシリアの母親のアルバムを取り上げると小脇にはさんだ。

ドアのところでもう一度立ち止まった。アルバムは重すぎる。いったい何をしているのか自分でもわからないまま、アルバムを開いてページをめくった。そして、若いグスタフ・ランデと臨月の妻が岩の上に坐って笑っている写真を見つけると、アルバムのページから破り取り、コートのポケットに入れた。これで世界がふたつに引き裂かれた。なぜかそんな気がした。

七十一章

二〇〇三年六月二十四日　火曜日
ホテル・ベルリン
リュッツォフプラッツ
ベルリン　ドイツ

同じことの繰り返しだ、とトミー・バーグマンは思った。ただ、今朝はほんとうに空襲警報で眼が覚めたような気がした。もっとも、夢の名残りはあっというまに頭の中から消えたが。いっときすべてを覚えていたものの、次の瞬間にはすべてが忘却の彼方に消え去っていた。

それでも、鳴っているのが空襲警報ではなく、携帯電話がナイトスタンドの上で振動していただけだったことに気づくには少し時間がかかった。バーグマンは口の中で悪態をついて携帯電話に手を伸ばした。

「どんな具合だ?」フレデリク・ロイターの声が聞こえた。「なんだ、寝坊したのか?」

「なんでもお見通しですね」とバーグマンは言った。ベッドの上で上体を起こして坐り、ベッドカヴァーを引っぱった。突然、ヘーゲの姿が脳裏に浮かんだ。バスルームからびしょ濡れで出てきた彼女は彼の額にキスをして、愛してると言った。その一瞬だけ自分は何もまちがったことはしていない気がした。

「進捗はあったか？」とロイターは訊いた。

「戦時中、カール・オスカー・クローグが自分の下で働いていたことは認めましたが、それだけです。ひょっとしたら、クローグを切り刻んだのはヴァルトホルストかもしれません」とバーグマンは答えて煙草をくわえた。「もしクローグがアグネス・ガーナーを殺したのであれば、彼女を愛していたヴァルトホルストには動機がある。彼女が殺されたのはかなり昔のことにしろ。今日また行って指紋を採ってきます」

「その手間を省いてやれるかもしれん」とロイターは言った。

「どういう意味です？」

「今オフィスなんだが、おれのまえにある男が坐っている」

煙草の灰がシーツに落ちた。バーグマンは悪態をついて払い落とした。

「ある男？」

「ポーランド人の屋根職人だ。よく日焼けしている」

「なんのことです？」

「クローグが殺された日、クローグの隣りの家で屋根の修理をしていて、その翌日からポーランドに里帰りしていたんだそうだ。クローグの家から出てきた車を目撃したと言ってる」

バーグマンはくわえていた煙草を口から離し、指にはさんだまま茫然とした。

「なんで今まで何も言ってこなかったんです?」

「言っただろ、ポーランドに里帰りしてたんだ。あっちには〈ダグブラデット〉紙はないんだよ、トミー。あるのはせいぜいベッドの上の壁に掛けられた十字架とか、庭にある屋外便所くらいのものだ。だからノルウェーの新聞なんか読んじゃいなかった。実際のところ、ノルウェー語も話せない。それでもノルウェーの自宅に戻ってきたら、新聞にこの事件の写真が載っていて、それで屋根を修理した隣りの家だとわかったんだそうだ」

「彼と話をさせてください」とバーグマンは言った。

少し間をおいてから、電話の向こうで「車」と言っている男の声が聞こえてきた。かなり訛りの強い英語だった。

「車?」

「車、借りる」

「レンタカー」とバーグマンは自分に言い聞かせるように言った。車内に血痕が残されているかもしれない。「どんな車です?」

「赤」

「赤？」

そのあと男はしばらく黙った。こめかみのあたりで血管が激しく脈打っているのが感じられ、バーグマンには自分が自分で思っている以上に緊張しているのがわかった。

「新聞」とポーランド人は言った。ノルウェー語で〝アヴィス〟と。

「新聞？　どこの？」

「〝アヴィス〟……車」

新聞ではなく、レンタカー会社の〝アヴィス〟であることにバーグマンが気づくのにも少しかかった。

「車種は？」

「小型のフォードかオペル」

「どうしてその車なんです？　車はほかにも走ってたんじゃないですか？」

「車、多くなかった」と電話の男は言った。「少なかった。この車、ゆっくり運転した。ほとんど動いてなかった。運転手、あまり注意払ってない。わからないけど……」

「老人でしたか？」とバーグマンは訊いた。「運転していたのは年配の男でしたか？」

沈黙ができた。

「わからない。私、屋根の上にいた。よく見えなかった。でも、ふたりいたみたい」

「ふたり？」とバーグマンは言った。「ふたり乗っていた？」

ますか？」

バーグマンはしばらく眼を閉じた。「くそ」と噛みしめた歯のあいだからことばを押し出した。「ありがとう。それだけわかれば充分です。電話をロイター刑事に渡してもらえますか？」

「はい、ふたり」

電話口にロイターが戻ってきた。

「アヴィス・レンタカーの事務所に片っ端から電話をかけて、六月八日の日曜日に返却された全車の契約書のコピーをもらってください。まずは鉄道駅にあるオフィスから始めて、オスロ空港とリレストレムにも広げてください」

ロイターはすぐには何も言わなかった。まるで何か効果を狙うかのように。やがて言った。「なあ、おまえはおれのことをずっと能無しと思ってたのか？」

バーグマンは今のロイターのことばを全面的に肯定したい誘惑に一瞬駆られたが、やめておいた。

「コピーを入手したら、ベルリンのホテルにファックスしてください」

「なあ、トミー……」

バーグマンはロイターのことばを無視して、ナイトスタンドから案内冊子を手に取り、ホテルのファックス番号を読み上げた。ロイターはしぶしぶ番号を書きとめた。バーグマンにはその様子が想像できた――老眼鏡を鼻の頭にのせ、顔を真っ赤にして、シャツの裾をズボンから出したまま、机の上にあった古い紙切れに電話番号を書いているロイターの姿が。

「いずれにしろ、常にフリッツと一緒に行動するんだ、いいな」とロイターは念を押した。

それにはバーグマンも不承不承同意した。

クアフュルステンダム通りのはずれのカフェの木陰に置かれたテーブルについていると、ロイターからまた電話がかかってきた。バーグマンは電話に出ようともせず、度数の高いシュナッププスを飲み干し、もうひとつのグラスのビールを貫いて色を変える陽の光を観賞した。ロイターがあきらめて電話を切ると、もう一本煙草に火をつけた。事件が終わったことが確信できた。少なくともこの事件は一時間もしないうちに解決する。また電話が鳴った。今度は出ることにした。

「今ホテルか?」とロイターは訊いてきた。

「いえ」

「お望みどおりコピーをファックスしておいた。ホテルに帰ったら、大量の紙の束が待ってるから覚悟しておけ。大量のな」ロイターの声音は完全にあきらめきった者のそれだった。その声音にバーグマンの確信はあっけなく落胆に取って代わられた。事件は解決するどころか、これから何週間もさらに暗中模索が続くのか。最後の最後にポーランドの屋根職人が突破口をあけてくれるというのは、やはりうますぎる話だったか。年寄りのアルコール中毒、頭のおかしな女、今度はポーランドの屋根職人、手持ちの駒がそれだけとは。

「つまり」とバーグマンは言った。「ヴァルトホルストの名前はなかったということですか？　ピーター・ウォードの名も？」

「ああ」

「別の身分証を使ったのかもしれない。あるいは別のアヴィスの店舗に車を返したか」

「可能性はないとは言えないがな」とロイターは言った。「あるいは、翌日に返却したのかもしれん。ホテルのほうもあたってみる」成果を期待しているような声には聞こえなかった。外国で殺人を犯した者にとって一番重要なのはできるだけ早く国境を越えることだ。「いずれにしろ、おまえもその眼で確認してくれ」とロイターは言った。「まあ、おれの見るかぎり、九十歳近いドイツ人と思える人物はひとりもいなかった」

七十二章

一九四二年九月二十七日　日曜日
ノールマルカ
オスロ　ノルウェー

ノールマルカの森を十分か十五分歩いているうちに空はほとんど真っ黒になった。セシリアが先頭を歩き、その数歩うしろをヨハンネ・カスパセンが続いた。アグネスはヨハンネのアノラックを見ながら、さらに何歩か遅れて歩いた。時折、振り返ってはあとを尾《つ》けている者がいないかどうか確かめた。さっきヨハンネはほんとうにあんなことを言ったのだろうか？　ヴァルトホルストに命じられているなどと。いや、きっとあれはわたしのただの思い込みだ。空耳だ。

「もう疲れちゃった」とセシリアが言った。

「少し運動したほうが体にいいわ、セシリア」とアグネスは濡れた木の根にすべって転ばないよう、ブーツを履いた足元を見ながら言った。さらにしばらく歩くと、地面が足の下で崩れ、右足のブーツがぬかるみの中に吸い込まれた——まるで地球が彼女を引きずり込もうとでもしているかのように。ブーツはすぐには抜けず、思いきり力を込めてやっと引き抜けた。背中のナップサックがまるで石でも詰め込まれているかのように重く感じられた。実際に詰め込まれていたのは、グスタフがドイツの伝手《つて》を頼って入手した最後のバターを使ってつくったワッフルだったが。

アグネスは立ち止まって足元を見た。ぬかるみに埋もれて左足のブーツが見えなくなっていた。右足を引き抜いたあと地面にできた穴は泡立ち、すぐに濁り水でいっぱいになった。ヴァルトホルストの薄暗い書斎で悲鳴をあげている自分の姿が頭から消えなかった。

どうしてあのときあんなに取り乱したのか。

いや、すんだことはすんだことだ。

そのとき刺すような痛みが下腹部——骨盤のあたり——を走った。その痛みはすぐに左胸まで駆けのぼった。アグネスはこの静かな森の奥まで来てやっと悟った。今彼女の腹を蹴った赤ちゃんこそ彼女の理解者であることを。

またうしろを振り返った。フログネルセータレンに近いこの遊歩道を歩きはじめてから、もう数えきれないほど何度も振り返っていた。さらに森の中を見まわした。ペーター・ヴァルトホルストの黒い眼が追ってきていることについては確信すらあった。

ほんとうに？　ばかばかしいと彼女は自分に言い聞かせた。誰も追ってきてなどいやしない。現に森の遊歩道にも木々のあいだにも誰もいないではないか。そう思いながらも、さらに振り返り、今降りてきた斜面と深い森を見まわした。鼻の先に雨のしずくが垂れた。眼を閉じた。疲れているせいか、眼が痛かった。いつまでこんなことを考えているのか。いったい自分はどうしてしまったのか。心を落ち着けないと。ヴァルトホルストが追ってきているなどという妄想は捨てないと。この遊歩道の近くにはたった三台の車しか駐車していなかった。こんな天気に散歩しようなどとは誰も思わない。だから歩きはじめてから出会ったのはたったふたりだ。そのふたりも木の実を入れる空《から》のバケツを持った年配の男女だ。この狂った戦争のせいで誰もが木の実採りに来るから、そもそも森にはもう何も残っていないのに。

セシリアとヨハンネはアグネスの二十メートルほど先を歩いていた。アグネスは立ち止まり、ふたりが遊歩道を進んでいくのを眺めた。

これまでは不可能と思っていたことが、今はもうそれしか方法はないように思えた。このまま踵を返し、フログネルセーターレンのほうに走って戻ったら、気づかれてしまうだろうか？　もちろん。ヨハンネはすぐに通報するだろう。そもそもどこに逃げればいい？　どこに？　どこにも行くあてなどない。わたしは今日のうちにまちがいなく逮捕される。

アグネスは意を決してまた歩きはじめた。が、数歩行ったところでまた振り返った。

今、何か聞こえなかった？

やはり誰かが追ってきてるのか？　物陰に隠れて？　木の陰とか？

「ばかばかしい」と彼女は声に出して自分に言い聞かせた。駐車していた三台の車とすれちがった老人ふたり。それだけだ。アグネスは足を速め、セシリアとヨハンネに追いついた。セシリアには腰に先天的な疾患があるので、追いつくのは簡単だった。簡単すぎるほどだった。

アグネスはセシリアの濡れた髪を何度も撫でた。撫でるたび手の震えがひどくなった。

ほどなく木が切り払われた小さな空所に出て、アグネスは立ち止まった。空所の向こう側に細い道が見えた。両側の木々がこれまでの遊歩道より鬱蒼として見えた。

「あっちよ」彼女は自分の気が変わらないうちに細い道を指差して言った。そう言って、ふたりの顔をうかがった。セシリアとヨハンネはアグネスを見てから互いに顔を見合わせた。

「暗くなるまえに家に帰らないと」とヨハンネが言った。彼女の緑色のアノラックはすっかり雨に濡れ、ほとんど真っ黒に見えた。「セシリアさまをこれ以上歩かせるのは無理です」

アグネスは空を見上げた。あと一時間かそこらですっかり暗くなる。あの細い道を行くと、家に帰るのに苦労することは眼に見えていた。

「歩けるわ」とアグネスは言った。「でしょ、セシリア？　あそこの道、とても愉しそうじゃない?」

セシリアはアグネスを見上げ、ふたりだけのときに交わす特別な笑みを浮かべた。アグネスは思わず顔をそむけた。笑みなど今はとても返せないことをセシリアに悟られたくなかった。

アグネスとセシリアはヨハンネを無視して、空所を横切ると、小径を歩きはじめた。すぐにうしろから早歩きで追ってくるヨハンネの足音が聞こえた。アグネスは歩く速度をゆるめ、セシリアの肩に手を置いた。セシリアはアグネスにしかわからない秘密の笑みを浮かべた。手をつないでいる小さな手から彼女の決意が伝わってきた。さきほどヨハンネは決して言ってはならない愚かなことばを口にしてしまっていた——セシリアをこれ以上歩かせるのは無理です。アグネスは今さらながら思った。もっと頻繁に散歩に連れ出してあげればよかった。それはこの子の健康にもよかっただろうし、なにより幸せな気持ちにしてあげられただろう。

今ここで振り向いたら、ヨハンネの顔ではなく、ウェスターハムの深い緑の風景が見えるのではないか。そう思ったとたん、粉々になったベスの顔が眼に浮かび、それにトールフィン・ロルボルグの秘書の声にならない悲鳴が混ざった。頭上ではマツの木が空に向かって枝を伸ばし、その日最後の陽の光をさえぎっていた。

十分ほど歩くと、小径はまた別の空所に向かっているように見えた。さらにその先の木立ちが見えるような気がした。アグネスは立ち止まると、ヨハンネを先に行かせた。セシリアは先頭を歩いていた。佇んでいると、ブーツがぬかるみに沈み込んだ。アグネスは小径の先の空所を見やった。

ヨハンネがそこで待っていた。アグネスが通るのを拒むかのように腕組みをしていた。セシリアはヨハンネのうしろに立っていた。アグネスはそんなヨハンネの脇をすり抜けようとした。すると、ヨハンネは立ちはだかって低い声で言った。

「もうこのあたりで引き返さないと。あなたがお嬢さまを抱っこして帰るなら別ですが」

アグネスは何も言わなかった。彼女の言うとおりだと内心思いながらも。確かに引き返すなら今しかない。

ヨハンネは訝しげに眼を細めた。尖った鼻が一層尖って見えた。

アグネスは何か言いかけ、口を開いた。が、ことばが出てこなかった。

「どこに連れていく気なんです？」とヨハンネが言った。

どう答えていいのか、アグネスにはわからなかった。

「あなたの正体はもうばれてるんです。そんなこともわからないんですか？」

ふたりの大人のあいだでいったい何が起きているのか見ようと、セシリアがヨハンネのうしろから顔をのぞかせた。

「わたしたちをこの森の深くに連れていってどうしようというんです？」とヨハンネは

言った。

怖がらなくても大丈夫、とアグネスは自分に言い聞かせた。大きく息を吸い、ゆっくりと吐き出した。恐怖に息が震えた。

「ヴァルトホルストさまからあなたを見張るように言われてたんです」まるでことばそのものが凶器であるかのようにヨハンネは繰り返し、どこまでも薄い笑みを浮かべた。

アグネスはゆっくりと首を振った。もう遅い。遅すぎる。もうあと戻りはできない。

「あなたのことなんて怖くもなんともありません。怖がっていると思ってました？　あれはあなたなんでしょ？　新聞に載っていたのは。旦那さまが真実をお知りになるのももう時間の問題です。まずは今日家に帰ったらどうなるか、愉しみにしているのね！」

アグネスはもはや聞いてはいなかった。降りしきる雨越しにヨハンネのアノラックにしがみついているセシリアを見つめていた。ウェルロッドの銃身が左胸にあたった。もしかしたら雨のせいでコートの袖が透けて銃が見えているかもしれない。

こんなふうに終わらせるつもりはなかった。

わたしの可愛い子。

「あなたがわたしの娘だったらよかったのに」とアグネスは囁いた。

彼とわたしの。

ピルグリムとわたしの。

「セシリアさま、逃げて！」

ヨハンネが叫んだ。

「逃げて！」

七十三章

二〇〇三年六月二十四日　火曜日
ホテル・ベルリン
リュッツォフプラッツ
ベルリン　ドイツ

開けっ放しになっていたホテルの部屋の窓から雨が降り込んでいた。バーグマンは何分かベッドに横になったまま白い天井を見上げていた。今日が何日の何曜日か、どこの市《まち》にいるのか、ここで何をしているのか、すぐには思い出せなかった。

知らないうちに眠ってしまったようだ。それは疲れのせいか、落胆のせいか。ホテルに戻ってくると、ファックスで送られてきた書類をフロント係がカウンターの上に積んでおいてくれた。それを一枚残らず律義に引き取ってきた。

「すまないが、もう必要ないので捨ててもらえますか?」そう言おうかとも思った。が、礼も言わず、部屋に持ってきたのだった。

部屋にはいるとすぐに十五枚ばかり眼を通した。〈アヴィス・レンタカー〉からオスロものの警察本部にファックス送信されたものをさらにロイターがホテルにファックスしたものので、ファックス機を二回通したせいで印字は決して鮮明とは言えなかったが、それでもひとつの結論に達するには充分だった。二〇〇三年六月八日の日曜日、〈アヴィス〉から車を借り、その車を鉄道の駅や空港やリレストレムの事務所に返却した客の中にはペーター・ヴァルトホルストもピーター・ウォードもいなかった。

バーグマンは煙草に火をつけると、大通りに面した窓ぎわに行き、窓の外に手を伸ばし、雨が肌を濡らすに任せた。

机の上に置かれた書類の山を敗北感に浸ってじっと見つめた。殺人のあった日の数日後まで、返却されたレンタカーの捜査の範囲を広げる意味はあるだろうか。机に戻ると、もう一度書類をぱらぱらとめくった。眼を惹くような名前はやはりなかった。

紙の束を机の下のゴミ箱に捨てた。そのうちの何枚かが床に落ちた。それをびりびりに破り、窓の外に投げ捨てたい衝動を覚えたものの、どうにか思いとどまった。

重く真っ黒な失望の石が胸の中に置かれたような気がした。気持ちがどこまでも落ち込んだ。この事件にあまりに多くの時間と努力を無駄に注ぎ込んだ後悔の念か。あるいは、老獪なヴァルトホルストにまんまとしてやられた無念か。

そんな思いを頭の片隅に押し込み、振り出しに戻ってやり直さなければならないという事実を努めて受け入れようとした。

机に近い窓のそばに立って、市街を眺め、ベンドラーブロックを探した。一九四四年の七月、ヒトラーの暗殺を計画したドイツのレジスタンス組織のクラウス・フォン・シュタウフェンベルクが銃殺刑に処せられた場所だ。オスロに戻るまえに立ち寄って見学するのも悪くない。そう思いながら途中で探すのをあきらめた——この市《まち》には建物が多すぎる。彼はゴミ箱に捨てた書類に眼をやり、床に落ちていた三、四枚の紙を拾い上げた。最初の二枚は六月六日にオスロ空港でオペルのアストラを借り、日曜日に返却した四十歳のイギリス人の情報だった。一枚目は運転免許証のコピー、二枚目には個人情報のほか車のナンバーや借りた時点での走行距離などが手書きで書かれていた。バーグマンは免許証の写真をとくと眺めた。その週末に車を借りたほかの二十四人同様、眼を惹く理由のない顔だった。二枚の紙を破り、床の上にまた落とした。

ドアに向かいかけ、ふと立ち止まり、体を前後に揺らした。ほんの数秒のことながら、何か重要なことを見落としているのではないかという思いに駆られた。が、それがなんなのか、わからなかった。

いや、なんでもない、と自分に言い聞かせ、首を振った。なんでもない。

エレヴェーターを待っていると、また同じ思いに駆られた。

おれはいったい何を気にしてるんだ？　エレヴェーターがロビーに着いて扉が開いてもまだそんなことを自問していた。

ホテルから借りた傘を開き、フロントに教えてもらったベンドラーブロックへの道を歩きはじめてもまだそのことを考えていた。

運河に着くと、見えてきた——ふたつの建物にはさまれて、黄色いベンドラーブロックの建物が右前方に建っていた。

皮肉なことに、背後から聞こえてくる大通りの交通騒音のおかげで、バーグマンは逆に心を集中させることができた。じっと運河を見つめた。運河の水に落ちる雨音の一定のリズムに合わせて、頭の中で徐々にはっきりとした考えが形づくられはじめた。やっとわかった。何が気になっていたのか。

殺されたのは三人——歩道にできた大きな水たまりをよけながら彼は思った。

少女、女、そして男。

そこがどうしても腑に落ちない。

ヨハンネ・カスパセンが今のあなたの妻のグレッチェンなのか、と尋ねたときのペーター・ヴァルトホルストの顔を思い浮かべた。あのときはあてずっぽうで訊いただけだったが、ヴァルトホルストはその質問をずっと待っていたかのように見えた。何十年も待っていたかのように。

一九六三年の夏、ヴァルトホルストは二番目の妻にテンペルホーフ空港で出会った。その数ヵ月後、クローグの家に女から電話がかかってくるようになった。一九六三年九月下旬のことだ。もしかしたら、それはアグネス・ガーナーとセシリアと身元不明の男が殺されたのと同じ日だったのではないか。

やっと気づいた。

オスロ空港で車を借りた人間のリストに眼を通したとき、眼を惹いた名前があったことに。

ああ、なんて馬鹿なんだ、おれは！

グレッチェン。

グレッチェンはよくあるただの愛称ではなかった。本名の略称だったのだ。

七十四章

一九四二年九月二十八日　月曜日
コーンショー駅
ノルウェーとスウェーデンの国境

列車の車両に鉄張りの踵の音が響き渡った。そのあと数秒の沈黙が続き、どこかの客室のドアが開く音がした。

煙草に火をつけようと上げた手を一瞬止めて、アグネスは銀のライターの炎を見つめた。車窓に眼を向けると、自分が窓ガラスに映っていた。目深にかぶった帽子の陰に隠れてはっきりとはわからない顔。それに唇から垂れ下がっている白い煙草。

ブーツの音が彼女のコンパートメントのほうに近づいてくるのが聞こえて止まった。別のコンパートメントのドアの開く虚ろな音がした。くぐもった声が聞こえてきたが、とげとげしいドイツ語ではなかった。ドアが閉まり、ドイツ兵たちが次のコンパートメントに進む靴の音が聞こえた。

煙草に火をつけて深く吸い込み、吸い口についた赤い口紅の跡を見つめた。駅の壁に取り付けられた照明に〝コーンショー〟と書かれた駅名が照らされていた。その明かりはプラットホームの水たまりも照らしていた。駅舎のアーチ形の入口の下にはドイツ国防軍の兵士三人が無言で立ち、そのうちのひとりがジャーマン・シェパードの引き綱を握っていた。列車の後方の二等客車から誰かが連れ出されたらしく、つながれている引き綱をジャーマン・シェパードが引っぱった。何が起きたのかはわからなかったが、犬の引き綱を手にした兵士は犬を引き戻した。連れ出された男がプラットホームの北の端で傷ついた動物のような叫び声をあげるのが聞こえた。おかしなことにこの騒動に彼女はむしろ安堵した。束の間にしろ、何かを感じることができたからだ。いつの日かまた人間に戻れるかもしれない。

もう一度深く煙草を吸い、無意識に壁の灰皿に灰を落とし、身分証明書と国境通過許可証を鞄から取り出した。眼を開けているだけでやっといった極度の疲労にまた襲われ、気づくと、またなんの感情も関心も持たない人間に戻っていた。これからは眠ることはおろか、眼を閉じることすらできなくなるだろう。なぜならそんなことをすれば必ず眼に浮かぶからだ——幼い少女を見下ろしている自分の姿と、泥だらけの地面に横たわり、ずぶ濡れになって横たわっている幼い少女の姿だ。少女の緑のコートは地面の泥と混ざり合い、少女の眼に恐怖の色は微塵もない。眼のまえで起きていることはすべて夢だと思っているかのように。少女は眼を見開き、ただ彼女を見つめている。

やがて駅に静けさが戻った。隣りのコンパートメントのドアが開く音がして、ドイツ語がまた聞こえてきた。今度は将校が話しているようだった。静まり返る車両の中、乗客に身分証明書の提示を求める声だけが聞こえた。

次は彼女の番だった。彼女は心ここにあらずといった体《てい》でシガレットケースを弄んでいた。まるで今いるのは列車のコンパートメントではなく、グスタフ・ランデ邸のテラスで、向かいに坐っている男がタキシードの内ポケットからシガレットケースを取り出すのを眺めているかのように。

やさしげな顔の中尉がドアを開け、無言で身分証の提示を促した。中尉のうしろには三人の兵士が立っていた。彼女は書類を差し出した。ただ、腕を目一杯伸ばすことはしなかった。そのため、身分証を手に取るには中尉はコンパートメントの中に一歩はいらなければならなかった。彼女はそれぐらいさせても当然といった顔で、中尉が書類に眼を通しているあいだ、落ち着き払って煙草に火をつけた。どんな質問をされてもかまわなかった。すべて記憶していた。それにそもそも質問などされるはずがないこともわかっていた。

「ありがとうございます」と中尉は言い、会釈をして国境通過許可証を彼女に返した。そのあと彼女の新しいパスポートと身分証明書を見た。そこには彼女がオスロのドイツ公使館の秘書官であることが書かれていた。国境通過許可証に書かれていた旅の目的は、ヨーテボリのドイツ領事館の臨時事務長に赴任するためというものだった。中尉は書類を彼女に返し、踵を鳴らして言った。

「どうぞよいご旅行を」

彼女は立ち上がると、座席の上の網棚に帽子を置き、窓ガラスに映った自分を見て髪をそっと撫でつけた。プラットホームにはもう誰もいなかった。ただ水たまりだけが残っていた。

列車が動きはじめると、座席に坐り、頭を傾げて網棚を見上げた。そこに置かれたスーツケースには彼女の生死の鍵を握るものがはいっていた。もし中尉がそのスーツケースを開けていたら、そこで彼女の命運も尽きていた。そのスーツケースの中には、わずかばかりの服の下に本物の身分証明書と一千スウェーデン・クローナが無造作に入れられていた。

彼女はしばらくのあいだ枕木の上で鳴る車軸の音に聞き入った。エストバーナ駅ではスウェーデンの警察官が大勢乗り込んできて、彼らで座席が埋まった。彼女はポケットの中のシガレットケースを手で弄びつづけた。
P.W.ふとつぶやいてみた（ペーター・ヴァルトホルストのイニシャル）。
P.W.
スウェーデンの警察官のひとりが彼女のコンパートメントを出ていくと、彼女はそこで初めて腕時計に眼をやった。グスタフ・ランデがオスロの空港に着いてもう一時間になる。もしかしたら彼は今この瞬間にも玄関ドアの鍵穴に鍵を差し込んでいるかもしれない。彼女の名前を呼びながら家の中を歩きまわっているかもしれない。あるいは、ルータンゲンのサマーハウスに電話をかけ、彼女が出ないことがわかると、友人たちに電話をかけまくっているかもしれない。

彼女は立ち上がると、コートのポケットに手を入れ、グスタフと妻の写真を取り出した。写真の中の身重の女性に話しかけたかったのだろうか。この写真をどうしたいのか、自分でもわからなかった。岩の上に坐っているグスタフの妻は未来に起こることなど何も知らずに微笑んでいた。

気がつくと、踏み切りに差しかかった機関車が大きな汽笛を鳴らしていた。火のついた煙草をまだ指にはさんでおり、灰が膝の上に落ちた。もしかしたら服が焦げたかもしれない。どうでもいいことだ。

空を覆っている雲のあいだから月明かりが射し、彼女の顔を照らした。

彼女は腹に手をあてた。そこには命があふれていた。新しい命が。

彼女は念じた――〝あなたの魂に神のご慈悲がありますように〟。

七十五章

二〇〇三年六月二十四日　火曜日
ホテル・ベルリン
リュッツォフプラッツ
ベルリン　ドイツ

ホテルの部屋のドアを開けようと、カードキーを三度試して、バーグマンは大声で悪態をついた。

四度目でようやく鍵が開くと、机まで走った。床に膝をつき、破いて散らしたアヴィス・レンタカーの書類のコピーを見て自分につぶやいた――ちがう、これじゃない。それからゴミ箱を取り上げ、中身をベッドの上にばら撒いた。そこでふと思い立ち、書類を調べるまえに散らかった机の上からウード・フリッツの名刺を探した。

おれはいったいどこであの名前を見たのか？　電話の向こうの呼び出し音を聞きながら彼は自問した。

電話に出たウード・フリッツはいかにも警戒していた。

「グレッチェン」とバーグマンは言い、ベッドの上の書類を仕分けした。気になるものと、そうでもないものとに。年配の女性。自分にそう言い聞かせながら探した。いったいどうしてこんなことを見逃してたんだ、と自らに悪態をつきながら。

「グレッチェン?」とフリッツは訊き返した。

「グレッチェンというのは愛称、あるいは略称ですよね、でしょ?」

ふたりともしばらく何も言わなかった。バーグマンはそのあいだにも書類の選別を進め、日本人女性の書類を脇にどけた。

「ええ」とフリッツはようやく答えた。

あと残っているのは十人ばかり。

「グレータとか……グレーテルとかのね」とフリッツは言った。「でも、どうしてそんなことを……?」

バーグマンはベッドの上に最後に残った二枚のコピーを裏返した。ドイツ人女性の運免許証のコピーが貼られていた。その写真をじっと見つめた。コピーを手にしたまま興奮をどうにか抑えた。

どうしてこれまで気がつかなかったんだ? もしかしたら生まれた年が一九一八年ではなくて、一九一九年と書かれていたからかもしれない。もしかしたらスウェーデン国籍と書かれていたからかもしれない。あるいは、現住所もストックホルムの通りになっていて、ベルリン市のグスタフ＝フライターク通りとは書かれていなかったからか。

「くそっ！」とバーグマンは怒鳴った。「おれはなんて馬鹿なんだ！」

「どうしました？」とフリッツが恐る恐る訊いてきた。

「マルガレータはどうです？」自分にも聞こえないくらい小さな声になっていた。

少し間があり、フリッツが言った。「ええ。マルガレータの愛称でもありますね」

まだ雨に濡れているバーグマンの腕の毛が逆立った。

ファックスされてきた写真の解像度は悪かったが、そこには同じ眼をした女性が写っていた。以前〈アフテンポステン〉紙に載った写真の若い女性と、一九四二年九月の夏至祭の前夜にグスタフ・ランデの家で撮られた写真の女性と同じ眼だった。

「マルガレータ」とバーグマンはつぶやいた。そのミドルネームは一度しか眼にしたことがなかった。国立公文書館まで行って、一九四二年の九月にヴィンナレン警察署から出された失踪届けを見たときだ。

昨年の十二月に発行されたドイツの運転免許証に書かれていた名前は、マルガレータ・フレデリクソンだった。今改めて見ると、そこに書かれていた誕生日は失踪届けに書かれていたものと同じだった。生まれた年がちがうだけで。だから先週の木曜日、ヴァルトホルストは病院に贈りものと花を持っていったのだ。

「どれくらいでこっちに来られます？」とバーグマンは言った。「ホテルまで？」

「いったいどういうことなのか私には……」とフリッツは言いかけた。
「説明は車の中でします。ヴェステントのドイツ赤十字病院に行かなくては」

降りしきる雨の中、どこまでも続くかに思えた並木通りで彼らは渋滞に巻き込まれた。どの方向を見ても赤いテールライトの長い列しか見えなかった。バーグマンの手には、アヴィスから送られてきたファックスの二枚のコピーが握られており、そのコピーはスウェーデン国籍のマルガレータ・フレデリクソンという女性が聖霊降臨日にノルウェーにいたことを示していた。

ウード・フリッツは黙ってうなずきながら、特段の興味を示すふうでもなくバーグマンの話を聞いた。その実、緊張していたのだろう、交差点で信じられないようなエンストを起こして悪態をついたところを見ると。

病院に到着したときにはかなり暗くなっていた。雨はますます強まり、暗灰色のぶ厚い雨雲が上空一面を覆い、容赦なく人をそれぞれの悲しみに溺れさせていた。駐車場に車を入れるまえにフリッツはバーグマンを病院の玄関で降ろした。バーグマンは張り出し屋根の下に立ち、駐車場を眺めた。あそこだった。ペーター・ヴァルトホルストが重要な情報をつぶやいたのは——ただ残念ながら、そのときにはバーグマンは気づけなかった。

彼が背を向けていた本館から、白衣姿の看護師がふたり出てきた。ふたりはバーグマンに笑顔で軽く会釈をしてから、傘をさして雨の中に出ていった。

　フリッツはコートについた雨粒を振り払い、玄関のほうを指差した。

　バーグマンは二服ばかり煙草を深く吸い、火を揉み消してからフリッツのあとに続いた。

「なんでしょう?」と受付の女性が言った。

「マルガレータ・フレデリクソンさんに会いたいのですが」とバーグマンは言った。

「申しわけありませんが、面会時間はもう終わりました」

　フリッツがバーグマンの横にやってきて、ドイツ語でなにやら言い、カウンターに身分証を出した。事務室の奥で電話が鳴った。バーグマンは、フリッツのプラスティックの身分証を確かめている受付の女性を見ながら、以前にもここにこうして立ったことがあるような気がしてならなかった。眼を上げると、看護師のうしろに聖母のリトグラフが見えた。

「マルガレータ・アグネス・フレデリクソンです」とバーグマンは繰り返した。奥の部屋の電話が鳴りやんだ。

　受付の若い女性はフリッツに身分証を返すと、厳しい顔つきになり、咳払いをしてから言った。

「フレデリクソンさんはご容体がよくありません」

「よくない?」とバーグマンは言った。

「癌を患ってらっしゃるんです」

「いつから?」

彼女は怪訝そうな顔をした。

フリッツが答えるように彼女を促した。

「どうしてそんなことをお訊きなるのかわかりませんが、とにかく容体はかなり悪いです。治療が必要なときに無理をして旅行されたので、それで一層悪化してしまったんです」

フリッツがいささか苛立ったように看護師になにやら言った。説明はいいからすぐに患者に会わせてくれ、とでも言ったのだろう。

四階まであがるエレヴェーターの中で、バーグマンは無意識に壁にもたれていた。鏡に自分が映っていた。顔からまるで血の気が失せていた。鏡の中から見つめ返してきているのが自分だとわからないほどだった。いったいどうしてこんなことを見落としてしまったのか。何度も自問せざるをえなかった。ヴァルトホルストが答えを眼のまえに差し出してくれたのに、おれはそれを見ようともしなかった。

しかし、彼女はどうしてオスロに行ったのか。ポーランド人の屋根職人は赤い車にはふたり乗っていたと言っていた。彼女と一緒にいたのは誰なのか。

エレヴェーターの扉が開いて白い廊下が見えた。バーグマンはまたもや頭がすっかり混乱してしまっている自分に気づいた。

その細長い病室はほとんど真っ暗で、薄暗い電気スタンドの光だけが老婦人の顔を照らしていた。部屋にはいると、うしろでドアが閉まった。バーグマンはドアのまえに立ち、しばらく患者の様子を見つめた。横に立っているウード・フリッツの息づかいが聞こえた。鼻が大きな音をたてていた。眼のまえの白い毛布が速すぎるリズムで上下していた。痩せ衰えた老婦人が心地よい眠りについているとはとても思えない速さだった。最小限の鎮痛剤しか望まない、そんな女性なのだろうか。残された日々は意識をなくすことなく、祈りを捧げて過ごしたい。そんなふうに思う女性なのだろうか。ベッド脇のナイトスタンドの上には聖ゲオルギオスが竜を退治している場面を描いた古い聖画が飾られていた。

バーグマンが何歩かベッドに近づくと、看護師が彼の腕に軽く触れた。ベッドに横たわっている老婦人は、まるで死んでいるように見えた。心電図モニターも装着されておらず、点滴の管が一本腕に挿入されているだけだった。おそらく死にかけても延命措置はしないでほしい。それが患者の意思なのだろう。実際、彼女は最初からこれを望んでいたのかもしれない――ただひとりそこに横たわることを。彼女の顔に往年の面影はなかった。文字どおり老いさらばえていた。ただひとつ、一九四二年の新聞に載っていた写真と共通するところがあった――眉だ。彼女の眉は今でも若い女性のように黒く優雅だった。生命力がまだ失われていないことを示すなけなしの証しのように見えた。

めぐりめぐってもとの場所に戻ってきたということか。バーグマンはそう思いつつ、事実――アグネス・ガーナー殺しの犯人捜しはまったく無意味なことだったという事実――を努めて受け入れようとした。部屋を横切り、窓まで行った。下の駐車場の車を見ながら、なんと偶然に助けられた捜査だったかとつくづく思った。マリウス・コルスタがカイ・ホルトの名を口にしていなければ、この病室に今こうして立っていることもなかっただろう。死はふたりに間近に迫っていた。が、ふたりともそれぞれの秘密を墓の中まで持っていくことはできなかった――ベッドに横たわっているこの女性が今この瞬間にも息を引き取れば、話はちがってくるが。

どれくらい時間が経ったかわからない。バーグマンは立ったまま窓の外を眺めながら思いに浸っていた――老婦人とは直接関係のない思いに。

うしろからかすかに音が聞こえた。が、彼はあえてすぐには振り向かなかった。

「もうわたしのことは捜し出してもらえないんじゃないかって、あきらめかけていたところよ」ベッドから女性の声がした。

バーグマンはそれでも振り向かなかった。

「アグネス・ガーナー。それがあなたのほんとうの名前ですね？」ただそう尋ねた。

窓の外の駐車場を眺めているうちに感傷的になったのだろうか。あるいは、すぐうしろのベッドに横たわっているのがアグネス・ガーナーだという衝撃のせいだろうか。バーグマンにはすぐに彼女のほうを向くことができなかった。

「ええ」と老婦人は言い、深く息を吸い込んだ。それが最後の息になるのではないかとバーグマンは心配になった。

「どうしてもわかりません」と彼は言い、そこでようやくゆっくりと彼女のほうを向いた。

　かつてアグネス・ガーナーと呼ばれた女性は柔らかな電気スタンドの光に包まれ、眼を閉じたままベッドに横たわっていた。

「誰にだってわからないことはあるものです。いつだったか夫にそう言われました」

「そうですか」

「実際には、夫はあるノルウェー人に言ったのだけれど。わたしが大切に思っていた人にね。今となっては……どうしてわたしはこういう人生を歩んできたのか、時々わからなくなります」と彼女は言って眼を開けた。

　バーグマンは窓敷居に寄りかかったまま、彼女の横に置かれている聖画をじっと見つめた。聖ゲオルギオス――竜の口に槍を突き刺しているこの聖人――は信仰心の弱い者を守ってくれる。そういう聖人だ。

「誰がノールマルカの森で三人を殺したんです？」とバーグマンは訊いた。「誰がセシリアを殺したんです？」

アグネスはまた眼を閉じた。

質問を繰り返そうと、バーグマンは口を開きかけた。

「もしかしたら、わたしが死ねないのはそのせいかもしれない」彼女はほとんど聞き取れないほどの低い声で言った。「あっちでわたしを待ち受けているのはよくないことばかりだもの」

彼女の呼吸が弱くなった。

バーグマンは意味がわからず、首を振りながら訊き返した。

「よくないこと？」

アグネスは顔をしかめ、弱々しく手を上げた。看護師が急いでベッドまで行き、水のはいったグラスを机の上から取って彼女に手渡した。アグネスはグラスから子供のように不器用に飲んだ。こぼれた水が首を伝った。濡れたところを看護師が拭こうとするのをそっと押しやって彼女は言った。

「セシリアはあっちでわたしのことを待っていてくれているかしら。もう何年も眠っていないの。あんなことをしてもまだわたしは人間なのかしら？」

「どういう意味です？」

アグネスはひとつ深く息を吸ってから、バーグマンが夢にも思わなかったことを囁いた。バーグマンはリノリウムの床が足の下で崩れ落ちたような感覚に襲われた。そんな馬鹿な。この女性が……そんなことを……。

「わたしはどうすればよかったの？　あの子を森の中に置き去りにすればよかったの？　わたしはあの日から毎日昼も夜もそのことばかり考えてるのよ、ほんとうに。あの子を生かしてあげていれば……」

　部屋の中の誰もひとことも話さなかった。

　バーグマンはアグネスのベッドの脇の椅子に坐り込んだ。自分が何をしているのかもわからないまま。彼女はそんな彼の手の上に自分の手を重ねた。まるで逆に慰めるかのように。

「どうしてオスロに行ったんです？」と低い声で彼は尋ねた。

もう限界と思ったのだろう、看護師が退出を促してドアを指差した。バーグマンは無視して坐りつづけた。

「もう一度あの人に会いたかったのよ。最後にもう一度だけ」

　バーグマンは首を振りながら問い質した。

「ピルグリムに？」

　近くに来るようにと彼女は手招きした。バーグマンは上体を屈め、彼女の口元に耳を近づけた。のっぺりとした聖ゲオルギオスの顔と槍で突かれている竜の頭が視野の隅をよぎった。

「目的は彼を殺すことだったけれど」とアグネスは彼の耳元で自分に言い聞かせるようにつぶやいた。その刹那、彼女からいい香りが――写真の中の若い頃と同じ香りが――漂ってきたような気がした。同時に、写真の中と同じくらい美しく見えた。アグネスは彼の首のうしろに手をまわした。とても柔らかくて、とても冷たい手だった。

「あの人のせい。全部、あの人のせいよ。ちがう？　だから殺さなくてはならなかった」

力を振り絞り、アグネスは同じことをドイツ語で繰り返した。そして、気を失ったかのように枕に頭を休めた。

バーグマンは死にゆく老婦人を見つめた。誰と一緒だったのか訊くことはもう無理だった。

ウード・フリッツは看護師に静かな声で話していた。看護師が驚いたように息を呑んだところを見ると、警察による警備の手配に関する話でもしたのだろう。バーグマンは金箔貼りの聖画に描かれた聖人を見た。聖ゲオルギオス、スウェーデン語ではサンクト・ヨーラン。竜殺し《ドラゴンスレイヤー》。彼はアグネスの手を取って一度きつく握ってから手を伸ばし、彼女の頬に触れた。まるでほかの誰でもない彼だけに赦しを与える資格があるかのように。

立ち上がると、フリッツの肩に手を置いて言った。

「ヴァルトホルストのところに連れていってください」

七十六章

二〇〇三年六月二十四日　火曜日
グスタフ＝フライターク通り
ベルリン　ドイツ

広い玄関ホールには花の濃密な香りが満ちていた。壁ぎわに並ぶアンティークの戸棚と、居間へ続く両開きの扉の左右に置かれたマホガニーの大きな机の上に、チューリップを活けたクリスタルの花瓶が十数個置かれていた。

ウード・フリッツは大理石の床の中央に立ち、トミー・バーグマンは濃紅色のチューリップの花瓶を眺めて待った。花瓶に活けられている花はどれも同じで、ひとつの花屋から届けられたもののようだった。

誰かが居間のドアハンドルを押し下げた。ペーター・ヴァルトホルスト本人かとも思ったが、現われたのはトルコ人のメイドだった。低い声でフリッツになにやら告げた。フリッツはバーグマンに向かってうなずいた。薄暗い照明のともる家の中、バーグマンは黙ってふたりのうしろについた。

ヴェランダのドアの手前で立ち止まった。グスタフ・ランデと前妻の写真の横に火をともしたろうそくが置かれていた。

　ヴァルトホルストはヴェランダの椅子に坐り、激しい雨が激流のように降り注いでいるフンデケーレ湖の黒い湖面を眺めていた。着陸灯をつけた飛行機がテーゲル空港に向かって飛んでいくのが地平線上に見えた。

「アグネス・ガーナーだったんですね」とバーグマンは言った。

「ずいぶん時間がかかったね、バーグマンさん」振り向くこともなく、ヴァルトホルストは言った。

　問いかけるようなフリッツの視線を無視し、バーグマンはヴェランダに出た。ヴァルトホルストは空いている椅子を身振りで示した。バーグマンは老紳士の横顔から視線をそらすことなく、ふたつ離れた椅子に慎重に腰をおろした。ヴァルトホルストは大きなウールの毛布を膝に掛け、火の消えた葉巻を手にしていた。空《から》になった背の高いグラスがすぐそばのテーブルの上にのっていた。

「彼女は私にはもう一緒にいてほしくないと言ってね」とヴァルトホルストは言った。

「自分から死の床に就いたんだよ」

　しばらく誰も何も言わなかった。

「弟のナイフがなくなっているのを見るなり私にはわかった」ややあってヴァルトホルス

トは言った。「いずれこういう結末になることは私にはわかっていた。ああ、そうとも」

そう言って、ヴァルトホルストは毛布に落ちていた葉巻の灰を払い落とし、テーブルの上のマッチを手で探った。そして、ドイツ語でなにやら言った。フリッツが近づいてきてバーグマンの隣りに坐った。

マッチの炎に照らされたヴァルトホルストの顔は幽霊のように青白かった。彼が葉巻をふかすとその先端が鮮やかなオレンジ色に輝いた。それはまばゆいほどで、バーグマンは視力が戻るのに数秒かかった。

「わかっていたというと？」と彼は尋ねた。

ヴァルトホルストは葉巻をふかしていた。どこか別の世界に引き込まれてしまったかのように見えた。

「朝キッチンに降りたら〈アフテンポステン〉の第一面に三人の白骨死体が発見されたことを報じる記事が載っていた。それを見るなり思ったんだ。いずれ彼女はノルウェーに行くだろうとね」

そのあと少し間を置いてからさらに続けた。「彼女はみんなのためにクローグを殺したと言っていた。彼女自身のため、セシリアのため、カイ・ホルトのため、ヴェラ・ホルトのため。そして、彼のせいで命を落としたすべての人のためだったとね」

「連絡を取ってたんですか？　奥さんは――」

「ヴェラ・ホルトと？　ああ、連絡は取り合っていた。ここ数年のあいだに何回かぐらいのものだが。それよりなによりアグネスはあの男を憎んでいた。私は戦争とはそういうものだと彼女を説得しようとした、戦争に裏切りはつきものだと。しかし……今にして思えば、私自身、彼女にすっかり騙されていたようだ。彼女も過去のことと最後には折り合いがつけられたんだろうと、すっかり思い込んでいたんだから」彼は顔を両手でこすり、深くため息をついてからあきらめたように笑った。「日曜日の夜帰ってきたとき、『結局のところ、ピルグリムの勝ちだったのね』などと彼女は言っていた……もうご存知と思うが、彼女はもう長くない」

バーグマンは煙草に火をつけた。フリッツは彼の横に坐り、さきほどから微動だにしていなかった。地平線を眺めていた。別の飛行機が雲のあいだから現われ、ゆっくりと市《まち》に向かって降下していった。

「どうやって……」と言いかけてバーグマンはことばを切った。何をどう尋ねればいいのかわからなかった。

また沈黙ができた。

「彼女のほうからやってきたんだ」ヴァルトホルストが沈黙を破って言い、自分に向かって何度かうなずくと、葉巻の火が消えるのをじっと見つめた。

「彼女が訪ねてきて、玄関の呼鈴を鳴らしたんだ」と彼は言い直した。「とても素敵なアパートメントでね、バーグマンさん。とても素敵な家だった。ビグドイ通りにあって、ちょうど向かいにフログネル教会があった……」最後のほうはバーグマンには聞き取れなかった。「私は何も言わずにドアを開けた」

バーグマンは待った。

「そこに彼女が立っていた。私の眼のまえに。流れる涙を拭おうともせず。手には銃を持って」

ヴァルトホルストはバーグマンから視線をそらさず、火の消えた葉巻を手にしたまま身振りで示した。

「天使だった。彼女はまるで天使のようだった」

「でも、どうして？　どうして彼女はあなたのところに行ったんです？」

「私が監視していたことは彼女にもわかっていた。だから、私に逮捕されにきたのさ。彼女の望みはただひとつ……死ぬことだった」とヴァルトホルストは言った。「彼女は子供を殺した。とても愛していた子供を」

「それで、あなたはどうしたんです？」とバーグマンは訊いた。

「ノルウェーから逃してやると言って、彼女を説得したんだ。きみが死んでもセシリアは生き返らない。そうも言った。そして隙を見て彼女の手から銃を奪い取った。イギリス人がつくったもので、それまで見たこともない銃だった」

「それから?」

「彼女の指から婚約指輪を抜き取ってポケットに入れた。ふたりの遺体がどこにあるかは彼女から聞いた。左手に伐採地が現われるまで遊歩道をたどっていくとすぐに見つかった。

懐中電灯があれば充分だった。場所を確認してから、私はグスタフ・ランデの車でトースホヴまで行った。私の情報屋のひとりがそこに住んでいた。北部のどこかから来た、取るに足りない孤独な小悪党だ。この男ならいなくなっても誰にも気づかれないと思った。少なくとも戦争が終わるまでは。真っ暗な森で、しかも土砂降りの中、私たちは一時間かけて墓を掘った。まず最初に少女を投げ込み、次にメイドを投げ入れた。彼女は私のために働いてくれていたのだが、そのことを知っている者は誰もいなかった。せめてもの慰めに、彼女の指にグスタフ・ランデからアグネスに贈られた婚約指輪をはめて、あの世に送ってやった。ふたりを埋めると、私はアグネスの銃で哀れな情報屋の頭を撃った。あの男には何が起きたのかもわからなかっただろう。私が銃を向けたところも見ていなかったのだから。それまで彼はシャベルに寄りかかり、穴の中の死体を見て泣いていた。『まだほんの子供なのに可哀そうに』と言って。もう一度同じことを言ったとき、私は引き金を引き、彼を墓に落とした。それから車を運転して市内に戻り、マッツェルードゥ通りに停めた。あとはアグネスが待っている私のアパートメントまで歩いて戻った」

「それで車はマッツェルードゥ通りで見つかったのですね?」とバーグマンは言った。

ヴァルトホルストはうなずいて答えた。

「市内のどこに検問所があるのかはわかっていたから、そこを通らずに家に帰るのはいとも簡単なことだった。そもそも遮光カーテンの中からわざわざ真っ暗な外を見ている者などいるはずもない。車のことは何も心配していなかった」

バーグマンは新しくもう一本煙草に火をつけた。何か言おうと思った。が、そこで思いとどまった。

「きみが初めてここに来たとき、私がなんと言ったか覚えてるかね？」とヴァルトホルストのほうから訊いてきた。

「いいえ」とバーグマンは言った。

「戦争でなにより重要なのは生き延びることだ。私はそう言った」

「生き延びること――」

ヴァルトホルストはうなずいた。

「アグネスは生き延びた」とバーグマンは言った。

「あのとき彼女の命は私の手の中にあって、私は彼女にはなんとしても生き延びてほしかった。私にとって大事なのはそれだけだった」彼はマッチに手を伸ばし、葉巻に火をつけた。

バーグマンは立ち上がって柱のそばまで行くと、柱にもたれて飛行機がまたテーゲル空港に降下していくのをしばらく眺め、そのあとヴァルトホルストのほうを向いて言った。

「あなたは嘘をついている」

ふたりの男は眼と眼を合わせて見つめ合った。

「私の言ったことはすべてほんとうのことだ」とヴァルトホルストは言った。

「戦争についてはほんとうなのかもしれないけれど――」とバーグマンは言った。

「何が言いたい?」

「犯行のあった日、クローグ邸に現われたのはふたりです。ドクトル・ホルム通りを通った赤いレンタカーにはふたりの人間が乗っていた。そのうちのひとりはアグネス・ガーナーだった。だったらもうひとりは? 彼女は誰を頼ったんです?」

見ると、ヴァルトホルストは下唇を震わせていた。何か言いかけたように見えた。が、そこで思い直したようだった。かわりに黒い湖面とそこに降りしきる雨を眺めた。

「カール・オスカー・クローグ殺害は相当腕力のある者の犯行です。刺し傷も六十個所以上ある。死期の近い八十歳の女性にはとうてい無理な話です。それにどうしてヒトラーユーゲントのナイフを使わなければならないんです?」

ヴァルトホルストはまた何か言いかけた。今のバーグマンには時間があった。老紳士が話しはじめるのを辛抱強く待った。

「どうして私が一度も訊かないのか。そういうことは考えなかったのかね?」ようやくヴァルトホルストは言った。

「訊かなかった？　何をです？」とバーグマンは訊き返した。

「きみはどうやって私にたどり着いたのか」

　ヴァルトホルストは椅子の肘掛けを握って立ち上がると、家の中にはいった。

　バーグマンはもう一本煙草に火をつけ、フリッツとことばを交わすこともなくテラスで待った。ヴァルトホルストはしばらくして戻ってくると、テラスのドアをはいったところで立ち止まった。片手に写真を持っていた。バーグマンたちが待っていても老紳士にはそこから先に動く気配がなかった。そんな彼の左眼からいきなり涙がこぼれ、ひとすじ頰を伝った。バーグマンのほうから彼に近づき、煙草を持っていない左手を差し出した。ヴァルトホルストは写真を彼に渡した。

「彼がいなければ、きみは私を見つけることはできなかった。私がいなければ、きみは彼のところに戻ることもなかった」老紳士は低い声で言った。「聖霊降臨日の何週間かまえ、彼は六十歳になった。もちろん、私たちは一緒にいて祝うことはできなかったが、グレッチェンは……アグネスは最後にもう一度だけ彼に会って、ノールマルカで何があったのか真実を話したいと言っていた。彼女は持っている金をすべて彼にあげていた……私は弟のナイフを贈るつもりだった」

　バーグマンは深く息を吸い、写真を表に返した。

比較的新しいカラー写真で、三人の人物が写っていた。背景に見覚えがある気がした。それを思い出すのに時間はかからなかった。真ん中に写っているのは彼が会ったことのある人物だった。

「一九四五年以来ノルウェーには行ったことがないと言いましたよね？」とバーグマンは写真をヴァルトホルストに返して言った。

「オスロには行ってない。そう言ったんだよ」とヴァルトホルストはバーグマンの背後の湖を見ながら言った。

「彼に連絡してください」とバーグマンは言った。

「彼女は言っていた。自分はもうすでに子供をひとり殺しているとね。それでもう充分すぎると」

バーグマンはうなずいた。

「出産して数週間後、彼女は子供を孤児院に預けた。その後、彼を捜し出したのは今から十年ほどまえのことだ」

「わかりました」とバーグマンは言って、ヴァルトホルストの肩に手を置いた。慰めるように。

「これだけはわかってほしい。彼女は決して悪い人間ではなかった。彼女は善い人間だった」

七十七章

二〇〇三年六月二十五日　水曜日
ステインブー・ロッジ
ヴォーゴ　ノルウェー

バーグマンは左折のウィンカーを点滅させ、最後の急な坂道をのぼった。谷間にはいり込んでいる、その日最後の陽光のひとすじが右手に見える湖面に反射していた。カーラジオから聞こえるチェット・ベイカーのトランペットがフロントガラスのワイパーの音と競り合っていた。バーグマンはラジオを消し、バックミラーを見た。トランペットの音色は思い出したくない記憶を彼に呼び起こさせた。

ヴァルトホルストから渡された写真がバックミラーの端にはさんであった。ギアをセカンドに切り換え、写真に写っている三人を見た。三人は今バーグマンの眼のまえに広がる風景の中に立っていた。背景にある見事な山並みはこの地球上のどこより安らかな場所に見えた。大柄な男をはさんで年配のふたり――ペーター・ヴァルトホルストとアグネス・ガーナー――が両脇に立ち、カメラに向かって微笑んでいた。三人ともこの世からひどい仕打ちを受けたことなど一度もないかのような笑顔だった。バーグマンは視線をバックミラーに移し、保安官事務所の二台のパトカーがすぐうしろからついてきていることを確認した。いつサイレンを鳴らしはじめてもよかった。ヴェストオップラン警察署長は、パトカーの一台を運転している保安官に銃の所持も許可していた。そんな必要はないのに、とバーグマンは思ったものの、ただ黙って首を振ることしかできなかった。

その建物に人の気配はあまり感じられなかったが、それでもバーグマンが二週間まえに過ごした建物の横には車が三台停まっていた。明かりはどの窓にもともっていなかった。そこがステインブー・ロッジであることを来訪者に知らせる、彫刻された文字の上にただひとつ明かりがともっていた。二匹のイングリッシュセッターがロッジ本館の北側にあるドッグランのフェンスを引っ掻いていた。生きものの気配はそれだけだった。

本館の下に湖が広がっていた。バーグマンは庭の真ん中に立ち、鏡のようになめらかなその湖面を眺めた。そのあと頭をのけぞらせて、暗さの増す空を見上げた。

どうしてあなたただったんだ?

気づくと、制服警官が五人、彼の横に立っていた。全員ケヴラーの防弾チョッキで身を固めていた。エストフォール県から着任したばかりの野心家の保安官はすでに銃を抜いていた。バーグマンの身を守ってくれるのはここ数日のあいだ着っぱなしの〈ガント〉のシャツだけだった。防弾チョッキは絶対に着たくなかった。彼は銃をホルスターにしまうように保安官に身振りで示した。

フィン・ニーストロムの妻は本館のロビーにいた。バーグマンがロビーにはいったときには、ちょうどカウンターの下にしゃがみ込もうとしているところだった。バーグマンに気づき、一瞬笑顔を見せた。が、小さなロビーがあっというまに制服警官で埋め尽くされると、深い悲しみをたたえた顔に変わった。若かった頃の名残りが顔から永遠に消えてしまったかのように見えた。

「彼は厨房にいます」と静かな声で彼女は言った。

バーグマンは黙ってうなずいた。保安官は彼にくっつきそうなほどすぐうしろについてきていた。

ニーストロムの妻はパイン材の大きなカウンターの上に頭を垂れて言った。

「ここまでやる必要があるんですか?」

バーグマンとしてもその問いに答えたかった。が、ことばが見つからなかった。黙ったまま、食堂へと続く階段を降りはじめた。うしろに腕を伸ばし、保安官が近づきすぎないようにしながら。建物に沿って走るふたりの警察官の姿が視界の隅をよぎった。テラスと厨房のドアからの逃走を防ぐためだ。こんな山の上には逃げるところなどどこにもないのに。階段を降りきる手前でバーグマンは立ち止まった。右手の広々とした食堂に夕食をとっている三人――中年夫婦と少女――がいた。父親と思しい男が外で配置についた警察官の気配に気づいたらしく、その三人家族はひとりずつナイフとフォークを置いた。そして、バーグマンとその背後にいる警察官を見やった。

左手にある厨房から、ひかえめなラジオの音が聞こえていた。バーグマンは段差のある赤褐色の素焼きの床に足を静かにおろすと、白いスウィングドアの丸窓の向こうをのぞき見た。ニーストロムは身を屈め、大きなコンロの上に置かれたいくつかのフライパンをのぞき込んでいた。このまえ会ったときには長かったグレーの髪が今は日焼けした額の上で短く切りそろえられていた。

フィン・ニーストロム。バーグマンは今さらながら自分に腹が立った――おれはなんという失敗をしでかしたことか。ちゃんと調べていれば――国民登録台帳を少しでも検索していれば――疑問を覚えたのに決まっているのに。そうすれば、ニーストロムが十九歳のときにスウェーデンから移住してきたこと、ノルウェー社会に馴染むように苗字の綴りを〝Ｎｙｓｔｒｏｍ〟に変えたことにも気づいただろう。あまつさえ、彼の話しことばには、ほとんど識別できないほどにしろ、かすかにスウェーデン訛りがあることにも気づくべきだった。もっとも、気づいていたとしても大して役には立たなかったかもしれないが。ニーストロムは、スウェーデンの孤児院でも里親のところでもガーナーという苗字は使わなかった。アグネスにしてもここ半世紀ものあいだ死んだものと思われていた。だとしても、だ。バーグマンは自分のへまをつくづく思い起こさずにはいられなかった。

フライパンから顔を起こしたニーストロムと眼が合った。

「どうして私にイーヴァル・フォールンとペーター・ヴァルトホルストのことを教えてくれたんです?」白いタイルの床を二歩進み、バーグマンは尋ねた。手をうしろに突き出し、厨房の外で待つよう保安官に指示しながら。「あなたに教えてもらわなければ、私はたどり着けなかった。まさかそんなあなたが……」それ以上はことばが出なかった。何を言っても無意味に思えた。

「あなたに教えてもらわなければ見つけられなかった」とニーストロムはおうむ返しに言い、視線を鍋に戻した。

バーグマンは何も言わなかった。

「きみが来ることはわかっていた」とニーストロムは続け、棚に手を伸ばしてラジオを消した。「ここへはベルリンから戻ったその足で来たんだろう?　だったら腹がへってるんじゃないかね?」彼は青いエプロンを脱ぎ、キッチン・カウンターの上に置いた。

「あの足跡」とバーグマンは言った。「あれはアグネスの足跡だったんですか?」

「アグネス——母と言ったほうがいいかな——は私が血まみれで出てきたあと、家の中にはいっていった」

ニーストロムは両手を上げ、危害を与えるつもりがないことを示しながら、バーグマンに近づいた。

「でも、どうして？」とバーグマンは言った。

「どうして？」ニーストロムは鼻で笑った。「戦時中にあの男がしたことは私も知っているからだ。それにあの男が私の父親だからだ。いや……あの聖霊降臨日まで私は真実を知らなかった。それよりなにより私は自分を恥じていた。あの男に買収された自分をね。もう二十年もまえになる。ストックホルムから戻ってきてオスロ大学から逃げ出す直前のことだ。ピルグリムは私に二十万クローネくれたんだよ。慰謝料だと言って。私は何も言わずその金を受け取った。あの男は馬鹿じゃない。初めて会ったときから私が息子だと気づいていたんだろう。私が史実を知りすぎていることも。なのにあのとき私は金に眼がくらんだんだ。酒を買うために」ニーストロムはステンレスのカウンターに片手をついて寄りかかると、もう一方の手を上げて、カウンターの上に取り付けられた金属パイプからぶら下がっている鍋やフライパンに触れた。鍋とフライパンがぶつかって奇妙な音を奏でた。

「母がベルリンからやってきて私をオスロに連れていかなければ、こんなことにはならなかっただろう。母のことが哀れに思えたのかもしれない。そこのところは自分でもわからない。ノールマルカで白骨死体が見つかったという記事を読んで、母はひどく沈んでいた。それでも三人を殺したのがピルグリム……クローグ……だと私に思わせたくなかったんだろう」

「アグネスはあなたに告白したんですね？　セシリアとヨハンネを殺したのは自分だと」

　ニーストロムはうなずいて言った。

「そう、私だけには真実を知らせたかったんだろう。そのとき私はすでに母の腹の中にいたとも言っていた。それにやつらに利用されたとも。ロルボルグの暗殺はロンドンの指示なんかじゃなかった。カイ・ホルトとピルグリムが独断で決めたことだったんだ。ふたりはそれを自分たちの手柄にした。母はひとりその代償を払わされた。それでも母はここに来るべきじゃなかった。実際、もうそんな長旅に耐えられる体じゃなかったんだから。それでも死ぬまえに六十歳になった息子に会いたかったんだろう。そのときペーターの弟のナイフを持ってきた。私がどれほどあの戦争に取り憑かれているか知ってたから。そんなことに興味を持つ私を母は最後の巡礼者《ピルグリム》と呼んだよ……このナイフを持っていてほしいとも言った。たぶんそれはペーターも同じ思いだったんだと思う」彼は薄い笑みを浮かべた。「いずれにしろ、私は母と一緒にオスロに行った。最初は母が死ぬまえに三人で和解しようということだった」

　ニーストロムは顔をこすった。

「私の顔を見てくれ。あの男にそっくりだと思わないか……？」

「それで？」とバーグマンは促した。「それで何があったんです？」

「私は……私は着いたとたん後悔した。無理だった……母は私のことなど捜し出すべきじゃなかった。わかるかね？　こんなこと、うまくいくわけがなかった」

「何か言われたんですか？　クローグに何か言われ、それが引き金になった？」

　ニーストロムはまた何歩かバーグマンに近寄った。静かに笑っていた。が、バーグマンには涙があふれそうになっているように見えた。少年のニーストロームが中から姿を現わしたがっているかのように。

「あの男は——唾棄すべきあの裏切り者は——私たちを家の中に入れようとさえしなかった。あいつがアグネスに……母に……私に……なんと言ったか……いや、よくわからない。まあ、あいつとしては近所の人に見られたくなかったんだろう。そうそう、あの男は私のことを〝私生児〟と呼んだよ。そんな私が母と自宅に押しかけたことにひどく腹を立てていた。怒りに体が震えるほど。私のポケットにはあのナイフがあった。だからその場で殺そうかとも思った。でも、馬鹿なことはやめようと思い直して、もう帰ろうと母に言ったんだ。それで一度は車に戻った。でも、乗るなり、母は泣きだした。それはもう慰めようがないほどだった。だからそのときはっきり悟ったんだ。あいつは死ぬべきだ、と。玄関には鍵がかかっていたんで裏にまわった。まずは犬の首を掻っ切った。あんな男がイングリッシュセッターを飼っているることが耐えられなかった。テラスのドアは開いていて……それで……」ニーストロムはそこで黙った。

「それで？」とバーグマンはまた促した。

「あの男を八つ裂きにすることしか考えられなかった。まっぷたつに切り裂いて、何も残らなくしたかった。わかるかい？　私はずっとあの男がしたことを憎んでいた。あいつの息子である自分のことも憎んでいた。あいつの汚れた金を受け取った自分のことも」

ふたりとも何も言わず、しばらくその場に立ち尽くした。うしろのスウィングドアが少しだけ開いた。心配は無用だとバーグマンは警官たちに合図した。

「きみは私に殺されるかもしれないと思ってるのかね？」とニーストロムは言って、バーグマンの肩に置こうとするかのように手を上げた。

「いや、思ってはいないけれど、いずれにしろ、やめておいたほうがいい」とバーグマンは言った。「そんなことをすれば、ふたりとも死ぬことになる」

ニーストロムはうなずき、二歩うしろにさがると、刃向かうつもりのないことをドアの外にいる保安官に示そうと、両手を体のまえに出した。

「そのあとアグネスも家の中にはいったんですね？」

ニーストロムはうなずいた。

「カール・オスカーの血にまみれて、私は家から出てくるとそのまま車に乗った。母はそのあと裏から家にはいったんだ。ただ、街中に車で帰る途中、こんなことを言った。なんとあの母があいつを赦すと言ったんだ！」

そう言って、ニーストロムは笑いだした。が、それはすぐにすすり泣きに変わった。

保安官が厨房にはいってきた。そこで止まるようにとバーグマンは身振りで制止してからニーストロムに言った。

「これだけは言わせてください。あなたが犯人で残念でならない」

「ほんとうに?」とニーストロムは言い、自分の大きな手を見つめた。その同じ手が実の父親をめった刺しにしたのだ。

バーグマンはうなずいて応じた。

「ニーストロム、来るんだ」と保安官が静かな声で言った。

ニーストロムにその声が聞こえたのかどうか。むしろ何事もなかったかのように、彼はスウィングドアを抜けると、三人の客が微動だにせずテーブルを囲んでいる食堂を通り抜けた。保安官が黒いホルスターに差した銃から手を離さず、そのあとに続き、バーグマンは一番最後に従った。どうしても重い足取りになり、テラスの手前で立ち止まった。開け放たれたテラスのドアの向こうに、湖のほうに歩いていくニーストロムが見えた。保安官とその少しまえを行く若い警察官がそのあとについていた。ニーストロムがいきなり湖に向かって走りだした。が、すぐに警察官に取り押さえられた。

彼は湖の畔にくずおれ、膝をついた。そして、うなだれ、顔を両手に埋めた。

訳者あとがき

ノルウェー・ミステリの超話題作『最後の巡礼者』をお届けする。

物語は――二〇〇三年六月、ノルウェーの政界の重鎮にして富豪のカール・オスカー・クローグがオスロの自邸で惨殺されているのを家政婦が発見するところから幕を開ける。全身をめった刺しにされ、眼も抉られ、愛犬まで殺されている。よほど被害者に恨みを持った者の犯行と思われる。これがプロローグで、第一章は時間を遡ることほぼ六十年、第二次世界大戦終戦直後の一九四五年五月、リレハンメルの捕虜収容所に飛ぶ。そこではノルウェーのレジスタンス組織〈ミーロルグ〉のリーダー、カイ・ホルトがゲシュタポの将校ペーター・ヴァルトホルストを尋問しており、ヴァルトホルストはホルトに「そういうところ（聖地）に行くのはどういう人間か」という謎のことばを告げる。

第二章はまた現代に戻り、二〇〇三年五月、オスロの北に位置するノールマルカの森で白骨死体が発見されたという一報がオスロ警察犯罪捜査課の刑事トミー・バーグマンのもとにもたらされる。死体は三体で、そのうちの二体には殺人と見られる銃創の痕がある。バーグマンは、戦時中の失踪人届けの資料を漁り、被害者はセシリア・ランデ、アグネス・ガーナー、ヨハンネ・カスパセンの三人ではないかと見当をつける。

クローグ惨殺事件が起きるのはそんな矢先のことで、バーグマンはクローグが大戦中〈ミーローグ〉の闘士だったことから、このふたつの事件の関連性を疑う。というのも、セシリア・ランデは親ナチで知られた実業家グスタフ・ランデの娘で、アグネスはランデのフィアンセ、ヨハンネはランデ家のメイドだったからだ。おまけにアグネスとヨハンネはファシズム政党の国民連合の党員でもあった。もしかしたら、この三人の殺害は〈ミーロルグ〉によるもので、クローグが関与していたということはないだろうか。殺された三人に近かった者が、白骨死体の発見によって積年の恨みを再燃させ、クローグ惨殺に及んだということは考えられないだろうか。

ここからあとは、アグネスを中心に戦時下のノルウェーと、バーグマンが殺人事件の犯人を追う現代のノルウェーがほぼ交互に描かれ、その中でさきのヴァルトホルストの謎のことばの意味も明らかになるのだが、アグネスが国民連合の党員というのは実は偽装で、彼女はイギリスで訓練を受けた〈ミーロルグ〉のスパイであることが前半早々明かされる。となると、レジスタンスの闘士がそんなアグネスの殺害に関与していたというのはすじが通らない。白骨死体とクローグ惨殺とはなんの関係もないのか。それとも何か裏があるのか。いずれにしろ、ここのところはまず読者に真相が明かされ、その真相に主人公の刑事バーグマンがあとから迫るというプロットになっていて、これは倒叙ミステリの興趣である。ただ、通常の倒叙ミステリではほぼ冒頭で犯人が明かされるのに、本書のクローグ殺しの犯人は最後の最後までわからない。真相をさきに知らされても話のさきが読めない。ミステリとしてこのなんとも贅沢なつくりに、われわれ読者はページを繰る手が止まらなくなる。文字どおりの巻措く能わず本。この謎とスリルとサスペンス。三拍子そろった傑作である。

本書はもちろんフィクションだが、登場人物のひとり、カイ・ホルトには実在のモデルがいる。その名もカイ・ホルスト。このホルストの存在が本書の執筆を思い立つ一番の動機になった、と著者スヴェンはノルウェー本国でのインタヴューに応じて語っているが、ホルストもナチ占領下におけるノルウェーの〈ミーロルグ〉のリーダーで、戦争の英雄だった。それが今ではすっかり忘れ去られており、あまつさえホルストの存在自体を闇に葬ろうとする風潮さえあり、そうした現状に一石を投じるという思いも著者にはあったようだ。ホルストも本書のホルトのように一九四五年にストックホルムで謎の死を遂げており、本書ではそれが殺人だったと明示されているが、当時のスウェーデンの捜査には不審な点が多々あったにもかかわらず、今尚この件は公的には自殺と見なされており、ノルウェーの〝黒歴史〟だとスヴェンは断じている。

最初に殺されるカール・オスカー・クローグにも実在のモデルがいる。ホルスト同様、〈ミーロルグ〉の闘士で、戦後は法務大臣、防衛大臣を歴任したイェンス・クリスチャン・ハウゲその人で、本書のクローグ同様、ハウゲも〈ミーローグ〉時代のことについては多くを語らなかったそうだ。政界を引退後は実業界に転じて成功した人で、二〇〇六年に九十一歳で亡くなっているが、その葬儀にはノルウェー国王や当時の首相も参列したという。このハウゲという人物については、本書とからんでちょっと興味深い史実が近年判明した。ネタばらしになるのでここには書けないが、ご関心の向きはウィキをご覧じあれ（https://no.wikipedia.org/wiki/Jens_Christian_Hauge）。なるほどときっと納得されるはずである。

さらにもうひとり、実在した人物をモデルに描かれているのが本書のヒロイン、アグネス・ガーナーだ。モデルとなったのは、ナチ占領下のノルウェーで女優として活躍していたソニア・ヴィーゲット。スヴェンによればノルウェーで最も有名な女優ということだが、戦時中には本書のアグネスとほぼ同じような活動をしていたらしい。偶然ながら、このソニアを主人公にしたノルウェー映画がイェンス・ヨンソン監督、イングリッド・ボルゾ・ベルダル主演で製作されており、この九月には『ソニア　ナチスの女スパイ』のタイトルで日本でも公開される。

本邦初お目見えの著者ガード・スヴェンを簡単に紹介しておくと――一九六九年ノルウェー南東部の都市ハマル生まれ。オスロ大学で政治学を学んだのち入省。保健省、通信省などを経て現在、防衛省上級顧問。本職の傍ら創作に勤しみ、本書が（なんと！）処女作。新人離れしている、とはまさにこの人のためにあることばのような気さえする。本書でノルウェーの年間最優秀ミステリ作品に贈られるリヴァートン賞、最優秀新人作家に贈られるマウリッツ・ハンセン賞を両賞受賞、さらに北欧の年間ベストミステリに贈られる「ガラスの鍵」賞も獲得している。この三賞受賞は、現代ノルウェー・ミステリ界の第一人者ジョー・ネスボも成しえなかった、ノルウェー初の快挙だそうだ。

バーグマン刑事を主人公に本書はシリーズ化されており、第二作は北欧最悪の連続殺人鬼と言われたトマス・クイックを題材に、バーグマン刑事の活躍を描いたこれまた超面白本だ。本書が売れてこの第二作もどうか紹介できますように。

最後になったが、本書の訳出に際しては、新進翻訳家の寺下朋子さんとフェローアカデミー受講生の矢島真理さんにお手伝い願った。この場を借りて謝意を表しておきたい。尚、邦訳はスティーヴン・T・マリー——スティーグ・ラーソンやヘニング・マンケル作品の英訳者でもある——の英訳本からの重訳であることをお断わりしておく。

二〇二〇年八月

田口俊樹

最後の巡礼者 下

Den siste pilegrimen

2020年10月8日　初版第一刷発行

著者　ガード・スヴェン
翻訳　田口俊樹
校正　株式会社鷗来堂
DTP組版　岩田伸昭
装丁　坂野公一（welle design）

発行人　後藤明信
発行所　株式会社竹書房
〒102-0072
東京都千代田区飯田橋2-7-3
電話 03-3264-1576（代表）
03-3234-6301（編集）
http://www.takeshobo.co.jp

印刷所　中央精版印刷株式会社

ISBN978-4-8019-2412-3　C0197